Gottfried Benn

Sämtliche Erzählungen

Rowohlt

Schutzumschlag- und Einbandentwurf von Werner Rebhuhn

1.–20. Tausend Februar 1970
Veröffentlicht im Rowohlt Verlag GmbH, Reinbek bei Hamburg, 1970

Gesamtherstellung Clausen & Bosse, Leck/Schleswig
Holzfreies Werkdruckpapier von der
Peter Temming AG, Glückstadt (Elbe)
Printed in Germany
ISBN 3 498 09028 3

Gottfried Benn, Sämtliche Erzählungen

INHALT

Die Jahreszahlen verweisen auf die Erstveröffentlichung der jeweiligen Erzählung.

NOCTURNO

Anni...

Da ging er zu Bekannten. Ein Mann und eine Frau, der Mann spielte. Sein Kopf hing aus einem Urwald hervor. Um seine Arme wanden sich dicke feuchte Ranken.

Die Frau lag vor ihm. Sie hatte Netze von blauer Mütterlichkeit über den Augen. Das tat ihm wohl, der er nicht hatte, wo er sich bergen sollte. Dann sah er auf ihr Haar. Das war furchtbar, schwer, der Liebe gehörig. Ein Reif darin sang rauh aus grünen Steinen: wie sind die Nacken der Frauen so sanft!

Das sah er sie und ihren Mann sich begehren und stillen, und wie hernach die Erde gegen sie wuchs und sie an sich nahm und trug, und die Nacht, die über sie sank.

Da durchstach ihn seine Einsamkeit. Da krümmte ihn ein Schmerz. Da fühlte er seinen Leib dürr, krank, geschlagen, mit einer lächerlich großen Wunde. –

Nun fühlte er sie stärker noch als schon den ganzen Tag und alles, was er verloren hatte: die ganze wehende Süße, wenn sie neben ihm geschritten war, der Stirne prunkende Gebärde, das Haar – o nicht zu denken an dies Haar!

Die Zähne schlugen ihm aufeinander. Er sah dies Haar sich vor einem andern Manne öffnen. Der strich darüber. Das war es nun. In Oberitalien würde es sein. Auf den Borromeischen Inseln vielleicht. In einem Hotel: die Tür zum Balkon stand offen und ließ die Nacht herein und das Meer.

Er hörte einen Schrei. Die ganze Erde schrie, als es dann geschah. Ein Röcheln war es wie aus einem fernen Untergang. –

Da erhob er sich und ging. Wenig Menschen kamen. Ein Fräulein kam mit Ohrringen. Wohlwollen heischend war die dunkelrote Form von ihrem Hut. Ein Trupp junger Männer kam. Froh, laut, voll beruflichen Ansehens, denen wenig fehlschlug. Sie lachten und waren vorbei. –

Dann war er im Walde. Noch einmal überfiel es ihn: zu fliehen und zu reisen. Ägypten lag ihm sehr am Herzen. Asien dämmerte auf. Häfen, Möwen, braune Kutter waren da; weißer Oleander die Ufer hoch.

Was aber dann, sagte er sich? dann? Überall würden Städte sein, in denen sie nicht war. Man konnte Meere durchfahren und sie blieb doch verloren. –

Dann ging er weiter.

Nun trug er sie zum letzten Mal durch den Abend, an den schlafenden Wassern vorbei. Er labte ihre Lippen mit der Süße des hellen Mondlichts. Er gab ihr von den zarten Nebeln an die Schläfen. Um die Schultern tat er ihr das Weiche aus den Wölbungen der Uferwälder gegen den hellen Nachthimmel.

Dann stand er still. Entkleidete sich. War nackt. Nun schöpfte er mit den hohlgebogenen Händen tief von unten an sich empor bis über die Stirne, als höbe er etwas aus sich hervor: wie lange trug er sie nun schon als das Liebste in seinem Blute; das Schönste, das an ihm war; Fernstes, Weiches, Verborgenes, Brüderliches: sie.

Das hielt er nun in die Höhe. Bewegte leise die Hände. Streute es in die Nacht wie Staub, wie Geruch, wie eine Wolke.

Ganz, ganz leise regte er die Hände. Mit einer letzten schluchzenden Zärtlichkeit. Mit fast geschlossenen Augen, als fühlte er, wie es entwiche.

Dann fanden die Hände und taten ihr letztes Werk. –

(1913)

GEHIRNE

Wer glaubt, daß man mit Worten lügen könne,
könnte meinen, daß es hier geschähe.

Rönne, ein junger Arzt, der früher viel seziert hatte, fuhr durch Süddeutschland dem Norden zu. Er hatte die letzten Monate tatenlos verbracht; er war zwei Jahre lang an einem pathologischen Institut angestellt gewesen, das bedeutet, es waren ungefähr zweitausend Leichen ohne Besinnen durch seine Hände gegangen, und das hatte ihn in einer merkwürdigen und ungeklärten Weise erschöpft.

Jetzt saß er auf einem Eckplatz und sah in die Fahrt: es geht also durch Weinland, besprach er sich, ziemlich flaches, vorbei an Scharlachfeldern, die rauchen von Mohn. Es ist nicht allzu heiß; ein Blau flutet durch den Himmel, feucht und aufgeweht von Ufern; an Rosen ist jedes Haus gelehnt, und manches ganz versunken. Ich will mir ein Buch kaufen und einen Stift; ich will mir jetzt möglichst vieles aufschreiben, damit nicht alles so herunterfließt. So viele Jahre lebte ich, und alles ist versunken. Als ich anfing, blieb es bei mir? Ich weiß es nicht mehr.

Dann lagen in vielen Tunneln die Augen auf dem Sprung, das Licht wieder aufzufangen; Männer arbeiteten im Heu; Brücken aus Holz, Brücken aus Stein; eine Stadt und ein Wagen über Berge vor ein Haus.

Veranden, Hallen und Remisen, auf der Höhe eines Gebirges, in einen Wald gebaut – hier wollte Rönne den Chefarzt ein paar Wochen vertreten. Das Leben ist so allmächtig, dachte er; diese Hand wird es nicht unterwühlen können, und sah seine Rechte an.

Im Gelände war niemand außer Angestellten und Kranken; die Anstalt lag hoch; Rönne war feierlich zumute; umleuchtet von seiner Einsamkeit besprach er mit den Schwestern die dienstlichen Angelegenheiten fern und kühl.

Er überließ ihnen alles zu tun: das Herumdrehen der Hebel, das Befestigen der Lampen, den Antrieb der Motore, mit einem Spiegel dies und jenes zu beleuchten – es tat ihm wohl, die Wissenschaft in eine Reihe von Handgriffen aufgelöst zu sehen, die gröberen eines Schmiedes, die feineren eines Uhrmachers wert. Dann nahm er selber seine Hände, führte sie über die Röntgenröhre, verschob das Quecksilber der Quarzlampe, erweiterte oder verengte einen Spalt, durch den Licht auf einen Rücken fiel, schob einen Trichter in ein Ohr, nahm Watte und ließ sie im Gehörgang liegen und vertiefte sich in die Folgen dieser Verrichtung bei dem Inhaber des Ohrs: wie sich Vorstellungen bildeten von Helfer, Heilung, guter Arzt, von allgemeinem Zutrauen und Weltfreude, und wie sich die Entfernung von Flüssigkeiten in das Seelische verwob. Dann kam ein Unfall und er nahm ein Holzbrettchen, mit Watte gepolstert, schob es unter den verletzten Finger, wickelte eine Stärkebinde herum und überdachte, wie dieser Finger durch den Sprung über einen Graben oder eine übersehene Wurzel, durch einen Übermut oder einen Leichtsinn, kurz, in wie tiefem Zusammenhang mit dem Lauf und dem Schicksal dieses Lebens er gebrochen schien, während er ihn jetzt versorgen mußte wie einen Fernen und Entlaufenen, und er horchte in die Tiefe, wie in dem Augenblick, wo der Schmerz einsetzte, eine fernere Stimme sich vernehmen ließe.

Es war in der Anstalt üblich, die Aussichtslosen unter Verschleierung dieses Tatbestandes in ihre Familien zu entlassen wegen der Schreibereien und des Schmutzes, den der Tod mit sich bringt. Auf einen solchen trat Rönne zu, besah ihn sich:

die künstliche Öffnung auf der Vorderseite, den durchgelegenen Rücken, dazwischen etwas mürbes Fleisch; beglückwünschte ihn zu der gelungenen Kur und sah ihm nach, wie er von dannen trottete. Er wird nun nach Hause gehen, dachte Rönne, die Schmerzen als eine lästige Begleiterscheinung der Genesung empfinden, unter den Begriff der Erneuerung treten, den Sohn anweisen, die Tochter heranbilden, den Bürger hochhalten, die Allgemeinvorstellung des Nachbars auf sich nehmen, bis die Nacht kommt mit dem Blut im Hals. Wer glaubt, daß man mit Worten lügen könne, könnte meinen, daß es hier geschähe. Aber wenn ich mit Worten lügen könnte, wäre ich wohl nicht hier. Überall wohin ich sehe, bedarf es eines Wortes, um zu leben. Hätte ich doch gelogen, als ich zu diesem sagte: Glück auf!

Erschüttert saß er eines Morgens vor seinem Frühstückstisch; er fühlte so tief: der Chefarzt würde verreisen, ein Vertreter würde kommen, in dieser Stunde aus dem Bette steigen und das Brötchen nehmen: man denkt, man ißt, und das Frühstück arbeitet an einem herum. Trotzdem verrichtete er weiter, was an Fragen und Befehlen zu verrichten war; klopfte mit einem Finger der rechten Hand auf einen der linken, dann stand eine Lunge darunter; trat an Betten: guten Morgen, was macht Ihr Leib? Aber es konnte jetzt hin und wieder vorkommen, daß er durch die Hallen ging, ohne jeden einzelnen ordnungsgemäß zu befragen, sei es nach der Zahl seiner Hustenstöße, sei es nach der Wärme seines Darms. Wenn ich durch die Liegehallen gehe – dies beschäftigte ihn zu tief –, in je zwei Augen falle ich, werde wahrgenommen und bedacht. Mit freundlichen und ernsten Gegenständen werde ich verbunden; vielleicht nimmt ein Haus mich auf, in das sie sich sehnen, vielleicht ein Stück Gerbholz, das sie einmal schmeckten. Und ich hatte auch einmal zwei Augen, die liefen rückwärts mit ihren Blicken; jawohl, ich war vorhanden: fraglos und gesammelt. Wo bin ich hingekommen? Wo bin ich? Ein kleines Flattern, ein Verwehn.

Er sann nach, wann es begonnen hätte, aber er wußte es nicht mehr: ich gehe durch eine Straße und sehe ein Haus und erinnere mich eines Schlosses, das ähnlich war in Florenz, aber sie streiften sich nur mit einem Schein und sind erloschen.

Es schwächt mich etwas von oben. Ich habe keinen Halt mehr hinter den Augen. Der Raum wogt so endlos; einst floß er doch auf eine Stelle. Zerfallen ist die Rinde, die mich trug.

Oft, wenn er von solchen Gängen in sein Zimmer zurückgekehrt war, drehte er seine Hände hin und her und sah sie an. Und einmal beobachtete eine Schwester, wie er sie beroch oder vielmehr, wie er über sie hinging, als prüfe er ihre Luft, und wie er dann die leicht gebeugten Handflächen nach oben offen, an den kleinen Fingern zusammenlegte, um sie dann einander zu und ab zu bewegen, als bräche er eine große, weiche Frucht auf oder als böge er etwas auseinander. Sie erzählte es den anderen Schwestern; aber niemand wußte, was es zu bedeuten habe. Bis es sich ereignete, daß in der Anstalt ein größeres Tier geschlachtet wurde. Rönne kam scheinbar zufällig herbei, als der Kopf aufgeschlagen wurde, nahm den Inhalt in die Hände und bog die beiden Hälften auseinander. Da durchfuhr es die Schwester, daß dies die Bewegung gewesen sei, die sie auf dem Gang beobachtet hatte. Aber sie wußte keinen Zusammenhang herzustellen und vergaß es bald.

Rönne aber ging durch die Gärten. Es war Sommer; Otternzungen schaukelten das Himmelsblau, die Rosen blühten, süß geköpft. Er spürte den Drang der Erde: bis vor seine Sohlen, und das Schwellen der Gewalten: nicht mehr durch sein Blut. Vornehmlich aber ging er Wege, die im Schatten lagen und solche mit vielen Bänken; häufig mußte er ruhen vor der Hemmungslosigkeit des Lichts, und preisgegeben fühlte er sich einem atemlosen Himmel.

Allmählich fing er an, seinen Dienst nur noch unregelmäßig zu versehen; namentlich aber, wenn er sich gesprächsweise zu dem Verwalter oder der Oberin über irgendeinen Gegenstand äußern sollte, wenn er fühlte, jetzt sei es daran, eine Äußerung seinerseits dem in Frage stehenden Gegenstand zukommen zu lassen, brach er förmlich zusammen. Was solle man denn zu einem Geschehen sagen? Geschähe es nicht so, geschähe es ein wenig anders. Leer würde die Stelle nicht bleiben. Er aber möchte nur leise vor sich hinsehn und in seinem Zimmer ruhn.

Wenn er aber lag, lag er nicht wie einer, der erst vor ein paar Wochen gekommen war, von einem See und über die Berge; sondern als wäre er mit der Stelle, auf der sein Leib jetzt lag, emporgewachsen und von den langen Jahren geschwächt; und etwas Steifes und Wächsernes war an ihm lang, wie abgenommen von den Leibern, die sein Umgang gewesen waren.

Auch in der Folgezeit beschäftigte er sich viel mit seinen Händen. Die Schwester, die ihn bediente, liebte ihn sehr; er sprach immer so flehentlich mit ihr, obschon sie nicht recht wußte, um was es ging. Oft fing er etwas höhnisch an: er kenne diese fremden Gebilde, seine Hände hätten sie gehalten. Aber gleich verfiel er wieder: sie lebten in Gesetzen, die nicht von uns seien und ihr Schicksal sei uns so fremd wie das eines Flusses, auf dem wir fahren. Und dann ganz erloschen, den Blick schon in einer Nacht: um zwölf chemische Einheiten handele es sich, die zusammengetreten wären nicht auf sein Geheiß, und die sich trennen würden, ohne ihn zu fragen. Wohin solle man sich dann sagen? Es wehe nur über sie hin.

Er sei keinem Ding mehr gegenüber; er habe keine Macht mehr über den Raum, äußerte er einmal; lag fast ununterbrochen und rührte sich kaum.

Er schloß sein Zimmer hinter sich ab, damit niemand auf ihn einstürmen könne; er wollte öffnen und gefaßt gegenüberstehen.

Anstaltswagen, ordnete er an, möchten auf der Landstraße hin und her fahren; er hatte beobachtet, es tat ihm wohl,

Wagenrollen zu hören: das war so fern, das war wie früher, das ging in eine fremde Stadt.

Er lag immer in einer Stellung: steif auf dem Rücken. Er lag auf dem Rücken, in einem langen Stuhl, der Stuhl stand in einem geraden Zimmer, das Zimmer stand im Haus und das Haus auf einem Hügel. Außer ein paar Vögeln war er das höchste Tier. So trug ihn die Erde leise durch den Äther und ohne Erschüttern an allen Sternen vorbei.

Eines Abends ging er hinunter zu den Liegehallen; er blickte die Liegestühle entlang, wie sie alle still unter ihren Decken die Genesung erwarteten; er sah sie an, wie sie dalagen: alle aus Heimaten, aus Schlaf voll Traum, aus Abendheimkehr, aus Gesängen von Vater und Sohn, zwischen Glück und Tod – er sah die Halle entlang und ging zurück.

Der Chefarzt wurde zurückgerufen, er war ein freundlicher Mann, er sagte, eine seiner Töchter sei erkrankt. Rönne aber sagte: sehen Sie, in diesen meinen Händen hielt ich sie, hundert oder auch tausend Stück; manche waren weich, manche waren hart, alle sehr zerfließlich; Männer, Weiber, mürbe und voll Blut. Nun halte ich immer mein eigenes in meinen Händen und muß immer darnach forschen, was mit mir möglich sei. Wenn die Geburtszange hier ein bißchen tiefer in die Schläfe gedrückt hätte ...? Wenn man mich immer über eine bestimmte Stelle des Kopfes geschlagen hätte ...? Was ist es denn mit den Gehirnen? Ich wollte immer auffliegen wie ein Vogel aus der Schlucht; nun lebe ich außen im Kristall. Aber nun geben Sie mir bitte den Weg frei, ich schwinge wieder – ich war so müde – auf Flügeln geht dieser Gang – mit meinem blauen Anemonenschwert – in Mittagssturz des Lichts – in Trümmern des Südens – in zerfallendem Gewölk – Zerstäubungen der Stirne – Entschweifungen der Schläfe.

(1915)

DIE EROBERUNG

Ich wollte eine Stadt erobern, nun streicht ein Palmenblatt über mich hin.

Aus der Ohnmacht langer Monate und unaufhörlichen Vertriebenheiten –: Dies Land will ich besetzen, dachte Rönne, und seine Augen rissen den weißen Schein der Straße an sich, befühlten ihn, verglichen ihn mit den Schichten nah am Himmel und mit der Helle der Mauer eines Hauses, und schon verging er vor Glück in den Abend, in die deutliche Verlängerung des Lichts, in dieses kühle Ende eines Tages, der voll Frühling war.

Die Erstürmung ist zu Ende, sagte er sich; es ist fester Fuß gefaßt. Sie tragen ihre Ohnmacht noch in Farben an ihren Hüten, in Schleifen, rot und gelb, und kleinen Fahnen an der Jacke; aber vertrieben werden wir hier zunächst nicht werden. Dagegen alles, was geschieht, geschieht erstmalig. Eine fremde Sprache, alles ist haßerfüllt und kommt zögernd über einen Abgrund her. Hier will ich Schritt für Schritt vorgehen. Wenn irgendwo, muß es mir hier gelingen.

Er schritt aus; schon blühte um ihn die Stadt. Sie wogte auf ihn zu, sie erhob sich von den Hügeln, schlug Brücken über die Inseln, ihre Krone rauschte. Über Plätze, vor Jahrhunderten liegengeblieben und von keinem Fuß berührt, drängten alle Straßen hernieder in ein Tal; es war ein Abstieg in der Stadt, sie ließ sich sinken in die Ebene, sie entsteinte ihr Gemäuer einem Weinberg zu.

Er verhielt auf einem Platz, sank auf eine Mauer, schloß

die Augen, spürte mit den Händen durch die Luft wie durch Wasser und drängte: Liebe Stadt, laß dich doch besetzen! Beheimate mich! Nimm mich auf in die Gemeinschaft! Du wächst nicht auf, du schwillst oben nicht an, alles das ermüdet so. Du bist so südlich; deine Kirche betet in den Abend, ihr Stein ist weiß, der Himmel blau. Du irrst so an das Ufer der Ferne, du wirst dich erbarmen, schon umschweifst du mich.

Er fühlte sich gefestigt. Er schwang über die Boulevards; es war ein Wogen hin und her. Er ging beschwingt; die Frauen trug er in seinen Falten wie Staub; die Entthronten; was gab es denn: kleine Höhlen und ein Büschel Erde in der Achsel. Einer Blonden wogte beim Atmen eine Rose hin und her. Die roch nun mit dem Blut der Brust zusammen irgendeinem Manne zu.

Ihr trieb er nach in ein Café. Er setzte sich und atmete tief: ja, hier ist die Gemeinschaft. Er sah sich um: Ein Mann versenkte sein Weiches in ein Mädchen; die dachte, es käme von Gott und strich sich glatt. Der Unterkiefer eines Zurückgebliebenen meisterte mit Hilfe von zwei verwachsenen Händen eine Tasse, die Eltern saßen dabei und verwahrten sich. Auf allen Tischen standen Geräte, welche für den Hunger, welche für den Durst. Ein Herr machte ein Angebot; Treue trat in sein Auge, Weib und Kind verernsteten seine Züge. Einer bewertete sachlich ein Gespräch. Einer kaute eine Landschaft an, der Wände Schmuck. Ja, hier ist das Glück, sagte er sich und blähte seine Nüstern, als versenke er sich. – Nehmt mich auf in die Gemeinschaft!

Schon erhob er die Blicke wie zu seinesgleichen. Seine Augen schweiften wie die des Kauenden. Nicht mehr leugnen ließ sich, daß das Licht auf der Straße sich verdunkelte, und daß tief gebeugt ein Mädchen sang. Klar zutage lagen die Lüste zwischen den Soldaten und den Frauen, und der Kellner gewann an Geltung. Und er fühlte, wie er wuchs und still ward, so kühl umstanden von lauter Dingen, die geschahen.

Nun wurde er kühner; er entlastete sich auf die Stühle, und siehe – sie standen da. Er verteilte, was er unter der Stirne trug, um der Säulen Samt. Die Marmorplatten wuchsen sich aus, die Klinken traten selbständig hervor. Er schweifte sich innen aus: auf die Borde, auf die Simse häufte er aus allen Höhlen und Falten Last um Last.

Nun hing sogar ein Bild an der Wand: eine Kuh auf einer Weide. Eine Kuh auf einer Weide, dachte er; eine runde braune Kuh, Himmel und ein Feld. Nein, was für ein namenloses Glück aus diesem Bild! Da steht sie nun mit vier Beinen, mit eins, zwei, drei, vier Beinen, das läßt sich gar nicht leugnen; sie steht mit vier Beinen auf einer Wiese aus Gras und sieht drei Schafe an, eins, zwei, drei Schafe – die Zahl, wie liebe ich die Zahlen, sie sind so hart, sie sind rundherum gleich unantastbar, sie starren von Unangreifbarkeit, ganz unzweideutig sind sie, es wäre lächerlich, irgend etwas an ihnen aussetzen zu wollen; wenn ich noch jemals traurig bin, will ich immer Zahlen vor mich her sagen; er lachte froh und ging.

Himmel um sein Haupt, blühte er durch das leise Spiel der Nacht. Sein waren die Gassen, für seine Gänge, ohne Demütigung vernahm er seiner Schritte Widerhall. Er fühlte ein Erschließen, er stieg auf, eine Pore war er, aus der es grünen wollte, eingeebnet fühlte er sich in das Schlenkern der Arme eines Mannes, der hastig über die Straße schritt, gehürnt von einem Ziel.

Weich und mahlend bewältigte er die Schaufenster durch Gedanken über Gegenstände in den Läden, stand herum prüfenden Blickes, als beabsichtige er einzukaufen, ging weiter, nicht befriedigt von dem, was man ihm bot.

Hart heran an Gangart und Gesichtsausdruck von anderen Männern trat er, schloß sich dem an, glättete seine Züge, um sie gelegentlich offenbar aufzucken zu lassen in der Erinnerung an ein Vorkommnis im Laufe des Tages, sei es heiterer, sei es ernster Art. Einen belebten großen Platz vollends nahm er wahr, um plötzlich stehenzubleiben, erschrocken mit der Hand an die Stirn zu fassen und den Kopf zu schütteln: nein, zu ärgerlich! nun hatte er etwas vergessen; entfallen war ihm etwas, das zu tun ihm oblag; ein Versäumnis lag vor, das trotz aller bevorstehenden Verabredungen des Abends unverzüglich nachzuholen ihm die Pflicht gebot. Weitergehen erübrigte sich. Es hieß jetzt, der Umkehr ins Auge sehen und vollbringen, was einmal als recht erkannt.

Erregt machte er kehrt; die einreihenden Gedanken der Nachblickenden wärmten ihn und trieben ihn an: Vielleicht erzählte nun einer von ihm zu Hause, vielleicht spöttelte er ein wenig, vielleicht sagte er etwas schadenfroh: ein Herr, der etwas vergessen hatte – vielleicht kam er nun zu spät zu seiner Verabredung – vielleicht blieb ihm nun die Tür verschlossen während der Ouvertüre –, er mußte noch einmal zurückgehen – wahrscheinlich in sein Büro –, wahrscheinlich ein Brief an einen Geschäftsfreund –, man kennt das ja selbst – ja ja, so ist das Leben – man erzieht sich selbst – man muß manches opfern – aber nur den Kopf nicht sinken lassen – erhebt die Herzen – Sursum corda – der gestirnte Himmel – das dienende Glied.

Er bog in ein Friseurgeschäft und unterzog sich der Pflege.

Ein Herr bekam den Hinterkopf gepudert. Warum, fragte sich Rönne, ich bekomme ihn nicht gepudert. Er überlegte. Er war blond. Es geht daraus hervor, daß das Prinzip des Weißen mit dem Prinzip des Blonden für diesen Zweck identisch ist. Es dürfte sich um den Lichtreflex handeln, um den Brechungskoeffizienten sozusagen. Jawohl, Brechungskoeffizient, sehr gut, und er verweilte einen Augenblick.

Man muß nur an alles, was man sieht, etwas anzuknüpfen vermögen, es mit früheren Erfahrungen in Einklang bringen und es unter allgemeine Gesichtspunkte stellen, das ist die Wirkungsweise der Vernunft, dessen entsinne ich mich.

Stark und gerüstet dehnte er sich in dem Rasierstuhl. Der

junge Mann tänzelte herum, tupfte hin und her und puderte und strich.

Er war wieder auf der Straße. Eine Frau bot einen flachen Korb herum mit Veilchensträußen, blau wie Stücke der Nacht, mit Orchideenbündeln, weichen Zusammenflusses aus Hellblau und Orange.

Die Orchidee, lachte er selbstgefällig, die Blüte des heißen Afrika, der Liebling der Sammler, der Gegenstand so mancher Ausstellungen des In- und Auslandes, jawohl, ich weiß Bescheid, jawohl, ich bin nicht unkundig, selbst zu einem Fachmann fände ich Beziehungen.

Da fiel sein Blick auf die Inschrift eines Hauses, die hieß etwa:. Schlachthof.

Nun mußte er sich eingehend über Schlachthof äußern. Der Dresdener Schlachthof vergleichsweise, erbaut Anfang der siebziger Jahre von Baurat Köhler, versehen mit den hygienisch-sanitären Vorrichtungen modernsten Systems – bahnbrechend war in dieser Richtung die Entdeckung des Dänen Johannsen. Es war ein Junitag des denkwürdigen Jahres der finnischen Expedition. Da ging er am Morgen durch die Östergaade und sah zwei Kühe ankommen, alter jütländischer Art – – heraus aus einer solchen Fülle des Tatsächlichen sprach er; so äußerte er sich, so stand er Antwort und Rede, klärte manches auf, half über Irrtümer hinweg, diente der Sache und unterstand der Allgemeinheit, die ihm dankte.

Messer und Geräte, Griffe und Anerkennung des Raumes Erforderndes, traten ihm entgegen. Nun wurde er gar ein Jäger, eine starke, geschlossene Gestalt. Er scheute sich nicht, durch grüne Joppe und Hornknöpfe Aufschluß über sein Gewerbe jedem Vorübergehenden zu geben. Er war wetterhart und gebräunt und einen kräftigen Schluck zum zweiten Frühstück, jawohl die Herren, und noch einmal! Er erzählte in einem größeren Kreise von dem Sechserbock, wie er den Drilling an die Backe nahm, und das Silberkorn flimmerte in der Kimme. Er prüfte und begutachtete einen Standhauer, erinnerte an die ungünstigen Erfahrungen mit dem Modell eines Försters aus der Nachbarschaft; er nickte bedächtig, schüttelte mit dem Kopf und sprach starken Atems in die rauhe Morgenluft, kurz, er war der geachtete Mann, dem im Umfang seines Faches Vertrauen zukam, eine bodenständige Natur, festen Schrittes und aufrechter Art.

Nun erkrankte ihm vollends sein Kind; an einem Frühlingsmorgen, das junge Geschöpf! Er schluchzte mit seinem Weibe; aber mit dem kurzen Daumen des Broterwerbers strich er sich durch den Bart, den Schmerz zu meistern. Er stand demütig vor dem Unbegreiflichen; aller Rätsel wurde auch er nicht Herr; das Mythische ragte in sein Leben hinein, die guten und die bösen Dinge, die Träne und das Blut.

Allmählich aber war die Nacht tiefer geworden und schloß ihn ein. Nun schwoll wirklich um ihn der Wald. Er sank auf Moos unter Stern und stillen Lauten. Blau stand zwischen Bäumen, Tier und Dorf. In ihrem Bett die Quelle. In ihrem Silberheim die Hügel. Und im Schauer seiner Haut, im Sprunge seiner Glieder, im Trunk der Augen, in seines Ohres Rausch: er, als der Blüten eine, er, als der Tiere Beischlaf, unter einem Himmel, unter einer Nacht. – Im Taumel halb, und halb, weil Klänge riefen, stieg er die Stufen hinunter in den Saal.

Da tanzte eine hinter Schleiern, die Brüste gebunden, und ein Korallengaumen, aus dem sie lachte. Zwei wehten mit ihren Händen an ihren Leibern vorbei und trieben Geruch und Lust den Männern zu. Eine stieß Leib und Brüste hervor nach Enthüllungen. Zwei, die sich lieben wollten, streiften die Ringe ab, die hatten rauhe Steine.

Er aber spürte die Hände alle auf den Hüften, den Drang, sich abzuflachen auf die Erde, die Zuckungen, das Zusammenströmen und den Aufwuchs, und plötzlich stand vor ihm die Schwangere: breites, schweres Fleisch, triefend von Säften aus Brust und Leib; ein magerer, verarmter Schädel über feuchtem Blattwerk, über einer Landschaft aus Blut, über

Schwellungen aus tierischen Geweben, hervorgerufen durch eine unzweifelhafte Berührung.

Da sprang er eine an, brach sie auf, biß in Gebein, das wie seines war, entriß ihm Schreie, die wie seine klangen, und verging an einer Hüfte, erstürmt von einem fremden Rund. –

Dann stieß der Morgen hervor, rot und siegreich. Rönne schritt durch die Wellen der Frühe, durch das Meer, das über die Wolken brach. Rein und klar sah er hinter sich die Nacht, nun ging er den Weg zu den Palmengärten am Rande der Stadt.

Das Licht wuchs an, der Tag erhob sich; immer der gleiche ewige Tag, immer das unverlierbare Licht.

Die letzten Straßen, Brut quoll aus den Kellern; vorbei schabte ein Mönch, der Triumph des Inhalts; Frauen, Geruch aus Nestern und Begattung hinter sich herschleifend, führten ihre bejahenden Versenkungen dem Nachbar zu. Zu ihnen gehörten sie alle: Der Jäger und der Krüppel, der Vergeßliche und der Tänzer – alle glaubten, versteckt oder frei, an die großen Gehirne, um die die Götter schwebten.

Er, der Einsame; blauer Himmel, schweigendes Licht. Über ihm die weiße Wolke: die sanftgekappten Rande, das schweifende Vergehen.

Er wehte sich über die Stirn: Am Abend, als ich ausging, schien ich mir noch des Schmerzes wert. Nun mag ich unter Farren liegen, die Stämme anschielen und überall die Fläche sehen.

Die Türen sanken nieder, die Glashäuser bebten, auf einer Kuppel aus Kristall zerbarst ein Strom des unverlierbaren Lichts: – so trat er ein –

Ich wollte eine Stadt erobern, nun streicht ein Palmenblatt über mich hin.

Er wühlte sich in das Moos: am Schaft, wasserernährt, meine Stirn, handbreit, und dann beginnt es.

Bald darauf ertönte eine Glocke. Die Gärtner gingen an ihre Arbeit; da schritt auch er an eine Kanne und streute Wasser über die Farren, die aus einer Sonne kamen, wo viel verdunstete.

(1915)

DIE REISE

Sinnlos und das Ende um allen Saum.

Rönne wollte nach Antwerpen fahren, aber wie ohne Zerrüttung? Er konnte nicht zu Mittag kommen. Er mußte angeben, er könnte heute nicht zu Mittag kommen, er fahre nach Antwerpen. Nach Antwerpen hätte der Zuhörer gedacht? Betrachtung? Aufnahme? Sich ergehen? Das erschien ihm ausgeschlossen. Es zielte auf Bereicherung und den Aufbau des Seelischen.

Und nun stellte er sich vor, er säße im Zug und müßte sich plötzlich erinnern, wie jetzt bei Tisch davon gesprochen wurde, daß er fort sei; wenn er nur nebenbei, als Antwort auf eine kurz hingeworfene Frage, jedenfalls aber doch so viel, er seinerseits suche Beziehungen zu der Stadt, dem Mittelalter und den Scheldequais.

Erschlagen fühlte er sich, Schweißausbrüche. Eine Krümmung befiel ihn, als er seine unbestimmten und noch gar nicht absehbaren, jedenfalls aber doch so geringen und armseligen Vorgänge zusammengefaßt erblickte in Begriffen aus dem Lebensweg eines Herrn.

Ein Wolkenbruch von Hemmungen und Schwäche brach auf ihn nieder. Denn wo waren Garantien, daß er überhaupt etwas von der Reise erzählen könnte, mitbringen, verlebendigen, daß etwas in ihn träte im Sinne des Erlebnisses?

Große Rauheiten, wie die Eisenbahn, sich einem Herrn gegenübergesetzt fühlen, das Heraustreten vor den Ankunftsbahnhof mit der zielstrebigen Bewegung zu dem Orte der Verrichtung, das alles waren Dinge, die konnten nur im geheimen vor sich gehen, in sich selber erlitten, trostlos und tief.

Wie war er denn überhaupt auf den Gedanken gekommen, zu verlassen, darin er seinen Tag erfüllte? War er tollkühn, herauszutreten aus der Form, die ihn trug? Glaubte er an Erweiterung, trotzte er dem Zusammenbruch?

Nein, sagte er sich, nein. Ich kann es beschwören: nein. Nur als ich vorhin aus dem Geschäft ging, nach Veilchen roch man wieder, gepudert war man auch, ein Mädchen kam heran mit weißer Brust, es erschien nicht ausgeschlossen, daß man sie eröffnete. Es erschien nicht ausgeschlossen, daß man prangen würde und strömen. Ein Strand rückte in den Bereich der Möglichkeiten, an den die blaue Brust des Meeres schlug. Aber nun zur Versöhnung will ich essen gehn.

Durch Verbeugung in der Türe erkannte er die Individualitäten. Wer wäre er gewesen? Still nahm er Platz. Groß wuchteten die Herren.

Nun erzählte Herr Friedhoff von den Eigentümlichkeiten einer tropischen Frucht, die einen Kern enthalte von Eigröße. Das Weiche äße man mit einem Löffel, es habe gallertartige Konsistenz. Einige meinten, es schmecke nach Nuß. Er demgegenüber habe immer gefunden, es schmecke nach Ei. Man äße es mit Pfeffer und Salz. Es handelte sich um eine schmackhafte Frucht. Er habe davon des Tages drei bis vier gegessen und einen ernstlichen Schaden nie bemerkt.

Hierin trat Herrn Körner das Außerordentliche entgegen. Mit Pfeffer und Salz eine Frucht? Das erschien ihm ungewöhnlich, und er nahm dazu Stellung.

Wenn es ihm doch aber nach Ei schmeckt, wies Herr Mau auf das Subjektive des Urteils hin, gleichzeitig etwas wegwerfend, als ob er seinerseits nichts Unüberbrückbares sähe. Außerdem so ungewöhnlich sei es doch nun nicht, führte Herr

Offenberg zur Norm zurück, denn zum Beispiel die Tomate? Wie nun vollends, wenn Herr Kritzler einen Oheim aufzuweisen hatte, der noch mit siebzig Jahren Melone mit Senf gegessen hatte, und zwar in den Abendstunden, wo derartiges bekanntlich am wenigsten bekömmlich sei?

Alles in allem: Lag denn in der Tat eine Erscheinung von so ungewöhnlicher Art vor, ein Vorkommnis sozusagen, das die Aufmerksamkeit weiterer Kreise auf sich zu lenken geeignet war, sei es, weil es in seinen Verallgemeinerungen bedenkliche Folgeerscheinungen hätte zeitigen können, sei es, weil es als Erlebnis aus der besonderen Atmosphäre des Tropischen zum Nachdenken anzuregen geeignet war?

So weit war es gediehen, als Rönne zitterte, Erstickung auf seinem Teller fand und nur mit Mühe das Fleisch aß. Ob er aber nicht doch vielleicht eine Banane gemeint habe, bestand Herr Körner, diese weiche, etwas mürbe und längliche Frucht?

Eine Banane, wuchs Herr Friedhoff auf? Er, der Kongokenner?? Der langjährige Befahrer des Moabangi? Nein, das nötigte ihm geradezu ein Lächeln ab! Weit entschwand er über diesen Kreis. Was hatten sie denn für Vergleiche? Eine Erdbeere oder eine Nuß, vielleicht hie und da eine Marone, etwas südlicher. Er aber, der beamtete Vertreter in Hulemakong, der aus den Dschungeln des Jambo kam?

Jetzt oder nie, Aufstieg oder Vernichtung, fühlte Rönne, und: wirklich nie einen ernstlichen Schaden bemerkt? tastete er sich beherrschten Lautes in das Gewoge, Erstaunen malend und den Zweifel des Fachmanns: Vor dem Nichts stand er; ob Antwort käme?

Aber saß denn nicht schließlich auf dem Stuhl aus Holz er, schlicht umrauscht von dem Wissen um das Gefahrvolle der Tropenfrucht, wie in Sinnen und Vergleichen mit Angaben und Erzählungen ähnlicher Erlebnisse, der schweigsame Forscher, der durch Beruf und Anlage wortkarge Arzt? Dünn sah er durch die Lider, vom Fleisch auf, die Reihe entlang, langsam erglänzend. Hoffnung war es noch nicht, aber ein Wehen ohne Not. Und nun eine Festigung: mehreren Herren schien in der Tat die nochmalige Bestätigung dieser Tatsache zur Behebung von etwa aufgestiegenen Bedenken von Wert zu sein. Und nun war kein Zweifel mehr: einige nickten kauend.

Jubel in ihm, Triumphgesänge. Nur hallte Antwort mit Aufrechterhaltung gegenüber Zweiflern, und das galt ihm. Einreihung geschah, Bewertung trat ein; Fleisch aß er, ein wohlbekanntes Gericht; Äußerungen knüpften an ihn an, zu Ansammlungen trat er, unter ein Gewölbe von großem Glück; selbst Verabredung für den Nachmittag zuckte einen Augenblick lang ohne Erbeben durch sein Herz.

Aus Erz saßen die Männer. Voll kostete Rönne seinen Triumph. Er erlebte tief, wie aus jedem der Mitesser ihm der Titel eines Herrn zustieg, der nach der Mahlzeit einen kleinen Schnaps nicht verschmähte und ihn mit einem bescheidenen Witzwort zu sich nimmt, in dem Ermunterung für die andern, aber auch die entschiedene Abwehr jeglichen übermäßigen Alkoholgenusses eine gewisse Atmosphäre der Behaglichkeit verbreitete. Der Eindruck der Redlichkeit war er und des schlichten Eintretens für die eigene Überzeugung; aber auch einer anderweitigen Auffassung gegenüber würde er gern zugeben: da ist was Wahres dran. Geordnet fühlte er seine Züge; kühler Gelassenheit, ja Unerschütterlichkeit auf seinem Gesicht zum Siege verholfen, und das trug er bis an die Tür, die er hinter sich schloß.

Schattenhaft ging er durch den Gang, nun wieder im Gefühl des Schlafes, in den man sank ohne einen Wirbel über sich zu lassen, negativ verendet, nur als Schnittpunkt bejaht. Zwei Huren wuschen den Gang auf, von weitem schon ihn wahrnehmend, aber sich in die Arbeit versunken stellend, bis er dawar. Nun erst trat in die Augen das jähe Erkennen, Keuschheit und Verheißung aus der Reife des Bluts.

Rönne aber dachte, ich kenne euch Tiere, über dreihundert Nackte jeden Morgen! aber wie stark ihr die Liebe spielt! Eine kannte ich, die war an einem Tag von Männern einem Viertelhundert der Rausch gewesen, die Schauer und der Sommer, um den sie blühten. Sie stellte die Form, und es geschah das Wirkliche. Ich will Formen suchen und mich hinterlassen; Wirklichkeiten eine Hügelkette, o von den Dingen ein Gelände.

Er trat aus dem Haus. Helle Avenuen waren da, Licht voll Entrückung, Daphneen im Erblühn. Es war eine Vorstadt; Armes aus Kellern, Krüppel und Gräber, so viel Ungelacht. Rönne aber dachte, jeder Mensch, dem ich begegne, ist noch ein Sturm zu seinem Glück. Nirgends meine schwere, drängende Zerrüttung.

Er ging langsam, er schürfte sich vor. Es war eine ungewohnte Straßenstunde, ihm seit Monaten nicht mehr bekannt. Er blätterte das Entgegenkommende behutsam auseinander mit seinen tastenden, an der Spitze leicht ermüdbaren Augen.

Aufzunehmen gilt es, rief er sich zu, einzuordnen oder prüfend zu übergehn. Aus dem Einstrom der Dinge, dem Rauschen der Klänge, dem Fluten des Lichts die stille Ebene herzustellen, die er bedeutete.

Es war eine fremde Gegend, durch die er ging, aber es mochte immerhin ein Bekannter kommen und fragen, woher und wohin. Und obschon er einen Patienten jederzeit hierfür zur Hand gehabt hätte, so war es doch nicht der Fall, und ihm graute vor dem Erlebnis, vor dem er stehen würde: daß er aus dem Nichts in das Fragwürdige schritt, im Antrieb eines Schattens, keiner Verknotung mächtig, und dennoch auf Erhaltung rechnend.

Scheu sah er sich um; höhnisch standen Haus und Baum; unterwürfig eilte er vorbei. Haus, sagte er zum nächsten Gebäude; Haus zum übernächsten; Baum zu allen Linden seines Wegs. Nur um Vermittelung handelte es sich, in Unberührtheit blieben die Einzeldinge; wer wäre er gewesen, an sich zu nehmen oder zu übersehen oder, sich auflehnend, zu erschaffen? Ein bißchen durch die Sonne gehen, mehr wollte er ja nicht; es warm haben, und der Himmel hatte ein Blau: nie endend, mütterlich und sanft vergehend.

Weit war er noch nicht von seinem Krankenhaus entfernt, da übermannte ihn schon die Not. Wohin trug er sich denn, etwa in das All? War er der Träumer denn, weich streifend den Hang, oder der Hirt auf den Hügeln? Trat an die Maikastanie vielleicht er, den Ast beklopfend mit dem Hornmesser, bis in Saft vom Zweige die Rinde glitt und wurde die gehöhlte Flöte? Gesänge, hatte er sie? War er vielleicht der Freie, der in Segeln schritt, und überall die Erde, löschend mit seinem Blick? Oh, er war wohl schon zu weit gegangen! Schon schwankte vor der Straße Feld unter gelben Stürmen gefleckter Himmel, und ein Wagen hielt am Saum der Stadt. Zurück! hieß es; denn heran wogte das Ungeformte, und das Uferlose lag lauernd.

Nun nahm ihn wieder die Straße auf, schnurgerade und unter einem flachen Licht. Von Tür zu Tür lief sie, und sachlich um den Fuß der Botenfrau; aus den Kellern über sie wehte die Küche Nahrung und Notdurft; vor dem Spiegel der Herr kämmte achtbar seinen Bart; klang der Fuß auf Metall, sorgte für Entwässerung das Gemeinwohl; lag ein Gitterchen an der Mauer, kam im Winter nicht der Frost, und in ihr Recht traten Förder und Schacht?

Da trat ein Herr auf ihn zu, und ha ha, und schön Wetter ging es hin und her, Vergangenheit und Zukunft eine Weile im kategorialen Raum. Als er fort war, taumelte Rönne.

Sie alle lebten mit Schwerpunkten auf Meridianen zwischen Refraktor und Barometer, er nur sandte Blicke über die Dinge, gelähmt von Sehnsüchten nach einem Azimut, nach einer klaren logischen Säuberung schrie er, nach einem Wort, das ihn erfaßte. Wann würde er der erzene Mann, um den tags die Dinge brandeten und des Nachts der Schlaf, der gelassen vor einem Bahnhof stände, wieviel Erde es auch gäbe, der Verwurzelte, der Unerschütterliche?

Reisen hatte er gewollt, aber nun schienen Gleise über die Straße, und schon sank sein Blick. Oh, daß es eine Erde gab, wirklich grün, stark irden, silbern verfernt, über die die Augen strichen wie ein Flügel, und Städte, flache weiße, an Küsten und Kutter, braune, die man hinnahm, liebte und vergaß.

Oder ein Leben um das Radwerk einer Uhr. Um Hyazinthenknollen die Hand. Die Schulter, die das Fischnetz zog, silbern und ihr Abwurf auf den Strand.

Da, durch die helle dünne Luft, in die die Knospen ragten, und unter dem ersten Stern, kam eine Frau vorbei und roch blau und langte Rönne nach dem Schädel und legte ihn tief in den Nacken, bettend, und über der Stirn stand die frühe Nacht.

Rönne schluchzte auf: wer knirschte so tief wie ich unter dem Stoff, wer ist so geknechtet von den Dingen nach Zusammenhang als ich, aber eben dies schweifende Gewässer, tief, dunkel und veilchenfarben, aus dem Aufklaff einer Achsel – mich stäubt Zermalmung an.

Zwischen die Straßen rinnt Nacht, über die weißen Steine blaut es, es verdichtet sich die Entrückung; die Sträucher schmelzen, welches Vergehn! –

Nun fiel ein Regen und löste die Form. Wohnungen traten unter laues Wasser, in Frühlingsgewölke stand alle Stadt. Über ihr aber schwebte er, entrückt, einsam, mit einer Krone irgendwoher. Jäh wurde er der Herr mit Koffer, der auf die Reise ging durch Aue und Land. Schon wogten Hügel heran, weich bewäldert; nun brüderlich die Äcker, die Versöhnung kam.

Er sah die Straße entlang und fand wohin.

Einrauschte er in die Dämmerung eines Kinos, in das Unbewußte des Parterres. In weiten Kelchen flacher Blumen bis an die verhüllten Ampeln stand rötliches Licht. Aus Geigen ging es, nah und warm gespielt, auf der Ründung seines Hirns, entlockend einen wirklich süßen Ton. Schulter neigte sich an Schulter, eine Hingebung; Geflüster, ein Zusammenschluß, Betastungen, das Glück. Ein Herr kam auf ihn zu, mit Frau und Kind, Bekanntschaft zuwerfend, breiten Mund und frohes Lachen. Rönne aber erkannte ihn nicht mehr.

Er war eingetreten in den Film, in die scheidende Geste, in die mythische Wucht.

Groß vor dem Meer wölkte er um sich den Mantel, in hellen Brisen stand in Falten der Rock; durch die Luft schlug er wie auf ein Tier, und wie kühlte der Trunk den Letzten des Stamms.

Wie er stampfte, wie rüstig blähte er das Knie. Die Asche streifte er ab, lässig, benommen von den großen Dingen, die seiner harrten aus dem Brief, den der alte Diener brachte, auf dessen Knien der Ahn geschaukelt.

Zu der Frau am Bronnen trat edel der Greis. Wie stutzte die Amme, am Busen das Tuch. Wie holde Gespielin! Wie Reh zwischen Farren! Wie ritterlich Weidwerk! Wie Silberbart!

Rönne atmete kaum, behutsam, es nicht zu zerbrechen.

Denn es war vollbracht, es hatte sich vollzogen.

Über den Trümmern einer kranken Zeit hatte sich zusammengefunden die Bewegung und der Geist, ohne Zwischentritt. Klar aus den Reizen segelte der Arm; vom Licht zur Hüfte, ein heller Schwung, von Ast zu Ast.

In sich rauschte der Strom. Oder wenn es kein Strom war, ein Wurf von Formen, ein Spiel in Fiebern, sinnlos und das Ende um allen Saum.

Rönne, ein Gebilde, ein heller Zusammentritt, zerfallend, von blauen Buchten benagt, über den Lidern kichernd das Licht.

Er trat auf die Avenue. Er endete in einem Park.

Dunkel drohte es auf, bewölkt und schauernd, wieder aus dem Gefühl des Schlafs, in den man sank, ohne einen Wirbel über sich zu lassen, negativ verendet, nur als Schnittpunkt bejaht; aber noch ging er durch den Frühling, und erschuf sich an den hellen Anemonen des Rasens entlang und lehnte an eine Herme, verstorben weiß, ewig marmorn, hierher zerfallen aus den Brüchen, vor denen nie verging das südliche Meer.

(1916)

DIE INSEL

Daß dies das Leben sei, war eine Annahme, zu der Rönne, einen Arzt, das von leitender Stelle aus Geregelte seiner Tage, das staatlich Genehmigte, ja Vorgeschriebene seiner Bestimmung wohl berechtigte.

Tat es etwas, daß die Insel klein war, übersehbar von einem Hügel, ein Streifen Stein zwischen Möwen und Meer – es gab das Gefängnis da mit den Sträflingen, daran Arzt zu sein er ausersehen, und dann gab es Strand, eine große Strauchwiese voll Gezwitscher, ein Vogelhort, und weiter unten ein elendes Dorf mit Fischern, das allerdings galt es noch näher zu beleuchten.

Ein Rachen war bepinselt, einer Meineidigen das Knie massiert, da erhob sich Rönne und verließ das ummäuerte Gehöft. Davor lag weißer Strand; darauf blühte Hafer und Distel; denn der Sommer war über das Meer gekommen wie ein Gewitter: der Himmel donnerte von Bläue und es goß Wärme und Licht.

Unter Gedanken, wie die freie Zeit, die ihm nach Erledigung seiner Dienstpflichten zur Verfügung stand, zweckmäßig zu verwenden sei, welches ihr Sinn sei in Hinsicht des Staates und der Person, schritt er aus. Er atmete tief die reine Seeluft ein, die schmächtige Brust ihr entgegenspülend, dem Gesundheitlichen, das sie bekanntermaßen dem Wanderer bot, willig hingegeben. Eins fühlte er sich mit dem Geiste, der ihn hierherberufen und gestellt, der sich ohne Zaudern zur Sicherstellung der vorwärtszielenden bürgerlichen Verrichtung entschloß; der dem Schutze galt, die die Öffentlichkeit dem strebenden Bemühen schuldete, mit einem Wort: der die Ausmerzung des Schädlings anstrebte, ohne jedoch selbst hier außer acht zu lassen das allgemein Menschliche noch des Gefallenen und in einer Art stummer Anerkenntnis des großen allumschließenden Bandes des Seelischen schlechthin nicht die Vernichtung wollte, sondern den Arzt beigab.

Und nun, die karge Schindel der ersten Hütte, war sie nicht Hut gegen Sturm und Regen, der Unbill Abwehr, Traute und Behaglichkeit bedachend? Das Netz, das vom Fang kommend der Gatte ausbreitete, sorgsam über Pfahl und Stein, war es nicht umwittert vom Geruch der Diele, wo es sich vollzog, das Natürliche, das Urgesunde? Und nun wehte gar ein Windstoß an eine Ölkappe, und ein Arm griff an die Krempe –: jawohl, auf Reize antwortete hier Organisches; betrieben wurden seine Symptome: der Stoffwechsel und die Vermehrung; der Reflexbogen herrschte, hier war gut ruhn.

Vor einer Kneipe saßen Männer. Ihr Sinn? Sie saßen! Sie gingen nicht, sie schonten Kraft. Sie tranken aus Krügen! Reine Lust? Niemals! Nährwert war nicht zu leugnen. Und wenn? Erholung von Mann zu Mann?! Erfahrungsaustausch?! Bestätigungen!!!?

Und der Düstere abseits? Der Grübeler, der sich ernster nahm? Flammte nicht auch auf seiner Stirn noch durch das Dämonische, selbst gegen Götter gerichtet, der geschlossenere Akt, der stärkere Aufbau, das Lichtbringerische in eventuellen Abgrund?

Kurz und gut: lauter Wahrnehmungen, die wohl befriedigen durften. Nirgends eine Störung, überall Sonne und heller Ablauf.

Rönne setzte sich. Ich habe etwas freie Zeit, sagte er sich, jetzt will ich etwas denken. Also, eine Insel und etwas südliches Meer. Es sind nicht da, aber es könnten da sein: Zimtwälder. Jetzt ist Juni, und es begönne die Entborkung, und ein Zweiglein bräche dabei wohl ab. Ein überaus lieblicher Geruch würde sich verbreiten, auch beim Abreißen eines Blattes ein aromatisches Geschehen.

Denn alles in allem: vier bis sechs Fuß hohe Stauden, weiche grüne lorbeerähnliche Blätter, indes der Blütenstempel gelb getönt ist. Ist der Schößling daumenstark, tritt die Einsammlung heran und es erfordert viele Hände, Bündel, krumme Messer, Rinde und Bast; mit diesen Worten ist manches schon erwiesen, aber erst in der Hütte wird das Häutchen abgeschält.

Ja, das war eine Insel, die in einem Meer vor Indien lag. Es nahte sich ein Schiff, plötzlich trat es in den Wind, der das Land umfaßt hatte und nun stand es im Atem des bräunlichen Walds. Der Zimtwald, dachte der Reisende, und der Zimtwald, dachte Rönne. Schneeweiß war der Boden, und die Staude saftig. Und durch die Insel schritt er, zwischen Roggen und Wein, abgeschlossen und still umgrenzt. Sein Urteil ist Begehren, der Satzbau Stellung nehmen. Er grübelt, doch über die Polle einer Pflanze, denn er ist gewillt, sie einzusäen. Ferne ist die Zeit der Trauer, da er in der Bahn hierherfuhr mit den Damen: das ist sehr hübsch hier, sagte die Mutter zu den Töchtern, seht doch mal! und nun verarbeiteten sie aus den Kupeefenstern heraus die Hügelkette, matt im blauen Dunst, davor das Tal und eine Stadt, die hinter Wäldern und Klee versank; denn wenn die Mutter es nicht gesagt hätte, mußte Rönne immer denken, wäre der Aufstieg nicht erfolgt.

Hier aber herrschten keine solche vagen Ausrufe. Hier wurde hingenommen, was ins Auge traf. Sachliche Verarbeitung trat ein in bezug auf ein Netz, im Hinblick auf eine Reuse. Und auch wenn er wie eben etwas dachte, lag Andersartiges vor, keine Bereicherung, mehr ein Traum.

Hell saß er am Strand. Er fühlte sich leicht und durchsichtig und schien sich nicht mehr unsauber zu sein als ein bewegter Stein, als ein abgerundeter Block gehalten von einer leichten Organisation.

Und wenn er auf die Insel aus dem Gefühl einer Aufgabe herausgekommen war, an Gegenständen, die er möglichst isoliert unter wenig veränderlichen Bedingungen beobachten konnte, den Begriff nachzuprüfen, so spürte er jetzt schon etwas wie Erfüllung. Die Begriffe, schien ihm, sanken herab. Wie hatte zum Beispiel Meer auf ihm gelegen, ein sprachlicher Bestand, abgeschnürt von allen hellen Wässern, beweglich, aber doch höchstens als Systemwiesel, das Ergebnis eines Denkprozesses, ein allgemeinster Ausdruck. Jetzt aber, schien es ihm, wanderte er dahin zurück, wo es unabsehbare Wässer gab im Süden und im Norden brackige Flut, und Wellen eine Lippe unerwartet salzten. Leise schwand der Drang, es schärfer aufzurichten, es unantastbarer zu umreißen gegenüber Dünen und einem See. Leise fühlte er ihn vergessen, ihn zurückerstatten an seine Wesenheit, an die Möwe und den Tang, den Sturmgeruch und alles Ruhelose. – – – – – –

Rönne lebte einsam seiner Entwicklung hingegeben und arbeitete viel. Seine Studien galten der Schaffung der neuen Syntax. Die Weltanschauung, die die Arbeit des vergangenen Jahrhunderts erschaffen hatte, sie galt es zu vollenden. Den Du-Charakter des Grammatischen auszuschalten, schien ihm ehrlicherweise notwendig, denn die Anrede war mythisch geworden.

Er fühlte sich seiner Entwicklung verpflichtet und die ging auf Jahrtausende zurück.

Die Umgestaltung der Bewegung zu einer Handlung unter Vorwegnahme des Zieles lag im Unentschleierbaren, wo der Mensch begann. Das war gegeben. Auch daß er hin und her die Augen aufschlug: in helle Himmel, über Wüsten, am Nil, und an den Myrtenlagunen die Geigenvölker – – aber hier im Norden drängte es zur Entscheidung: zwischen Hunger und Liebe war der dritte Trieb getreten. Aus dem schlechten Atem der Asketen, aus ermatteten Geschlechtlichkeiten, unter den verdickten Lüften der Nebelländer wuchs sie hervor, die Erkenntnis, Hekatomben röchelnd nach der Einheit des Denkens, und die Stunde der Erfüllung schien gekommen.

Hatte Cartesius noch die Zirbeldrüse für den Sitz der Seele angenommen, da ihr Äußeres dem Finger Gottes: gelblich, langgestreckt, milde und doch drohend, gleichen mochte, so hatten die Hirnphysiologen festgestellt, wann beim Einstich in die Hirnmasse Zucker im Harn, wann Indigo auftrat, ja wann korrelativ der Speichel floß. Die Psychologie hatte den Begleitcharakter des Gefühls zu den Empfindungen erkannt, den ihnen zustehenden generellen Wert der Abwehr des Schädlichen in genauen Kurven festgelegt, die Ablesbarkeit der individuellen Differenzen war vollendet. Die Erkenntnistheorie schloß ab, mit der Erneuerung Berkeleyischer Ideen einem Panpsychismus zum Durchbruch zu verhelfen, der dem Wirklichen den Rang kondensierter Begriffe in der Bedeutung geschlechtlich besonders betonter Umwelt zum Zwecke bequemer Arterhaltung zuwies.

Dies alles gilt als ausgemacht, sagte sich Rönne. Dies wird seit Jahrfünften gelehrt und hingenommen. Wo aber blieb die Auseinandersetzung innerhalb seiner selbst, wo fand die statt? Ihr Ausdruck, das Sprachliche, wo vollzog sich das?

Unter Grübeln trat er vor ein Feld mit einem Mann, den er aus der Anstalt mitgenommen hatte:

«Mohn, pralle Form des Sommers», rief er, «Nabelhafter: Gruppierend Bauchiges, Dynamit des Dualismus: Hier steht der Farbenblinde, die Röte-Nacht. Ha, wie du hinklirrst! Ins Feld gestürzt, du Ausgezackter, Reiz-Felsen, ins Kraut geschwemmt, – und alle süßen Mittage, da mein Auge auf dir schlief letzte stille Schlafe, treue Stunden – – An deiner Narbe Blauschatten, an deine Flatterglut gelehnt, gewärmt, getröstet, hingesunken an deine Feuer: angeblüht!: nun dieser Mann –: auch du! Auch du! – – An meinen Randen spielend, in Sommerweite, all mein Gegenglück – und nun: wo bin ich nicht?»

Wo bin ich nicht, dachte er, und wandte sich in der Richtung nach der Anstalt, und wo tritt das Ereignis nicht in das Gegebene? Da unten sind Zimmer. An Tischen sitzen Männer, Direktoren und Beamte, zwischen Denkanstößen geht der Zahnstocher hin und her.

Aus Ereignissen des täglichen Daseins und Rennberichten spielt der psychische Komplex sich ab. Es tritt auf das Befremdende, das Abweichende, ja bis zum Widersprechenden stellt es sich ein. Wachgerufen wird in den Bewußtseinsabläufen das Bestreben, das Ungeklärte zu entwirren, das Zweifelhafte sicherzustellen, der Überbrückung des Zwiespalts gilt das Wort. Es tritt die Erfahrung hervor, Beweis und Abwehr gibt sie an die Hand; und die Beobachtung, hier und da gemacht, wenn auch nicht eindeutig, soll sie völlig wertlos sein? Schon weicht das Dunkle. Schon glättet sich das Krause, und daß kein Widerspruch mehr besteht, und blaut es herab.

Immer blaut bald etwas herab, zum Beispiel der Kalbsbraten, den doch jeder kennt. Jäh tritt er an einem Stammtisch auf, und es ranken sich um ihn die Individualitäten. Geographische Besonderheiten, Eigentümlichkeiten des Geschmacklichen werden hervortreten, der Drang zur Nuance um ihn sein. Es wird branden der Streit und das Erschlaffen, der Angriff und die Versöhnung um den Kalbsbraten, den Entfesseler des Psychischen.

Und das Morgendliche, wem begegnet es? Einer Frau, die sich außergewöhnlich in der Frühe erhebt; alle Kühle und sein Tau rinnen in das Wesen, das schreitet. Weiterleitung tritt ein, ein Ausruf wird erfolgen, Bestände von Erzählungen über frühe Gänge werden gebildet: – Überall stehen die Verarbeitungsbehälter und was war und wird, ist längst geschehen.

Wann gab es Umströmte? Ich muß alles denken, ich muß alles zusammenfassen, nichts entgeht der logischen Verknüpfung. Anfang und Ende, aber ich geschehe. Ich lebe auf dieser Insel und denke Zimtwälder. In mir durchwächst sich Wirkliches und Traum. Was blüht der Mohn, wenn er sich entrötet; der Knabe spricht, aber der psychische Komplex ist vorhanden, auch ohne ihn. –

Die Konkurrenz zwischen den Assoziationen, das ist das letzte Ich – dachte er und schritt zurück zur Anstalt, die auf einem Hügel am Meere lag. Hängt aus meiner Tasche eine Zeitung, ein buchhändlerisches Phänomen, bietet es Anknüpfungen zu Bewegungsvorgängen an Mitmenschen, sozusagen zu einem Geschehnis zwischen Individualitäten. Sagt der Kollege, Sie gestatten das Journal, liegt ein Reiz vor, der wirkt, ein Wille, der sich auf etwas richtet, motorische Konkurrenzen, aber jedenfalls immer das Schema der Seele, die Vitalreihe ist es, die die Fallen stellt.

Wir sind am Ende, fühlte er, wir überwanden unser letztes Organ. Ich werde den Korridor entlanggehen, und mein Schritt wird hallen. Denn muß im Korridor der Schritt nicht hallen? Jawohl, das ist das Leben, und im Vorbeigehen ein Scherzwort an die Beamtin? Jawohl, auch dies! –

Da landete das Schiff, das alle Wochen an die Insel kam, und mit den Gästen stieg eine Frau ans Land, die eine Weile hier wohnen wollte.

Rönne lernte sie kennen, warum sollte er sie nicht kennenlernen: einen Haufen sekundärer Geschlechtsmerkmale anthropoid gruppiert.

Aber bald fragte er sich beunruhigt, ich suche ihren Umgang, doch das Denkerische ist es nicht, was aber ist es? Sie ist mittelgroß, blond, mit Wasserstoff gebleicht und grau an den Schläfen. Ihre Augen liegen in der Ferne, unverrückbar grau von Nebel die Pupille – aber ich spüre es wie Flucht, ich muß sie beformeln:

Ihr Wesen: sie liebt weiße Blumen, Katzen und Kristalle

und sie kann des Nachts allein nicht schlafen, denn sie liebt es so, ein Herz zu hören, wo aber soll das Prinzip ansetzen und die Zusammenfassung erfolgen? Nie begehrt sie eine Zärtlichkeit, aber wenn man sich ihr nähert, tritt man unter das Dach der Liebe, und plötzlich steht sie über mir in einer Stellung, die ihr Schmerzen machen muß, unbeweglich und lange – – welch erschütternde Verwirrung!

Witternd Gefahr, hörend aus der Ferne einen Strom, der herangurgelte, ihn aufzulösen, schlug er um sich die soziologischen Bestände.

Wie, auf der Nachbarinsel war die Hirse stockig? War es gut gehandelt an dem kleinen Mann? Wo blieb Redlichkeit und Bruderkuß? Wenn dies verging, was blieb? – Oder: wirklich hingegeben an die übliche Menge gemahlenen Tees, in einer Flasche geschüttelt, gefüllt, gekorkt und nochmals geschüttelt, und die übermittelt dem Bekannten, dem Nachbar oder dem Wißbegierigen redlichen Sinnes und helfender Gesinnung, was blieb dann noch der Verführung zugänglich; er, der schlichte Schamträger in seiner staatlichen Verquickung, – nun durfte wohl Friede sein, endlich, ja?

Aber schon wieder war die Lockung da, die Frau, das Strömende, und befreit atmete er der Wärterin entgegen, die kam: ein krankes Knie! Wie verdichtet es sich zur Wirklichkeit. Welch starke Formel! Amtlich verpflichtet zur Anerkennung meinerseits! Kniekrankheiten, Schwellungen, Entzündungsvorgänge. – Fester Boden – Männlichkeiten!

Dann wieder: Jede Erscheinung hat ihr oberstes Prinzip, und er schritt getröstet an den Strand; es gilt nur festzulegen, welches das ihre ist; das System ist allgültig, es enthält auch sie. Es enthält auch sie, die keine Treue und keinen Wortbruch kennt, die zur Stunde nicht kommen kann, weil die Fischerin eine Angel trug, und die Salpen glänzten – Erfahrung sammeln, Deduktionen, sein stiller Himmel auch über ihr! Aber dann: Ihre Hüfte, wenn sie neben ihm ging, rauschte wie das Sinnlose und ihre Schulter war behaart vom Chaos.

Tiefer warf er sich über seine Bücher, hämmernd seine Welt. Aber wie? In den angesehensten naturwissenschaftlichen Journalen konnten neuerdings Raum finden, ja anerkennend besprochen werden Arbeiten dieses eigentümlichen Inhalts?

Das Werk eines unbekannten jüdischen Arztes aus Danzig, der wörtlich über die Gefühle aussagte, daß sie tiefer reichten als die geistige Funktion? Daß das Gefühl das große Geheimnis unseres Lebens sei und die Frage seiner Entstehung unbeantwortet?? Um es vollends zu Ende zu denken: das Gefühl gehöre nicht mehr zu den Empfindungen??

Wußte er denn, was es bedeutete, wenn die Gefühle nicht mehr vom Reiz abhingen, wie er, Rönne, gelernt; wenn er sie den dunklen Strom nannte, der aus dem Leibe brach? Das Unberechenbare?

Wußte der Verfasser wohl, vor welche Fragen die Konsequenzen seiner neuen Lehre führten, wußte dieser völlig unbekannte Mann wohl die ganze Schwere seiner Behauptung, die er ohne jede Ankündigung, ohne Sichtbarmachung auf dem Titelblatt einfach in einem Buch mit farblosem grauen Deckel in die Welt schickte, wußte er vielleicht, daß er die Frage beantwortete, ob es Neues gäbe?

Rönne atmete tief. War dies etwa schon eine neue Wissenschaft, die nach ihm kam? Jede Befruchtung enthielte den Keim eines unerhört Neuen, der Zusammentritt von Einheiten war in der Generationsfolge fortgesetzt in der Gestalt der Zweigeschlechtlichkeit, und in ihr galt es, die gewaltige schöpferische Macht anzuerkennen, die das Leben zur Höhe erhoben hatte?

Rönne lebte. Er sah nochmals auf das Journal, das die Besprechung gebracht hatte, auf den Namen des Referenten, der die Kritik bezeichnet hatte: er war sein Lehrer gewesen.

Schöpferischer Mensch! Neuformung des Entwicklungsgedankens aus dem Mathematischen ins Intuitive –: was aber wurde aus ihm, dem Arzt, gebannt in das Quantitative, dem beruflichen Bejaher der Erfahrung?

Trat er vor einen Rachen, und die Schwellung war bedrohlich – war sie intiutiv coupierbar? mußte er sich nicht zusammenraffen zu analytischen Phänomenen, Empirien, zielstrebigen Gesten, dem ganzen Grauen bejahter Wirklichkeiten, zu einer Hypothese von Realität, die er erkenntnistheoretisch nicht mehr halten konnte, um des Kindes willen, das schon blau war, des Rachens halber, der erstickte, und der Geld abwarf und von Amts wegen?

Plötzlich fühlte er sich tief ermüdet und ein Gift in seinen Gliedern. Er trat an ein Fenster, das in den Garten ging. In dem stand schattenlos die Blüte weiß, und voll Spiel die Hekke; an allen Gräsern hing etwas, das zitterte; in den Abend lösten sich Düfte aus Sträuchern, die leuchteten, grenzenlos und für immer.

Einen Augenblick streifte es ihn am Haupt: eine Lockerung, ein leises Klirren der Zersprengung, und in sein Auge fuhr ein Bild: klares Land, schwingend in Bläue und Glut und zerklüftet von den Rosen, in der Ferne eine Säule, umwuchert am Fuß; darin er und die Frau, tierisch und verloren, still vergießend Säfte und Hauch.

Aber schon war es vergangen. Er fuhr sich über die Augen. Schon sprang der Reifen wieder um seine Stirn und eine Kühle an die Schläfen: was lag denn hier vor? Er hatte mit einer Frau zusammengelebt und hatte einmal gesehen, daß sie Rosenblätter, die welkten, von einer Kante zusammengelesen hatte, zusammen zu einem kleinen Haufen auf einen gesteinten bunten Tisch; dann setzte sie sich wieder, verloren an einen hellen Strauch. Das war alles, was er wirklich von ihr wußte; der Rest war, daß er sich genommen war, es rauschte und er blutete – – – aber wo führte das hin?

Hart wurde sein Blick. Gestählt drang er in den Garten, ordnend die Büsche, messend den Pfad. Und nun kam es über ihn: er stand am Ausgang eines Jahrtausends, aber die Frau war stets; er schuldete seine Entwicklung einer Epoche, die das System erschaffen hatte, und was auch kommen mochte, dies war er!

Fordernd jagte er seinen Blick in den Abend und siehe, es blaute das Hyazinthenwesen unter Duftkurven reiner Formeln, einheitliche Geschlossenheiten, in den Gartenraum; und eine versickernde Streichholzvettel rann teigig über die Stufen eines Anstaltsgebäudes unter Glutwerk berechenbarer Lichtstrahlen einer untergehenden Sonne senkrecht in die Erde. – *(1916)*

DER GEBURTSTAG

Manchmal eine Stunde, da bist du; der Rest ist das Geschehen. Manchmal die beiden Fluten schlagen hoch zu einem Traum.

Allmählich war ein Arzt über neunundzwanzig Jahre geworden und sein Gesamteindruck war nicht darnach, Empfindungen besonderer Art zu erwecken.

Aber so alt er war, fragte sich dies und das. Ein Drängen nach dem Sinn des Daseins warf sich ihm wiederholt entgegen: wer erfüllte ihn: der Herr, der rüstig schritt, den Schirm im Arm; die Hökerin, die vor dem Flieder saß, der Markt war aus, im Abendwehn; der Gärtner, der alle Namen wußte: Kirschlorbeer und Kakteen, und dem die rote Beere im toten Busch vorjährig war?

Aus der norddeutschen Ebene stammte er. In südlichen Ländern natürlich war der Sand leicht und lose; ein Wind konnte – das war nachgewiesen – Körner um die ganze Erde tragen; hier war das Staubkorn, groß und schwer.

Was hatte er erlebt: Liebe, Armut und Röntgenröhren; Kaninchenställe und kürzlich einen schwarzen Hund, der stand auf einem freien Platz, bemüht um ein großes rotes Organ zwischen den Hinterbeinen hin und her, beruhigend und gewinnend; herum standen Kinder, Blicke von Damen suchten das Tier, halbwüchsige Jugend wechselte die Stellung, den Vorgang im Profil zu sehen.

Wie hatte er das alles erlebt: er hatte Gerste eingefahren von den Feldern, auf Erntewagen, und das war groß: Mandel, Kober und Kimme vom Pferd. Dann war der Leib eines

Fräuleins voll Wasser und es galt Abfluß und Drainage. Aber über allem schwebte ein leises zweifelndes Als ob: als ob ihr wirklich wäret Raum und Sterne.

Und nun? Ein grauer nichtssagender Tag würde es sein, wenn man ihn begrub. Die Frau war tot; das Kind weinte ein paar Tränen. Es war wohl Lehrerin und mußte abends noch in Hefte sehen. Dann war es aus. Beeinflussung von Gehirnen durch und über ihn zu Ende. Es trat in ihr Recht die Erhaltung der Kraft.

Wie hieß er mit Vornamen? Werff.

Wie hieß er überhaupt? Werff Rönne.

Was war er? Arzt in einem Hurenhaus.

Was schlug die Uhr? Zwölf. Es war Mitternacht. Er wurde dreißig Jahre. In der Ferne rauschte ein Gewitter. In Maiwälder brach die Wolke auf.

Nun ist es Zeit, sagte er sich, daß ich beginne. In der Ferne rauscht ein Gewitter, aber *ich* geschehe. In Maiwälder bricht die Wolke auf, aber *meine* Nacht. In habe nördliches Blut, das will ich nie vergessen. Meine Väter fraßen alles, aus Trögen und Stall. Aber ich will mich, sprach er sich Mut zu, auch nur ergehen. Dann wollte er sich etwas Bildhaftes zurufen, aber es mißlang. Dies wieder fand er bedeutungsvoll und zukunftsträchtig: vielleicht sei schon die Metapher ein Fluchtversuch, eine Art Vision und ein Mangel an Treue.

Durch stille blaue Nebel, vom nahen Meer in das Land getrieben, schritt Rönne, als er am nächsten Morgen in sein Krankenhaus ging.

Das lag außerhalb der Stadt und aller Pflasterwege. Er mußte über Boden gehen, der war weich, der ließ Veilchen durch; gelöst und durchronnen schwankte er um den Fuß.

Da aus Gärten warf sich ihm der Krokus entgegen, die Kerze der Frühmett des Dichtermunds, und zwar gerade die gelbe Art, die Griechen und Römern der Inbegriff alles Lieblichen gewesen, was Wunder, daß sie ihn in das Reich der Himmlischen versetzten? In Teichen von Krokussäften badete der Gott. Ein Kranz von Blüten wehrte dem Rausch. Am Mittelmeer die Safranfelder: die dreiteilige Narbe; flache Pfannen; Roßhaarsiebe über Feuern, leicht und offen.

Er trieb sich an: arabisches Za-fara, griechisches Kroké. Es stellte sich ein Corvinus, König der Ungarn, der es verstanden hatte, beim Speisen Safranflecke zu vermeiden. Mühelos nahte sich der Färbestoff, das Gewürze, die Blütenmatte und das Alpental.

Noch hingegeben der Befriedigung, so ausgiebig zu assoziieren, stieß er auf ein Glasschild mit der Aufschrift: Cigarette Maita, beleuchtet von einem Sonnenstrahl. Und nun vollzog sich über Maita – Malta – Strände – leuchtend – Fähre – Hafen – Muschelfresser – Verkommenheiten – der helle klingende Ton einer leisen Zersplitterung, und Rönne schwankte in einem Glück. Dann aber betrat er das Hospital: ein unnachgiebiger Blick, ein unerschütterlicher Wille: die heute ihm entgegentretenden Reize und Empfindungen anzuknüpfen an den bisherigen Bestand, keine auszulassen, jede zu verbinden. Ein geheimer Aufbau schwebte ihm vor, etwas von Panzerung und Adlerflug, eine Art napoleonischen Gelüstes, etwa die Eroberung einer Hecke, hinter der er ruhte, Werff Rönne, dreißigjährig, gefestigt, ein Arzt.

Ha, heute nicht einfach, Beine breit und herab vom Stuhl, mein Fräulein, die feine blaue Ader von der Hüfte in das Haar, die wollen wir uns merken! Ich kenne Schläfen mit diesen Adern, es sind schmale weiße Schläfen, müde Gebilde, aber diese will ich mir merken, geschlängelt, ein Ästchen Veilchenblut! Wie? Wenn nun das Gespräch auf Äderchen kommt – gepanzert stehe ich da, insonderheit auf Hautäderchen: An der Schläfe?? O meine Herren!! Ich sah sie auch an anderen Organen, fein geschlängelt, ein Ästchen Veilchenblut. Vielleicht eine Skizze gefällig? So verlief sie – soll ich aufsteigen? Die Einmündung? Die große Hohlvene? Die Herzkammer? Die Entdeckung des Blutkreislaufes ———? Nicht wahr, eine Fülle von Eindrücken steht Ihnen gegenüber? Sie tuscheln, wer ist der Herr? Gesammelt steht er da? Rönne ist mein Name, meine Herren. Ich sammle hin und wieder so kleine Beobachtungen; nicht uninteressant, aber natürlich ganz belanglos, kleiner Beitrag zum großen Aufbau des Wissens und Erkennens des Wirklichen, ha! ha!

Und Sie, meine Damen, wir kennen uns doch! Gestatten Sie, daß ich Sie erschaffe, umkleide mit Ihren Wesenheiten, mit Ihren Eindrücken in mir, unzerfallen ist das Leitorgan, es wird sich erweisen, wie er sich erinnert, schon steigen Sie auf.

Sie sprechen den Teil an, den Sie lieben. In sein Auge sehen Sie, geben Seele und Hauch. – Sie haben die Narben zwischen den Schenkeln, ein Araberbey; große Wunden müssen es gewesen sein, gerissen von der lasterhaften Lippe Afrikas. – Sie aber schlafen mit der weißen ägyptischen Ratte, ihre Augen sind rosarot; Sie schlafen auf der Seite, an der Hüfte das Tier. Seine Augen sind gläsern und klein wie rote Kaviarkörner. In der Nacht befällt sie der Hunger. Über die Schlafende steigt das Tier. Auf dem Nachttisch steht ein Teller mit Mandeln. Leise steigt es zurück an die Hüfte, schnuppernd und stutzend. Oft erwachen Sie, wenn sich der Schwanz über die Oberlippe schlängelt, kühl und hager.

Einen Augenblick prüfte er in sich hinein. Aber machtvoll stand er da. Erinnerungsbild an Erinnerungsbild gereiht, dazwischen rauschten die Fäden hin und her.

Und Sie aus dem Freudenhaus in Aden, brütend an Wüste und Rotem Meer. Über die Marmorwände rinnt alle Stunde bläuliches Wasser. Aus Gittern am Boden steigen Wolken aus räucherndem Kraut. Alle Völker der Erde kennen Sie nach der Liebe. Ihre Sehnsucht ist ein bescheidenes Haus am dänischen Sund. Kommen letzte Wallungen, ein Billard, vor dem Knaben im leichten Anzug spielen. – Und Sie, in dem Bordell, durch das der Krieg gezogen, zwischen Geschirr und Leder täglich hundertfach zerborsten unter unbekannten Gliedern oder auch unter Ballen aus Blutungen und Kot.

Verklärt stand er vor sich selbst. Wie er es hervorspielte, ach spielte! regenbogente! grünte! eine Mainacht ganz unnennbar! Er kannte sie alle. Gegenüber stand er ihnen, sauber und ursprünglich. Er war nicht schwach gewesen. Starkes Leben blutete durch sein Haupt.

Er kannte sie alle; aber er wollte mehr. An ein sehr gewagtes Gebiet wollte er heran; es gab wohl ein Bewußtseinsleben ohne Gefühle oder hatte es gegeben, aber unsere Neigungen – dieses Satzes entsann er sich deutlichst – sind unser Erbteil. In ihnen erleben wir, was uns beschieden ist: nun wollte er eine lieben.

Er sah den Gang entlang, und da stand sie. Sie hatte ein Muttermal, erdbeerfarben, vom Hals über eine Schulter bis zur Hüfte, und in den Augen, blumenhaft, eine Reinheit ohne Ende und um die Lider eine Anemone, still und glücklich im Licht.

Wie sollte sie heißen? Edmée, das war hinreißend. Wie weiter? Edmée Denso, das war überirdisch; das war wie der Ruf der neuen sich vorbereitenden Frau, der kommenden, der ersehnten, die der Mann sich zu schaffen im Gange war: blond, und Lust und Skepsis aus ernüchterten Gehirnen.

Also: nun liebte er. Er spürte in sich hinein: Das Gefühl. Den Überschwang galt es zu erschaffen gegen das Nichts. Lust und Qual zu treiben in den Mittag, in ein kahles graues Licht. Aber nun mußte es auch flirren! Es waren starke Empfindungen, denen er gegenüberstand. Er konnte in diesem Land nicht bleiben –: Südlichkeiten! Überhöhung!

Edmée, in Luxor ein flaches weißes Haus oder in Kairo den Palast? Das Leben in der Stadt ist heiter und offen, berühmt ist das Licht, klar vor Glut, und plötzlich kommt die Nacht. Du hast unzählige Fellachenfrauen zu deiner Bedienung, zu Gesang und Tänzen. Du wirst zu Isis beten, die Stirn an Säulen lehnen, deren Kapitäle an den Ecken die platten Köpfe mit den langen Ohren tragen; zwischen Stelzvögeln in Schluchten von Sykomoren stehen.

Einen Augenblick suchte er. Es war etwas wie Kopte aufgestiegen, aber er vermochte es nicht zu fördern. Nun sang er wieder, der Weiche im Glück.

Der Winter kommt und die Felder grünen; einige Blätter des Granatstrauchs fallen, aber das Korn schießt auf vor deinen Augen. Was willst du haben: Narzissen oder Veilchen das Jahr hindurch in dein Bad geschüttet morgens, wenn du dich spät erhebst; willst du nachts durch kleine Nildörfer streichen, wenn auf die krummen Straßen die großen klaren Schatten fallen durch den hellen südlichen Mond? Ibiskäfige oder Reiherhäuser? Orangegärten, gelbflammend und Saft und Dunst über die Stadt wölkend in der Mittagsstunde; von Ptolemäertempeln einen geschnittenen Fries?

Er hielt inne. War das Ägypten? War das Afrika um einen Frauenleib, Golf und Liane um der Schultern Flut? Er suchte hin und her. War etwas zurückgeblieben? War Hinzufügbares vorhanden? Hatte er es erschaffen: Glut, Wehmut und Traum?

Aber was für ein eigentümliches Wehen in seiner Brust! Eine Erregung, als ströme er hin. Er verließ das Untersuchungszimmer, durchschritt die Halle in den Park. Es zog ihn nieder, auf den Rasen zog es ihn, leichthingemäht.

Wie hat es mich müde gemacht, dachte er, mit welcher Stärke! Da durchschlug ihn, daß Erblassen die Frucht sei und die Träne der Schmerz –: Erschütterungen! Klaffende Ferne!

Üppig glühte der Park. Ein Busch auf dem Rasen trug Blattwerk wie Farren, jeder Fächer groß und fleischig wie ein Reh. Um jeden Baum, der blühte, lag die Erde geschlossen, ein Kübel, ihn tränkend und ihm völlig preisgegeben. Himmel und Blüten: weich, aus Augen, kamen Bläue und Schnee.

– Schluchzender, Edmée, dir immer näher! Eine Marmorbrüstung beschlägt das Meer. Südlich versammelt Lilien und

Barken. Eine Geige eröffnet dich bis in dein Schweigendes hinein –

Er blinzelte empor. Er zitterte: Gegen den Rasen stürmte der Glanz, feucht aus einer goldenen Hüfte; und Erde, die den Himmel bestieg. Am Ranft gegen die Schatten rang gebreitet das Licht. Hin und her war die Zunge einer Lockung: aus ihrem Gefieder Blütengüsse entwichen der Magnolie in ein Wehen, das vorüberrieb.

Edmée lachte: Rosen und helles Wasser.

Edmée ging: durch Steige, zwischen Veilchen, in einem Licht von Inseln, aus osmiumblauen Meeren, kurz von Quader und Stern; Tauben, Feldflüchter, hackten Silber mit den Schwingen.

Edmée bräunte sich, ein bläuliches Oval. Vor Palmen spielte sie, sie hatte viel geliebt. Wie eine Schale trug sie ihre Scham kühl durch die Beugung des erwärmten Schritts, auf der Hüfte die Hand schwer, erntegelb, unter Korn und Samen.

Im Garten wurde Vermischung. Nicht mehr von Farben hallte das Beet, Bienengesumm nicht mehr bräunte die Hecke. Erloschen war Richtung und Gefälle: eine Blüte, die trieb, hielt inne und stand im Blauen, Angel der Welt. Kronen lösten sich weich, Kelche sanken ein, der Park ging unter im Blute des Entformten. Edmée breitete sich hin. Ihre Schultern glätteten sich, zwei warme Teiche. Nun schloß sie die Hand, langsam, um einen Schaft, die Reife in ihrer Fülle, bräunlich abgemäht, an den Fingern, unter großen Garben verklärter Lust – –:

Nun war ein Strömen in ihm, nun ein laues Entweichen. Und nun verwirrte sich das Gefüge, es entsank fleischlich sein Ich –:

– Es hallten Schritte über das Gefälle eines Tals durch eine flache weiße Stadt; dunkle Gärten schlossen die Gassen. Auf Simsen und Architraven, die zerfallend Götter und Mysterien herhielten, verteilt durch ein florentinisches Land, lagen Tropfen hellen Bluts. Ein Schatten taumelte zwischen

Gliedern, die stumm waren, zwischen Trauben und einer Herde; ein Brunnen rann, ein splitterndes Spiel.

Im Rasen lag ein Leib. Aus Kellern spülte ein Dunst, es war Essenszeit, Pfeifen und Grieben, der schlechte Atem eines Sterbenden.

Aufsah der Leib: Fleisch, Ordnung und Erhaltung riefen. Er lächelte und schloß sich wieder; schon vergehend sah er auf das Haus: was war geschehen? Welches war der Weg der Menschheit gewesen bis hierher? Sie hatte Ordnung herstellen wollen in etwas, das hätte Spiel bleiben sollen. Aber schließlich war es doch Spiel geblieben, denn nichts war wirklich. War er wirklich? Nein; nur alles möglich, da war er. Tiefer bettete er den Nacken in das Maikraut, das roch nach Thyrsos und Walpurgen. Schmelzend durch den Mittag kieselte bächern das Haupt.

Er bot es hin: das Licht, die starke Sonne rann unaufhaltsam zwischen das Hirn. Da lag es: kaum ein Maulwurfshügel, mürbe, darin scharrend das Tier.

Was aber ist mit dem Morellenviertel, fragte er sich bald darauf? Hinter dem Palast, um dessen Pfeiler Lorbeer steht, brechen Gassen in die Tiefe, den Hang hinunter steht Haus bei Haus klein herab.

Einäugige lungern um Schneckenwagen. Sie legen Geld hin. Frauen kerben die Schale auf. Ein Schnitt im Kreis und das Fleisch hängt rosa aus der Muschel. Sie tauchen es in eine Tasse mit Brühe und beißen. Die Frau hustet, und sie müssen weiter.

Wahrsager mit Hilfe von Ideenübertragung klingeln unaufhörlich schrill namentlich an Damen gewandt und haben Batterien.

Zigeunerinnen vor Karren, Rochen, flacher, violett und silbern, mit abgehackten Köpfen; welche zur Hälfte gespalten, eingekerbt und zum Trocknen gehangen; dazwischen krumme, dürre Fische, kupfern und schillernd.

Es riecht nach Brand und alten Fetten. Unzählige Kinder verrichten ihre Notdurft, ihre Sprache ist fremd.

Was ist es mit dem Morellenviertel, fragte sich Rönne. Ich muß es gestehen! Auf! Hinab! Ich schwor mir, nie will ich dieses Bild vergessen: des Sommers, der eine Mauer schlug mit Büschen, flammend von Gefieder, mit Strauchgerten, beißend von dichten blauen Fleischen, gegen eine Mauer, die nicht strömte, die feuchte blaue Ranke!

Er jagte herunter. Um die hohe Gasse rann es zusammen: kleine Häuser, unterwühlt von langen schmalen Höhlen, die spien Gebein aus, Junges strotzend, Altes mürbe, hochgegürtet die Scham.

Was wurde verkauft: Holzpantoffeln für die Notdurft, grüne Klöße für das Ich, Ankerschnäpse für die Lust, Nötigstes des Leibes und der Seele, Salbenbüchsen und Madonnen.

Was ging vor sich: kleine Kinder vor Knieenden, dicht eben ihrer Brust entsprungen; rauhe Stimmen, verkommen über verbranntes Gestein; tiefer als denkbar grub ein Herr in die Tasche; Schädel, eine Wüste, Leiber, eine Gosse, tretend Erde, kauend: Ich und du.

Er floh tiefer in die Gasse. Aber da: ein kleines Denkmal: dem Gründer eines Jugendstifts: die Menschenseele, das Gemeinsystem, die Lebensverlängerung und der Stadtrat strotzten Vollbart und Vermehrung. Der Aufbau tat sich auf: Proben der Tüchtigkeit wurden abgelegt, und zwar dies wiederholt, Untersuchungen vorgenommen, die zu Feststellungen führten.

Wo war sein Süden hin? Der Efeufelsen? Der Eukalyptos, wo am Meer? Ponente, Küste des Niedergangs, silberblaue die Woge her! Er hetzte in eine Kaschemme; er schlug sich mit Getränken, heißen, braunen. Er legte sich auf die Bank, damit der Kopf nach unten hinge wegen der Schwerkraft und des Bluts. Hilfe, schrie er, Überhöhung!

Stühle, Gegenstände für Herren, die bei nach vorn gebogenen Knien einen Stützpunkt unter der Hinterfläche der Beine haben wollten, trockneten dumpf und nördlich. Tische für Gespräche wie diese: Na, wie geht's, schelmisch und männlich und um die Schenkel herum liefen ehrbar durch die Zeit. Kein Tod schleuderte die triefäugige Mamsell stündlich, wenn die Uhr schlug, vor das Nichts. Krämer scharrten; keine Lava über den toten Schotter!

Und er? Was war er? Da saß er zwischen seinen Reizen, das Pack geschah mit ihm. Sein Mittag war Hohn.

Wieder quoll das Gehirn herauf, der dumpfe Ablauf des ersten Tages. Immer noch zwischen seiner Mutter Schenkel – so geschah er. Wie der Vater stieß, so rollte er ab. Die Gasse hatte ihn gebrochen, zurück: die Hure schrie.

Schon wollte er gehen, da geschah ein Ton. Eine Flöte schlug auf der grauen Gasse, zwischen den Hütten blau ein Lied. Es mußte ein Mann gehen, der sie blies. Ein Mund war tätig an dem Klang, der aufstieg und verhallte. Nun hub er wieder an.

Von Ohngefähr. Wer hieß ihn blasen? Keiner dankte ihm. Wer hätte denn gefragt, wo die Flöte bliebe? Doch wie Gewölke zog er ein: wehend seinen weißen Augenblick und schon verwehend in alle Schluchten der Bläue.

Rönne sah sich um: verklärt, doch nichts hatte sich verändert. Aber ihm: bis an die Lippen stand das Glück. Sturz auf Sturz, Donner um Donner; rauschend das Segel, lohend der Mast: Zwischen kleinen Becken dröhnte gestreckt das Dock: Groß glühte heran der *Hafenkomplex*:

Über die Felsen steigt das Licht, schon nimmt es Schatten an, die Villen schimmern und der Hintergrund ist bergerfüllt. Eine schwarze Rauchpinne verfinstert die Mole, indes mit der gekräuselten Welle das winzige Lokalboot kämpft. Über die Landungsbrücke, die schwankt, eilt der geschäftige Facchino; Hojo – tirra – Hoy, klingt es; es flutet der volle Lebensstrom. Gegen tropische und subtropische Striche, Salzminen und Lotosflüsse, Berberkarawanen, ja gegen den Antipoden selbst steht der Schiffsbauch gerichtet; eine Ebene, die die Mimose säumt, entleert rötliches Harz, ein Abhang zwischen Kalkmergel den fetten Ton. Europa, Asien, Afrika: Bisse, tödliche Wirkungen, gehörnte Vipern; am Kai das Freudenhaus tritt dem Ankömmling entgegen, in der Wüste schweigend steht das Sultanhuhn. –

Noch stand er schweigend, schon geschah ihm die *Olive*.

Auch die Agave war schön, aber die Taggiaska kam, feinölig, die blauschwarze, schwermütig vor dem Ligurischen Meer.

Himmel, selten bewölkt; Rosen ein Gefälle; durch alle Büsche der blaue Golf, aber die endlosen lichten Wälder, welch ein schattenschwerer Hain!

Wurde um den Stamm das Tuch gebreitet, lag Arbeit vor. Gemisch von Hörnern, Klauen, Ledern und wollenen Lumpen, jedes vierte Jahr war Speisung gewesen. Jetzt aber schlugen Männer, sonst dem Kegelspiel mit spannungsvollem Eifer hingegeben, die Kronen, jäh den Früchten zugewandt.

In der Mulme der Rüsselkäfer. Eine Zygäne flackernd aus der Myrte. Kleine Presse wird gedreht, schieferner Keller still durchgangen. Ernte naht sich, Blut der Hügel, um den Hain, bacchantisch, die Stadt. – Kam *Venedig*, rann er über den Tisch. Er fühlte Lagune, und ein Lösen, schluchzend. Scholl dumpf das Lied aus alten Tagen des Dogen Dandolo, stäubte er in ein warmes Wehn.

Ein Ruderschlag: Ein Eratmen; eine Barke: Stütze des Haupts.

Fünf eherne Rosse, die Asien gab, und um die Säulen sang es: manchmal eine Stunde, da bist du; der Rest ist das Geschehen. Manchmal die beiden Fluten schlagen hoch zu einem Traum. Manchmal rauscht es: wenn du zerbrochen bist.

Rönne lauschte. Tieferes mußte es noch geben. Aber der Abend kam schnell vom Meer.

Blute, rausche, dulde, sagte er vor sich hin. Männer sahen

ihn an. Jawohl, sagte er, ihre Sommersprossen, ihr kahler Hals, über dessen Adamsapfel das Haar stachelt – unter meine Kreuzigung, ich will zur Rüste gehen.

Er bezahlte rasch und erhob sich. Aber an der Tür nahm er den Blick noch einmal zurück an das Dunkel der Taverne, an die Tische und Stühle, an denen er so gelitten hatte und immer wieder leiden würde. Aber da, aus dem gerippten Schaft des Tafelaufsatzes neben der leckäugigen Frau glühte aus großem, sagenhaften Mohn das Schweigen unantastbaren Landes, rötlichen, toten, den Göttern geweiht. Dahin ging, das fühlte er tief, nun für immer sein Weg. Eine Hingebung trat in ihn, ein Verlust von letzten Rechten, still bot er die Stirn, laut klaffte ihr Blut.

Es war dunkel geworden. Die Straße nahm ihn auf, darüber der Himmel, grüner Nil der Nacht.

Über das Morellenviertel aber klang noch einmal der Ton der Flöte: manchmal die beiden Fluten schlagen hoch zu einem Traum.

Da enteilte ein Mann. Da schwang sich einer in seine Ernte. Schnitter banden ihn, gaben Kränze und Spruch. Da trieb einer, glühend aus seinen Feldern, unter Krone und Gefieder, unabsehbar: er, Rönne. *(1916)*

DIESTERWEG

Er schritt gelöst, im Zug geschmückter Masken,
vorbei an Genien, den Fuß in einen Brunnen,
deutend, wie das Glück zerrann.

Drei Jahre dauerte der Krieg. In tiefer Einordnung lebte daher, da er kriegstüchtig war, auch der in Frage stehende Arzt. Des Morgens erhob er sich in betreff des Dienstes; die Stunde führte den Gedanken das Erforderliche zu; Blut und Leiber: Schutt und Schlacken, in der Ferne das eine Ziel; ja, völlig entleert des eigenen Lebens, hatte er seines Namens selbst vergessen: es galt den Arm, es galt das Messer, und auch die Säge war ihm da. Gelegentlich jedoch in letzter Zeit, zum Beispiel, wenn ein Geruch ihn traf aus einem Garten, der verwelkte, oder von einer Frau in Flammen und Klang, lehnte sich das andere Leben wieder hinein, in der Nuance oder Grenzfall zum Verweilen lud oder das Schwingende, das eben anklang, und aus dem Haufen, in dem er lag, hob er die Blicke hin und her. Bei Kasinoversammlungen oder Besprechungen freieren Charakters sah er sich prüfend danach um. Denn auch dessen erinnerte er sich und hatte es kürzlich wieder gelesen, es galt ja dieser große Kampf gar nicht materiellen Gütern, nein, er galt dem Schutze und der Wahrung einer Kultur, deren Standardbegriff, soweit er sich hatte unterrichten können, die Persönlichkeit war, sei es, daß sie biologisch als der einzigartige und nie wiederkehrende Fall organischer Synthese definiert oder ethisch als unersetzbarer menschlicher Wert oder künstlerisch als ein freigeborener und schöner Trotz dargestellt und betrachtet wurde.

Sah er sich nun bei solchen Gelegenheiten um, so war zunächst der Chefarzt da, dem es oblag, die Versammlung zu eröffnen, und der gleich anfangs mit einigen scherzhaften Redewendungen darauf hinwies, daß hier sozusagen wenig Lorbeer zu erernten sei, da dem Vernehmen nach eine Abrechnung hinsichtlich der Ausgaben vorgelegt werden dürfe, die vielleicht hie und da eine kleine Überraschung dem einen oder dem anderen bereiten würde in bezug auf die noch zu erstattenden rückständigen Beträge.

Ein Schmunzeln machte sich bei diesen liebenswürdigen Worten des Sitzungsleiters geltend, die doch die Aufforderung eines sozusagen übergeordneten Lazarettgeistes darstellten, einer natürlich etwas ärgerlichen, aber, so wie die Verhältnisse nun einmal lagen, doch eben unvermeidlichen Angelegenheit mit Ruhe und einer Portion Humor gegenüberzutreten.

Und in der Tat war dann auch ein schöner Erfolg zu verzeichnen. In einmütiger Solidarität wurde dem Antrage, die Schuldbestände durch eine einmalige Umlage zu bestreiten, als dem Zweckmäßigsten ganz allgemeine Zustimmung erteilt, ja, einige Stimmen klangen fast aus der Stimmung einer Art Aufschwung und tieferen Gemeinsamkeit, als sie andeuteten, daß dieses alle gleichmäßig treffende gemeinsame Schicksal sie doch vielleicht nur noch enger aneinanderschließen und die Kameradschaft heben und den ganzen Ton nur noch gemütlicher machen könne.

Doch da – anscheinend ein Störenfried – erhob sich und stand. Der beobachtende Arzt fröstelte in Erwartung, denn das Antlitz drüben zuckte und war gespannt. Jetzt würde der Kampf beginnen, Stoß gegen Stoß, Rauch und Flammen und, wenn auch zerrissen und verwundet, würde donnern Profil gegen das ungefärbte Nichts.

Von der Geschäftsordnung ging er aus, wahrscheinlich als Hintergrund, als der Winkel, aus dem er lockte. Daß dies erst Punkt Zwei der Tagesordnung sei, gab er von sich. Daß dies unstatthaft sei, trat er den übrigen gegenüber. Dies wolle er bemerken, hielt er nicht zurück.

Hier erhob sich also der Einspruch gegen das Vorliegende. Der Widerspruch traf auf, auf den man stieß; die Geister hatten sich zu sondern, die Wasserscheide lag vor, natürlich fordernd.

Bewundernd sah der prüfende Arzt über die Versammlung hin. Jawohl, hier war Krisis und Mittelpunkt von Konflikt. Die freie Meinung, hier ihre Stätte; der Ausdruck ganz individuellen Daseins, hier daheim!

Und in der Tat wurde im weiteren Verlauf noch diese oder jene Ansicht ausgesprochen und manche Überzeugung vertreten, ehe jedesmal das ausgleichende Moment hervortrat, das sich schließlich zu einem geselligen Zusammensein steigerte, das den Abend zu einer Erinnerung an schöne, unter den eigenartigen äußeren Verhältnissen ganz besonders eng verbindende Stunden machte. Da gab dann jeder rückhaltlos das ganz Persönliche, Herkunft der Braut, verschnittenen Anzug, gestundetes Geld, da öffnete sich der Mann dem Manne, da fiel Schranke, lief über Herz. Und stieg dann etwa zur mitternächtlichen Stunde Gesang empor wie: Freunde, trinkt mit vollen Zügen musenstädtschen Gerstensaft, fühlte jeder tief aufs neue das große gemeinsame Band, das sie alle umschlang, und Ernst und Größe zeitgenössischen Geschehens.

Da tiefer als jemals in früheren Zeiten fühlte der Arzt, wie das Leben hier *geschah*. Wie hier in einem engen Raum auf verlassenem Posten der Mensch saß, der sich öffnete, sich sättigte und schloß; das Abgegrenzte spürte er, die Sicherheiten des Geformten.

Er sah noch einmal die Tische entlang, und jeder, der ihm entgegentrat, war geballt von Gültigkeiten und Erfüllung, hatte einen Namen, und sein Vorstellungsleben spielte hin und her. Sei es, daß er Neues von seinem Nachbar entgegennehmend dem bereits vorhandenen Bestande anschloß, sei es, daß er, sozusagen versunken, aus den eigenen Gedanken den

Augenblick mit Inhalt füllte – jedenfalls sauber saßen sie auf ihren Stühlen, gesammelt und verklärt von der Sendung ihrer Form.

Da begann es: er grübelte, er suchte, er bog sich weit zurück. Und plötzlich sah er auch die Nacht, in der sie alle schliefen, und den Traum, entfesselt und verwirrt, an dem die Wirklichkeit sich maß.

Da überstürzte ihn, wie weit er abseits stand, und es drängte ihn, sich auch zu schließen. Nach einem Damm rief es in ihm, nach einer Hürde, die Vollendung strebte er an, die er hier gewahrte. Er grübelte, er suchte, er bog sich weit zurück. Er, seinerseits, er wässerte, er triefte von den Erden und Flüssen, und schließlich litt er gar zu sehr: ich will mich Diesterweg nennen, sagte er vor sich hin, ich will eintreten, ich will wieder heißen, und Diesterweg soll mit geschehn.

Womit? Zunächst im Anzug, Diesterweg, daß er die Scham verdecke und den Schritt gefällig mache und wegen des verlorenen Haarkleids hier im Nebelland! Dann schniefe ein wenig Flüssiges durch die Nase, regelmäßig, rhythmisch, das nimmt ein: ein bißchen unerzogen, denkt der Übergeordnete, einfache Familie, unäußerlich, doch sachlicher Mann!

Sammlersinn! Freude am Vergleichen! Organisches Seelenleben! Dies zu Anfang.

Doch der Arzt, solide, griff alles an der Wurzel an. Früher hatte sich Diesterweg wohl hie und da gefragt, warum dieser Mahn heiße und jener Matzke. Sie behaupteten und widersprachen, und ihr Erfahrungsleben war die Unterlage. Jetzt aber erstand vor ihm Matzke, durch dessen Hämmerchen der Fortschritt schlug.

Bedenken Sie doch auch jene dunklen Epochen vergangener Jahrhunderte, äußerte sich eine neue Stimme, demgegenüber wir: ungetrübt, freie Forschung, Wasserspülung bis in die Zirbeldrüse: und dies war Matzke, scharf hob sich sein Profil ab als das des Verwerfers des Mittelalters. Vollends: überhaupt die ganze romanische Kultur, vernahm man ein drittes Organ, Rechtschaffenheit und Impfzwang sei doch die Hauptsache –: nun trat gar der hervor, der in die Zukunft sah.

Da: Er habe überhaupt etwas Ironisches an sich, bemerkte ein neuer Herr, und gemeint war Matzke.

Diesterweg befiel es wie ein Schlag. Matzke hatte also etwas mitbekommen oder an sich herausgearbeitet bis zu einem Grade, daß es einem Mitherrn ein Urteil darüber abzugeben Veranlassung gab. Es ging – und das war nicht zuviel gesagt – ein Eindruck von ihm aus. Er war reell beeigenschaftet. Es trat etwas entgegen – kurz, wie der Herr eben treffend bemerkt hatte – er war nicht nur jemand, nein, er hatte etwas an sich.

Diesterweg sah an sich herunter. Längst wollte er etwas an sich haben. Er überlegte. Vielleicht ginge es mit einem Tick, etwa einer bestimmten Bewegung mit der Hand; etwa ein kurzes, rasches Wischen mit dem Zeigefinger an der Backe, ein nervöses Wischen – jawohl, das war es: ein nervöses Wischen, unterbewußt, in Gedanken versunken, eine Art Naturzwang, höchst persönlich; niemand könnte ihm das Eigentümliche bestreiten, man könnte es vielmehr geradezu etwas bloßstellend finden, bereits schon etwas wenig beherrscht, jedenfalls stark würde es an ihm hervortreten, es würde Diesterwegisch sein, ein nervöses Wischen mit dem Zeigefinger an der Backe.

Er spann den Gedanken weiter. Schon sah er sich von hier versetzt. Er würde in einem neuen Kreis auftauchen. Er stellte sich vor, man ging zum erstenmal zum Essen, man lachte und trank, und immer würde er diese kleine Bewegung an sich haben als einer, hinter dessen etwas nervösem Wischen eine ungewöhnliche Persönlichkeit sich bergen mochte, die reich und stark genug in sich selber ruhte, um die Aufmerksamkeit einer beobachtenden Umgebung an einer vielleicht etwas bloßstellenden, weil zwangsmäßigen Fingerbewegung unbeachtet hinzunehmen.

Er träumte weiter. Er würde hierher zurückkehren, wo er

jetzt wenig galt. Gebräunt von einer Sonne ganz unbestimmbarer Glut, in Abenteuerfarben, vielleicht mit einer Narbe und lässig an Rock und Schuhen. Es würde Diesterweg sein, aber ein anderer, den ein Leben schuf, vielleicht auf Inseln oder Fahrten, aus verhängten Zeiten, wo niemand um ihn war. Von da auch dieses Wischen an der Backe. All das Unbestimmte, dessen Spuren er trug, Züge über das Meer und südliche Schlachten, eingegraben in die reifgewordene Stirn und vielleicht ein wenig sie verwirrend.

Benommen von Taten, die aus seinen Armen gingen, von der Werke Rauschen, die er schuf. Des Tages Dinge hüllten nicht mehr seinen Blick; der ging zurück an Jähigkeiten, die ihn formten, an Schauer und Erliegen, denen er sich gegenübersah.

Der neue Diesterweg, der südliche. Alle diese kärglichen Dinge seines Lebens – nur das Spiel auf einem Fächer, zart und in das Vergehen gemalt. Er war der Herr mit Tick, der Überhöhte, vor dem das Wirkliche erlag; an einem Hain, in dem ein Opfer rauchte, und einer Wiese, die in Kränzen stand.

Mit tiefen Augen sah er durch den Saal: Dies war der Mensch, der Fremde, der sich nannte; doch er sah hell das Wogen des Geschehns; das Formen warf zum Abspiel seiner Schalen und auftrank, wenn die Glieder sich erfüllt.

Hier lief, hier haschte man um armes Gut. Er aber wanderte im Schaum von Blüten; aus Licht, aus Schatten, zwischen Säulen, die auf Löwen standen, über Tempelwangen – der Blüte Flug. Er schritt, gelöst im Zug geschmückter Masken, vorbei an Genien, den Fuß in einen Brunnen, deutend, wie das Glück zerrann.

Dann hielt er still vor einem Becken, über das sich, alternd, ein Quell verlief. Da war ein Mal, eine kleine Narbe vom tausendfältigen Mund der Knaben um einen Zug, im Lauf, aus Hainen, einst als die Welt, die endete, begann –

Das sind Wirklichkeiten, birst es in Diesterweg, und ganz

persönlich gehen diese Herren! Bewaffnet mit allen Erfordernissen, die Zusammenhänge zu erspähen, das ist unlogisch, rufen sie im Ton des Vorwurfs und sind säuberlich und prompt.

Durch prophylaktische Maßnahmen stellen sie Einzelwesen sicher, doch was retteten in ihren hundert Jahren – da sehen Sie, meine Herren, hinab, unten, wo die Tannen stehn: die Reihe bestriemt von den Metallen – zurück, zurück, Lemurenbataillone! Schwindel, der ganze Auftrieb! Oh, unseres ersten Menschen Nymphenstirn!

Die Herren sind etwas betreten, beachten ihn jedoch nicht weiter und verarbeiten gemeinsam die andererseits eintretenden Wahrnehmungen im Sinne des Gesprächs.

Sind die Gräber fertig und die Gestänke zugeworfen, übertreibt Diesterweg seine Gedankengänge, bleibt ein Granatsplitter als Berloque an ihrer Uhr – Lebenserinnerungen, Enkelgeschwätz, Boudoirgeschmuse –: aber die Blinden, die Krüppel, die aus Schlachten kommen – heran zu mir, wir wollen den Herrn zerfetzen, der das Hauptwort handhabt wie ein Messer, mit dem er Fische frißt.

Die Herren treten ein Stück zurück, ihr Gespräch hat sich erweitert, sein Inhalt gehört zum Teil der Vergangenheit an, Jugendvorkommnis wird mit Schmerz eingeflochten, Fotografie gezeigt: dies Tal, dies Hügel.

Unbestreitbar, tritt Diesterweg an sie heran, zu unbestreitbar! Die Bilder her, meine Herren, *wir wollen ein Land beschreiten, das der Kamera entgeht.* Wo die Pesten, wo die Seuchen, wo die Hungersnöte rauschen, wo ein namenloses Pack an den Ufern lungert und die Flüsse übertreten. Oder wo Chinchilla. In Winterröte steht der Tag, in Reif die Halde, auf tote Meere stößt der Alke Schrei, oder wo Harpune.

Er setzt sich an einen Tisch und die Unterhaltung schlug hervor. Unter Gerüchen nach Nahrung spielte die Ansicht wieder eine Rolle, schuf voraufgegangenes Erlebnis die Unterlage persönlich gefärbter Stellungnahme.

Besonders deutlich trat zutage, daß Aufenthalt in fremden Ländern Worten erhöhtes Gewicht verlieh und ein Vergleich aus tropischen Breiten Widerspruch im Keime dämpfte.

Was den Erfolg der Gespräche anging, so war oft keine Harmonie zu erzielen, oft gab es weder Sieger noch Besiegte.

Diesterweg sah durch das Fenster in das Graue, das der Abend war. Eine schwere Zerstörung lag über den Formen, unter denen er einst die Hügel wußte, auch der Himmel hatte sich begeben und die Erde rann: das war das Chaos, die Ungestalt. Nun war er wieder in dem Saal und um ihn die Wesen heiserten an seinem Saum, nein, er fühlte ihren Atem kochen und die Flanken heiß.

Aus der Ferne kam es, traumhaft trat es in ihn ein. Es ist Staub, der redet, fühlte er; die Wüste warf es hin. Dann, immer voller trat die Stunde um das Haus; ein Schlag aus Nebel, gelöst und pressend, ein Windstoß murmelte an die Mauer prüfend, was sie hielt.

Irgend etwas ging vor sich; niemand wußte was. Die Herren waren erregt und fliegend, sie bäumten sich vor Rede und Gegenrede, wurden zackig vor Stellungnahme und von Eigenstem rauh.

Schon bogen sich die Fenster, schien es Diesterweg, ins Zimmer, und die Herren: sie traten von einem Fuß auf den andern und traten wie auf Wasser, als ob sie sich absonderten und festigten, jeder einzelne in sich hinein, und da fuhr einer mit der Handfläche an seinen Linien auf und ab, um seinen Schädel, ob er nicht zerfiele.

Vor dem Fenster aber, schien es Diesterweg, stand das Weiße eines Auges, der heiße Strich eines Pfiffes scholl ums Haus – das ist der Dämon, schrie Diesterweg, der holt alles heim, das er einst geschieden, in Wasser und in Feste – und rüstete den letzten Gang. Da war der Saal und da waren die Tische. Da waren die Ärzte, da war der Herr. Da war der Mensch, der sich zu schaffen trachtete, der sich in Formen trieb in Ängsten vor dem All, da war die Menschheit, die das Bewußtsein trug, doch nie erlitten hatte – und da war er, dem dies geschehn. Er hatte es erlitten, er erlebt. Er war gehürnt mit seinem Drängen, seinen Aufbau trug er wie ein Fell, er schüttete es hin, er lächelte, die Schläfe ein wenig blaß vom Glück der Untergänge.

Er schob den Stuhl fort und trat hinaus.

Wer tritt hinaus, fragte er sich noch grade. Etwa Diesterweg, ein Arzt, der seinen Dienst versehen hat, trefflich und genau? Wer sinkt hinunter, wen zieht es in die Nacht, die ist doch ohne Sterne, die ist doch ohne Klang, in die stumme, die unsägliche?

Diesterweg galt als erkrankt und wurde nach Berlin zurückgeschickt.

Er landete an einem Tag, an dem über Dach und Straße Schnee lag, doch nahe am Zergehen. Es war bald nach Jahresanfang, doch gegen Abend stand im Westen schon etwas vom erneuten Licht.

Er nahm eine Wohnung, die auf einen freien belebten Platz ging. Er arbeitete tagsüber, doch abends gegen fünf Uhr stand er in einem Fenster seiner Wohnung, die er dunkel hinter sich ließ, und atmete es bis ins Blut, wie lange sich aus Schnee und Kühle hingeströmt die Helle hielt, wie es andrang aus erloschenen Scheinen. Er nahm es hin, als ihm gewährt. In dieser Stadt, wo er nichts war, wo er kämpfte ein Nichts mit anderen Nichtsen um Brot, um Kleidung, um einen Trambahnplatz, spürte er seit so vielen Jahren zum erstenmal wieder eins: Das Wehn. Mag es mit den Maschinen sein, sagte er sich, wie es will, und mit der Menschheit und dem Wissen, eines jedenfalls ist süß: am Hals, an den Augen, die etwas vortreten, oder in den Nüstern, die sich weiten, fühlen, wie das Licht beginnt.

Über Wälder noch unter Reif, über Wälder mit ihren Füchsen, vorbei an Bahnen, die nicht ich befahre, vorbei an Menschen, gänzlich mir befremdet – o wo ist alles hin, welch ein Fest vor meinem Herzen, meine Hand ernährt mich, und das Licht beginnt.

Er strich durch die Stadt, die er lange nicht gesehn. Er trat in das Haus, wo er seinen Lauf begonnen hatte. Er schritt durch die Säle, wo die Bücher standen, treppauf, treppab Werk bei Werk. Das war sein Rausch gewesen, alle zu bezwingen; jetzt ging er durch die Säle und dachte: alle Worte aller Welt.

Er trat vor ein Regal und griff nach dem Buch, das ihm das tiefste schien und alle anderen wert, und das doch niemand kannte außer ihm: *Entwicklung ist immer fertig*, las er, *und doch nie zu Ende* – stellte es zurück und trat hinaus. Über die Runde träuft es, dachte er, und unsäglich ist die Stunde, so alle Worte sind vergessen, ich trage sie im Traum, die Welt.

Er spürte in das Licht, in die Spitze dieses Lichts, das aus dem Park kam, der sich rundete zum Flaum. Er fühlte sie, die Tage, die begannen, die zitterten von kleinem Krokus, all ihr Schluchzen und Vergehn. Er schritt vorbei an einer Statue: ein Gaul, der stumm Jahrhunderte zertrat, ein Panzer, vor dem Geschlechter barsten – doch zum Beispiel die Colonna, dachte er, und die Burgen und Basalte, jetzt wohnen Hirten an den Bergen, die Äcker schweigen und die Fieber wehn. Der Abend nahm ihn auf und verschlang das Diesterwegsche. Ich will tief in mich hinein, sang eine Stimme, ich mein Herz und meine Krone, ich mein Schatten und mein Glanz –

Gemischt mit Kühle aus erwachtem Wald –: Ich sehe Stunden, eine Reihe, groß, überall und durch alle Tage, im Wein der Frühe, im Gebälk der Nacht –

Schon durch die Schatten Namenlos –: Unwiederbringlicher, die Stunde ruft zu Blicken, die sich füllen und verlieren, von Atem zu Atem und von Zug zu Zug. *(1918)*

QUERSCHNITT

Weil alles kürzer ist als das Wort und die Lippe, die es will sagen, weil alles über seinen Rand zerbricht, zu tief geschwellt von der Vermischung.

Ein Wald war es gewesen. Aus dem Grunde schossen weithin die Blüten zart, um aufzufliegen oder zu verwehn. Drosseln und Grün – gewiß auch dies, doch über den Fuß hatten die Anemonen geschienen, zwischen ihnen war der Gang erfolgt. Aber es war nur ein Wald geblieben, zwischen den Stämmen feines kleines Kraut; anderes würde kommen in das Unendliche hinein: Anemonenwälder und über sie hinaus Narzissenwiesen, aller Kelche Rauch und Qualm, im Ölbaum blühte der Wind, und über Marmorstufen stieg, verschlungen, in eine Weite die Erfüllung – heute aber wußte er, dies war der Anemonenwald gewesen, um ihn gebreitet, am Saum den Hauch.

Er lag und ruhte. Unter ihm war eine Sängerin, die sang und trieb: an fernen Meeren stand das Haus; eine Frau, die harrte zwischen Pinien, die vergingen immer über das Wasser, das stumm zerschlug. Aller Wellen Schauer, aller Möwen Schrei –

Oder sich erheben, an das Fenster etwa würde eine Wärme schlagen, nichts Strahlendes, doch etwas, in dem Blüte stand, und dann sich neigen und hinnehmen dies: der Zweige Hauch, das blasseste Entschleiern – kurz: das Unumgängliche, würde es in dem Garten sein? –

Ein schmales Bett, eine dünne Decke, aber dazwischen: wie genannt? Wenn es sich begab, wer konnte es zwingen? Sich entäußernd, wer auf ihm bestehen? Wenn in sein Auge die Woge trat, wer ihn fordern – mit andern Worten: was war es denn, das in das Horn stieß, rauh durch eine schlafende Nacht, daß das Lager sich erhob und, was lag, erstand, aus den Mulden anzuströmen?

Aber da war ein Laut: an die Tür und dröhnend: der Wärter klopfte, und es war vier Uhr. Hier war Gebot, und der Arzt erhob sich; auf der Station lag zwischen weißen Tüchern schon ein Glied und schlug.

Jod und Zange umwob der Sinn; aber vor allem wichtig war die Holzsonde, ja auf ihr basierte das Gelingen, mehr! Entscheidendes kam ihr zu. Spannte sie die Haut nicht straff in der Mitte, konnte das kosmetische Ergebnis ein befriedigendes nicht sein, der Ausgang in einen wünschenswerten Heilerfolg mußte als in Frage gestellt gelten, und naturgemäß darüber hinaus das Problem des Dauerresultats als unentschieden offengelassen werden, ja nur allzu leicht verschob gerade sie die Grenze zum Unerfreulichen vom Angestrebten.

Nun handelte es sich freilich nicht um einen bedeutenden Eingriff, eine wesentliche Höhle kam nicht in Betracht; leicht reizbare Häute, diesen und jenen schädigenden Einflüssen nur allzu offen preisgegeben, lagen außerhalb des Wundbereichs, aber immerhin: auch um die Vorhaut kreiste das All, sie galt es einzustellen in die Fülle des sich stündlich neu erschaffenden Kosmos, sie zu umkleiden mit dem Feuchten, dem Trächtigen, der ewigen unaufhörlichen Schwangerschaft, die runde Dinge warf, Blut und Sterne, doch dann sie auftrank in Sturz und Schauer.

Also, die gerade Schere! Nicht die gebogene, die oft von der gewollten Richtung wich! Hier mußte der Schnitt enden – auf nach dort!

Doch dies war keine reine Frage der Ausführung, Zielsetzung war unausweichlich, Lehrbücher, Hilfskurse, Fundamentalbegriffe: über ihn!

Hautschnitt! Er versammle sich um Hautschnitt! Rückhaltlose Umgruppierung der Gesamtnatur um Hautschnitt!

Schärfste Pupille: jahrzehntelange chirurgische Erfahrung: Quintessenz: letzte Formulierung: dorsaler Querschnitt!

Die Lokalanästhesie ist völlig ausreichend. Die Quaddel an der Wurzel des Organs einwandfrei. Die Lösung tut absolut ihre Schuldigkeit. Es handelt sich nur um: Querschnitt!

Der Patient fühlt gar nichts. Der Puls ist vollkommen. Die Desinfektion des Operationsfeldes mustergültig. Den letzten veröffentlichten Ergebnissen des Spezialfaches Rechnung tragen: ... Scherenschlag!!

Zuviel Bejahung! Der Arzt steht regungslos. Ihn schauert vor dem Fragwürdigen, das er vor sich sieht. Tod, wo ist dein Stachel. Hölle, wo ist dein Sieg, aus Höhlen und Grotten stürzt und blüht es, die Fackel in der Hand.

Schwester, Pinzette! Hautfalte! Alle Wucht auf Hautfalte! Letzte Rettung! Absturzfröste! Doch da wiederum: tief rötlich, und über die Schulter wie ein Fell: der Weidende.

Er sieht auf. Er sieht deutlich vor sich: es geht ein Herr über den Kasernenhof, er trägt eine Aktenmappe, dies ist drin: Schon die Steinaxt sich Rückschluß und Aussonderung dankend, die Baumhütte bereits sehr zweckmäßig erdacht. Der Nagel schabt schlecht, Quarz dringt tiefer. Organverstärkung mittels Stein und Gräte: anerkannt! Aber Vergleich liegt vor! Doch so scharf er auch blickt, nicht darin sind die Ausflüge tibetanischer Studenten, sie leben in Felsenzellen und kleinen Zelten, sie gehen aus mit Hacke, Stock und ledernen Beuteln, Ende des Sommers, und mit Mehlproviant. Nicht darin ist der Urin der Lamaärzte, sie schlagen ihn mit einem Spachtel, dann horcht man am Gefäß nach dem Grad des Brausens; nicht darin Oleander, nicht Wesen, die stündlich mit ihrem Absturz rechnen.

Der Herr trägt eine Brille, schärfer zu erfassen das Umweltliche. Doch da ein Schauer: Sankt-Anna-Blumen: Klosterhof: Beginengarten: doch dies ist Nebensache, aber: die

Blüte, die rote – bunte – scharf umrissen: Blüte: gestoßen von der Farbe, unter der Peitsche des Gefleckten, unmöglich: zwischen Buchs, unmöglich: Abgestecktes –: nein: Randüber – Stürmisches –: Entfesselungen: Die Sommerblüte: da ist nichts zu eräugen. Der Herr tost Oberingenieur. Aber da: weißer Garten: matter Wulst die Hecke; Licht, gekeltert in der Blüte; Strauch bei Strauch, eine Herde im Traum.

Der Arzt sieht auf die Hautfalte. Es fließt etwas Blut. Nadel, Klemme, allerhand: kurz: er sticht sich in die Fingerkuppe, jetzt hat er die Krankheit in der Hand, die sie hier alle haben, gut.

Die Vernähung der eingerissenen Hautfalte gehört nicht zu dem geplanten Eingriff. Dieser steht noch bevor. Er muß von vorne anfangen. Also endlich: Querschnitt!

Nein, das verpflichtet ihn zu folgendem:

Sonntagnachmittag: Häuser des Vertrauens bieten Haschees zur Schau. Konfirmandinnen erhalten Lakritze. Stelzfüße. Beinverlust. Sattelnase. Grammophone. Kurz: Gemütswert –

Ferner: Begängnis. Der Geistliche zerrt an der Auferstehung des Fleisches. Vertreter der weltlichen Obrigkeit ist durchaus fein empfindend, doch das Männliche obwaltet. Die übrigen Herren: das dem Unausbleiblichen Unterstellte, doch im Vordergrund steht das Fassungwahrende –

Desgleichen: Kolonialvertrag: nämlich: Gesichtsfelderweiterung mittels Länderstrich.

Alles in allem: Weltbild, nirgends Neugeburt.

Ausgeschlossen.

Der Wärter räuspert sich. Er hat sich nicht zu räuspern.

Aber schließlich: Seele und Leib, Körper und Geist, Sarx und Pneuma, logisch, ethisch, empirisch, griechisch, paulinisch, elektrisch: stürzt, schreit, brandet, Düne, Düne, Thalatta, Thalatta, Geliebtester, Hügel der Errettung: *Einheit!*

Er soll sich räuspern. Die Schwester soll ihn anstarren. Wie ist er einsam. Wie sieht er in der Ferne. Durch Gebüsch, feuchtrankig, kaum erspähbar ist die Stätte: da lehnt an Kelche sich der Tag, da rauscht die Dolde, im Park strömt über seinen Traum der Pan.

Verwunderungen. Doch hier Erblassen. Hinbruch auf Felle. Gelähmtes. Süße malmt sich das Fleisch, Widder und Adoniden.

Finale. Kasernenhof vergangen. Aktenmappe Überschattung. Zwischen die Stadt an des Nebels Borden rankt und bricht es: Schlangen, Rosen, funkelnde Brut – Zersprengungen.

Er wendet sich:

Röte: ein Südlicht: Marmor und Haine, großes, fernes, verlorenes Blut.

Er unendlich; hinter ihm die Wärter.

Er lacht. Ein Bett ist da, heller Kelch. Narzisse, in die der Jüngling ging, der Vermischte, sich Mann, sich Weib.

Er fühlt etwas in seinen Gliedern rinnen: es schabt. In der Hand schlägt es: die Kuppe.

Da: blaue Güsse: der Himmel funkelt in die Narbe des Kelchs.

Um seine Füße flattert der Grund: hell und matt: der Anemonenwald.

Menschheit, wandte er sich ab. Menschheit, in den Dünsten der Empordringlinge, auch Vermittlung ist Gewerbe –; Menschheit in der Säure des Ysop, Menschheit im Lebergeruch des Gefesselten, laß alle Geier schreien – Ververtikalte!

Es ist Schmutz: die Schulter stemmen, es ist Schmutz: der Niobide. Schmutz: Ilioneus: aus dem Fleische an die Sterne, empor und Qual und in das Knie gestürzt –: eine Erde schon ihm hingelebt, die Blüte vorgestreut, die Polle in das Meer geschüttet, alle Ranken ihm geschleift – oh, sieh den Jüngling endlich, der sich salbt, und die Alte, die den Weinkrug schwenkt!

Wohin stäubst du? Welch ein dürrer Gang?

Oh, Bruder! Als wir noch auf Wurzelstrünken lange vor

dem Einbaum die großen Ströme hinuntertrieben hinter dem Bären, braun und von der Traube berauscht! Als Taube dawar, Spechthain, Amberbaum, als der Büffel durchschritt, hochbetagt, die Flut, mit den Hörnern an den Augen und dem grauen, schlammbedeckten Bart! Als es noch rauher Laut war, Brunst, Auer-Fleisch!

Oh, welch Weg! Welch ein kleiner Winkel nur –: abwärts –! Endlich: Sie! Später! Früher! Kreuze, Minaretts, Kupferkuppeln, Jenseits-Dächer und Vertikalgebäude – zwölf Jahrtausende lang, und wo man hinsieht: Gram und schweres Herz! Wenn man aber lehrte, den Reigen sehen und das Leben formend überwinden, würde da der Tod nicht sein der Schatten, blau, in dem die Glücke stehen?

Blau: Sie. In Ihrer Wiege aus Moos, zwischen den Ästen einer Palme, blau: ich: auf meinem Lagunenriff und weidend die Koralle, blau, wir: gekeltert aus fernen Festen, und blau die Hand, die Sie jetzt schneidet: aus eines tieferen Auges Traum?

So etwa, mit dürren Worten, begann die Operation. Organisches und Anorganisches vereinigte sich zu einem Vorgang, der schließlich anschwoll in den Donner der Aktion, was aber – fragte sich der Arzt, die Hände in Sublimat tauchend – soll aus mir werden, wenn jede meiner Handlungen so schwer wird von allem Überwundenen?

Die Sprache wäre einschränkbar. Hier vielleicht ein Dutzend Instrumente, im Kasino die drei männlichen Grundbegriffe und des Nachts manchmal etwas Unartikuliertes. Aber meine Bewegungen werden so morsch. Es gälte eine Pädagogik zu propagieren, die nur in der dritten Form erzieht, denn das Leben ist nicht unseres, sondern das Laster eines Gottes, der verborgen bleibt.

Nach Einführen der Sonde, – sprach er dem protokollführenden Wärter zu: – aber: könnte ich den Verlauf dieser Operation nicht sternheimsch diktieren: mit Worten pflastern, einen fabelhaften Zement? Oder Schickele: etwas Blühendes und einen tiefen Schwung? Wie aber müßte ich es beschreiben als i.., ich meine als der Arzt, der operiert hat, über den sich doch nicht viel aussagen läßt, ja eigentlich sozusagen gar nichts, es fehlt ihm, um mich so auszudrücken, jedes Spezifisches, denn was ist es, das mit ihm geboren ist?

Kaum erwähnenswert ist, daß Worte Gemeingut sind. Der Hafenarbeiter verfügt über hundertachtzig, Shakespeare besaß fünftausend; das ist nachgeprüft. Verbreitet ist das Wandbrett mit dem Lexikon. Selbst das Grimmsche Wörterbuch ist erreichbar gegen Leihgebühr. Kurz, wie ist es eigentlich erklärbar, daß ich nicht bekannt bin als der vermögendste Stilist?

Zum Beispiel das Rhododendronbeet, an das eben die Flut der Blüte pocht, oder das Haus, um das die Trauben der Glyzinie klingen – wo wäre etwas, das sich nicht zersplittern ließe in Regenbogen und Fontänen und in den Rausch der Zusammenhangsentfernung?

Weil alles stirbt, *weil alles kürzer ist als das Wort und die Lippe, die es will sagen, weil alles über seinen Rand zerbricht, zu tief geschwellt von der Vermischung*. Weil ich kein Ich mehr bin, sind meine Arme schwer geworden.

Da hüpfte Herr Stabsarzt Mahn herein, der immer und überall das Gefühl für das Rechte sich bewahrt hatte. Gewiß, ging man des Sonntags mit dem Chefarzt und dessen Frau durch die eindrucksvolle, sozusagen lebendurchwogte Stadt und machte aufmerksam auf dies und das, so kam es natürlich auch wohl vor, daß man gegen etwas auftrat, denn schließlich war man Mensch und Mann und hatte sich gewissermaßen eine eigene Meinung über diese oder jene Frage gebildet. Aber immer erwies sich doch, daß sich das scheinbar Verschiedenartige auf ein größeres Allgemeines zurückbezog und nie war jener biologische Wert ernstlich in Frage gestellt, der als harmonische Lösung und Beruhigung letzten Endes das Ziel jedes sprachlichen Gegenübertretens darstellte.

In dieser Gestalt trat Mahn ein, parallel konstruiert, Logik und Gefühl reziprok und jedem das Seine, lobte den prächtigen Schnitt, die Methodik und verbreitete um sich jenen Samengeruch, daß alles dies von jeher schön gewesen sei.

Da erkannte der Operateur zu seinem Erstaunen, daß dies der Herr gewesen war, den er über den Kasernenhof hatte schreiten sehen. Zum erstenmal in jener Stunde, als die schlichte Zellteilung der Amöbe verblieb und aus dem Organischen das Muttertier hervorgetreten war. Dann etwas rastlos und erhitzt, auch die Mauer streifend, aber alles in allem befangen von Glück.

Versunken nähte er weiter. Fragend aber hob er dann den Blick vorbei an dem Stabsarzt, durch das Fenster in das Freie, suchend sah er sich um: in alle Runde, über alle Horizonte, vom Eis durch die Wüste bis ans Meer: nirgends trat ein anderer auf. Einmal hatte einer gelebt, der war lange tot. Jetzt, fühlte er, war er das beziehungsloseste Gebilde und von überall, wo irgendwo zusammengeballt tellurischer Staub eine Erde täuschte, die geschlechtsentfernteste Synthese. Da teilte ihm Stabsarzt Mahn mit, daß er nur gekommen sei, den Chefarzt anzumelden, der sogleich folgen würde, die Instrumente zu revidieren. Und kaum hatte der Arzt Zeit, die Wunde zuzudecken, da trat der Vorgesetzte auch schon ein.

Zentraleuropäisch durchschritt er den Saal, hell meckerte sein kleiner Spitzbart in den Raum, gebräunt war das unentstellte Antlitz von dem Ausgang unzähliger Jahrhunderte.

Denn längst war das seine Rundungen umschwebende Luftmeer durch das Barometer entlarvt als ein in stetig wechselndem Auf und Ab Begriffenes, von dem im wesentlichen das Wetter abhing. In regelrechter Männeratmung hob und senkte sich seine Brust, völlig im Gegensatz zur Frau, die mit dem Leibe sog. Ein assyrischer Streitwagen gewiß, sozusagen ein Räderfuhrwerk, ein Vehikel für Bogenschützen, alles in Stein gehauen – aber heutzutage Queenstown – Sandy Hook in achtundvierzig Stunden.

Also, nun der Gummischlauch zum Beispiel! Fürwahr! Welch Gebilde! Achtlos geht man im allgemeinen vorbei an Gummischläuchen, aber dies Zweckmäßige in der Gestaltung derselben: zum Stauen, Dehnen, Stillen, Saugen – kurz: welche Fülle von Eindrücken und Maßnahmen, von Menschenschweiß, Polarzonen und Wissenschaftserweiterungen sozusagen schlicht verkörperlicht in diesem einfachen Riemen mit Kautschukgeruch!

Noch stand die Umgebung tief unter dem Eindruck des Gummis und Fürwahrs, als der rastlos um das Wohl seines Krankenhauses besorgte Chefarzt bereits eine Spritze ergriff und der nimmer ruhende Menschengeist sich voll in ihm auswirkte.

Denn abgesehen von dem Gummistempel, der ihm auch hier wieder entgegentrat – die gesamte Glasindustrie Böhmens drängte sich ihm sozusagen doch in verantwortlicher Stellung auf. Das wunderbare Walten der Zeit, das neue Leben, das immer wieder aus den Ruinen aufblüht, des Tages Arbeit und des Abends Gäste zogen gebieterisch an ihm vorüber.

(Denn ohne uns zu überheben – führte Stabsarzt Mahn den Gedanken aus – wie stehen wir heutzutage da? Allein zum Beispiel der Regenschirm Ihrer Frau Gemahlin, den ich kürzlich zu tragen den Vorzug hatte: der Stock in der bekannten Stockfabrik von Meyer und Schulze in Osterode angefertigt, aber aus einem Holz, das in Venezuela gewachsen und sogar mit einem Lack aus Japan bezogen worden war. Der Elfenbeingriff, denn um einen solchen handelte es sich, aus dem Zahn eines Elefanten, eingebettet in das Eis des fernen Sibiriens, angelegt, von einer Stiftfabrik Südschwedens der Vollendung zugeführt. Ich will gar nicht erst von den Anilinfarben anfangen, von den Steinkohlenteeren, vom Saargebiet, vom Meßbildverfahren. Denn werfen Sie doch nur einen Blick – strömte der Chefarzt unterbrechend hin – in die führenden Journale – ein Leben und Weben, ein reges

Hin und Her! Doch auf zu Geistigem, empor den Blick an den Firnenschnee, in die erhebende Rundschau über das großartigste Hochgebirgspanorama, früher nur äußerst rüstigen Bergsteigern nach den Anstrengungen mühevollen Emporklimmens zugänglich, jetzt eine Stunde Fahrt für Mutter und Kind und selbst der Greisin mittels Zahnrad zuführbar.)

Der operierthabende Arzt wollte grade dem Vorgesetzten die Spritze, die in Gefahr geriet, abnehmen, da spürte er einen starken Schmerz in seinem Arm und eine Glut, die ihn durchzog. Er ließ die Spritze nicht fallen, doch einen Augenblick schwankte er unter dem ersten Schlag. Jäh sah er die Szene hell erweitert: an einem schmalen Rand der Lippe Murmeln, doch dahinter die Woge stumm und weiß. Wer hatte sich denn nun errichtet, wer getrotzt und wer den Fuß gefelst? Um den es spülte, um den es rann: Der!

Doch dies war schon vorbei. Denn gerade schritt der Chefarzt mit einer unzweifelhaft großen Gebärde an das Gasgebläse und entzündete mittels eines Feuerzeugs den Bunsenbrenner. Und so umständlich und oft langwierig das früher gewesen war mit dem Glasstäbchen, an dessen Ende Schwefel haftete und das es in einen Behälter mit Vitriol zu stoßen galt, ganz abgesehen von dem noch mit der Lichtputzschere geschnäuzten Talglicht oder der Rüböllampe, von Prometheus ganz zu schweigen – so leicht ließ sich jetzt das stolze Schöpfungswort: Es werde Licht! in ausgiebiger und auch wohlfeiler Weise erfüllen.

Und während der Chefarzt den Raum verließ, strahlte aus dem Glanz mehrstelliger Kerzenstärken ein eigentümlicher Schimmer hinter ihm her. Das große Leuchten über der Stirn des Weltensiegers – das war es nicht. Vielmehr schien es ein schieferiger Glanz und eine Art Dunst, in dem es sich bewegte. Zunächst war es nur Gliederbleiches, Greifklaue, Sprungsehne und eine Gesäßschwiele, doch dann entwirrte sich ein stummer Tanz: aber nicht mehr zwischen Ast und Ast und hinter einer Nuß in heißen Wäldern –: zwischen Phantomen hin und her, die verteilt auf rauhen Lauten ruhten: da sprang der alte Affe, nur den Geruch verändert und enthaart.

Sicher aber lag der Operateur im Schlagen seines entzündeten Bluts. Er wandte sich wieder dem Kranken zu, und über seine Hände strömte es, Schnitt für Schnitt. Nahm er die Schere, griff er das Glied, *es war ein Mischen und Sichtrennen, es war ein Stellen von Gebärden und ein Spiel im Schatten, wo die Glücke stehn.*

Die letzten Nähte: unter einem Bruch von Rosen, unausblühbar und sommerrot. Und nun die Fäden: abgeschoren: blätternd über des Querschnitts Drang; Jod achtlos bräunend.

Dann war die Operation zu Ende, der Arzt nahm Abschied von den Gegenständen und wandte sich wieder seiner Wohnung zu.

Da würde die Sängerin noch sein, die sang und trieb, und der Garten vor dem Fenster; doch das Unumgängliche war abgetan. Denn es würde zu Ende gehen vielleicht im nächsten Monat, vielleicht nach einem Jahr. Jedenfalls darauf konnte er sich jetzt verlassen: der Rest war nur vorübergehend, und es war alles schon entflammt. Ob er vor einer kleinen Kneipe saß auf einem Boulevard, über den der Abend strich und die Frauen gingen, den Nacken still beschlafen von warmem Haar, und Händler hielten die Wanderer mit Sträußen an eines hellen goldenen Mohnes – nein: sie beueten ihn dar, etwas Altbiblisches mußte man anwenden, um der Fülle willen, Kanaanitisches, in dem Milch und Honig floß, aus dem ersehnten Land. Oder ob er einfach ging und es in den Schultern fühlte: das Augenblickliche, das sich begeben hatte eines langen Glanzes und im Verwehen sich erschloß.

Oder ob in Gärten die Rosen standen rot und der Sommer pochte – von überall schritt er hernieder und tief der Woge zu und hell ans Meer. *(1918)*

DER GARTEN VON ARLES

Das ist reines Gelb. Das löst wie Zuckerei. Da kann Gott nicht weit sein. Was heutzutage Gott ist: Tabletten oder die Originalstaude mit Pottasche oder Coquero.

In seiner Wohnung in Berlin saß ein Privatdozent der Philosophie und schrieb: man kann die ganze Menschheit einteilen in deskriptiv oder metaphysisch Gerichtete, Homer oder Simmel, uralte Wirbel – jetzt auf welcher Flut?

Drei Vasen voll Herz des Gartens schleiernd den Herbst vor seine Stirn: man kann die ganze Menschheit einteilen in jene mit dem Zug zur Singularität und jene mit dem Zug zur Universalität, ist, was ich sehe, jetzt die Synopse?

Es war Nachmittag, er sah auf. Auf der Straße gingen die Menschen, darunter ein Rechtsanwalt, den er kannte, der war klein, flink, grau und gut angezogen und stäubte sich den Rock ab.

Es stäuben sich in diesem Augenblick viele Herren den Rock ab, erhob sich der am Schreibtisch, es ist kein nur dem Rechtsanwalt zugehöriges Geschehen. Schon wieder betreibt er Simultanes, man braucht nur aufzusehen, sofort ist der eine Stützpunkt da dieser ungeheuren Spannung von der Stabilisation zu dem fraglos Weiten, grauenvoll immer diese tödliche Antinomie des Drangs zum Ansatz und des Rücklaufs zum Absoluten.

Zurückgelehnt im Sessel dachte er an Ephesos. Plötzlich war dies Tal des Kaystros da, durch das die Königstraße der

Perser ging – nun war das Meer gewichen aus der Bucht, das einst das Artemision bespülte, nun war zwischen Trümmern die Zypresse und in den Lagunen in Binsengeflechten eine Herde von Fischern, die nach Muscheln ging.

Hier war es gewesen, daß das Ich begann, in dessen letzten Flammen jetzt die Blumen um ihn trieben. Hier war der Rauch entstiegen, zwischen diesen Quadern, vielleicht, wo jetzt die Pferdeköpfe langsam sich verwuschen, die aus dem matten Marmor, die aus der kleinen Rasse, die auf dem Parthenon unsterblich standen.

Oder war es in Tyrrha gewesen, das in Oliven ganz versank? Vielleicht hier, entwichen aus der Stadt, wo jeder gleich war und ein Mitmensch herrschte, ein Demokrat, ein völkischer Tribun, vielleicht hier zwischen Rosen und schweigendem Wein schrieb er, daß es dieselben Flüsse nicht mehr sind, auch wenn wir in dieselben Flüsse steigen: εἶμεν τε καὶ οὐκ εἶμεν.

Merkwürdiges chaotisches Jahrhundert, dem ähnlich es nur noch zwei gegeben hatte bis in diese Zeit. Ein Schwung von Schlachten über Asien und dem Ägäischen Meer, ein Schauern in den Hirnen und Gebärden zwischen Ionien und der mütterlichen Stadt, ein Flammen aus Zahlen und aus Kurven an Vasen und Triangeln zu Erstgeburten jenes anderen Reichs.

Aber nun entwickeln, was in ihm selber nur Schatten war, nun darstellen in der einzigen Stunde, die ihm morgen blieb, die Geschichte dieses abendländischen Ich in einer Weise, daß seine Hörer es sahen, wie unausweichlich, wie bedingungslos, wie von völliger Gültigkeit sich heute diese Wendung vollzog, die er zur Stunde nicht anders bezeichnen konnte, als zur hyperämischen Metaphysik:

Meine Herren, würde er sagen, wenn Sie morgen früh erwachen, ist, der vor Ihnen spricht, auf dem Wege nach Batavia. Er verläßt Europa, er umsegelt Ihren Kontinent, er streift entlang noch einmal die Maschen des weit auseinandergeschlagenen Schleiers seiner Sensationen und Produkte, ihn rührt nicht einmal der Saum seiner fächerhaft weit entfalteten Zivilisation, deren Spangen zeitlich rückwärts sich schneiden auf einer Insel südlich des Ionischen Meers.

Durchfährt er die Levantische See, streift er die Syrten, sieht er ein flaches, ausdrucksloses Land. Da ist Sandbank voll Melone, da ist Palme, die die Menschenhand bestäubt, da bäckt vor Hütte aus Flußschlamm nebst zerhacktem Schilf Fellachenfrau das Durrabrot, doch das ist kein Flußschlamm, das ist Nilschlamm, das ist Eierstockschlamm von Ur-Europa, da fuhren sie an, die ersten Okzidentalen mit Bäumen des Libanon für die Pharaonenhäfen und brachten die Zeichen des Opferkruges, der Bienen und des Palastes aus dem Niltal mit nach Hause.

Er hielt inne, vor diesem Minoischen Reich: um riesige Binnenhöfe Kriegspaläste labyrinthisch getürmt, im Fächern warmer Winde Fresken, Feste und Fayencen, aus Spielen, Aufzügen, Wettkämpfen ein jagender Traum – verweht, zertreten von den thrazischen Kohorten – auf geschnittenen Steinen und Sarkophagen noch eine letzte feierliche Liturgie – ja, er entsann sich einer bemalten Vase oder einer Art Ölbehälter aus jener Zeit, weißgelb auf einem rötlichen Grund eine Gauklerin, die auf den Armen ging, ihre Brüste trug sie in den Händen, mit den Füßen schoß sie vom Bogen einen Pfeil – und nun erschien es ihm merkwürdig, daß dieses sich gerettet hatte, durch so viele Jahrtausende, gewissermaßen das Sinnlose, die Pflanzenranke und die Gauklerin.

Drang zum Sinn oder Drang zum Ding, wiederholte er, uralte Wirbel, jetzt auf welcher Flut? Auf dieser, sah er auf und erblickte seine Zuhörer vor sich, die morgen vor ihm sitzen würden, in alten Uniformstücken die meisten, dürftig, hungrig, unelegant, Söhne von Bauern, Söhne von kleinen Beamten, Söhne dieses mühseligen Volks, das der große abendländische Rausch des neunzehnten Jahrhunderts verführt hatte zu jenem Traum von Macht, zu jenem Traum eines

Glückes, das Mill, der Engländer, verkündet hatte. «Dasein soweit als möglich frei von Leid und so reich als möglich an Genüssen, nach Quantität und Qualität zugleich –» verführte und nun geschlagene Söhne, Treber essend, in totem Land.

Aber er wollte sie erwecken, er wollte sie verachten lehren dies Jahrhundert der abgestandenen Kategorien, er wollte die Woge sein, die sie trug an die fernen tragischen Gestade mit den schweigenden Altären und der Tempel fallendem Fries.

«Fühlen Sie nicht, meine Herren, wie die Stunde glüht, spüren Sie sich nicht wie in der Flamme eines Mittags, durch den die Pollen treiben und das Südmeer zieht, spüren Sie nicht in Ihrem Hirn, in Ihrem Blut oder in dem Schwanken Ihrer Vertikalen es wie den Anrausch eines großen Traums?

Könnte ich ihn über Sie legen, könnte ich Sie bannen in die Vision des einzigen, durch die ganze Geschichte der Menschheit immer wieder nur einzig kosmisch-repräsentativen Ich, könnte ich Sie bannen in die Vision seiner großen schmerzlichen und tiefen Glücke wie in eine Rosenstunde, wie in eine Blüte des Narziß, es naht sich wieder aus den Reichen, wo das Schicksal gilt.»

War es die Fülle des Stoffes, die ihn erregte, oder der Sommerausgang, das Tief-Herbstliche der Blumen, das ihn trieb, ganz von ihm gewichen war jener mörderische Drang, sein Denken zur Fixierung zu resultieren, die Materie zu annullieren zugunsten der einheitleitenden Idee, mitten um ihn war der Strom der Stunde, das Unabsehbare der Zeit, von der jeder wußte, daß sie zu Ende war, und keiner, wohin sie sich wandte, mitten um ihn das Chaos seiner eigenen Disziplin, die Erfolglosigkeit ihrer Geschichte, die Sinnlosigkeit dieses Schlachtfelds um den Sinn.

Heraklit, schrieb er, erster einsamer Schöpfer, es ziehen Wolken aus deiner Wüste, aus deinem trümmervollen Land. Dunkler, wie war dein Tal begrünt und voll Lärm der Quelle: das Absolute ist der Traum.

Es schabt, es fegt, es rüsselt wie ein Maulwurf durch die Erde, Haufen werfend aus irgendeinem verletzten Trieb; es schnaubt, es spreizt, es schminkt sich die Lefzen im Reiz eines Gegners, im Sturz auf ein zu packendes Geblüt.

Neunzehntes Jahrhundert, schrieb er, Beutezug durch die Singularitäten, Konkretismus triumphal, gebrochen nun wie keines unter das Gesetz der Stilisierung und der synthetischen Funktion – Gesetz, Gültigkeit, Wahrheit, Geschrei aus tausend Pilatusschnauzen, doch es schweift, es schweifert, es wichst, es weibert, es ist flach und steil und beides zugleich, das Ich ist außerhalb des Logos und die Krankheit über der Welt.

Unverlöschbar durch System, nicht abregbar durch Material beherrschendes Gesetz, ja ja die Oberlippe, nein nein die Unterlippe: Wort ungesund, travaux forcés auf dem Arm, aus dem Bagno von Toul, lebenslänglich, mit der grünen Mütze, unentrinnbar, bis zur Katakombe –

Durchbruch aus der Zone des Gedankens in die des Seins, letzte Dränge des Zeitlich-Gültigen in das Unendlich-Zeitlose, fiebernde Jaktationen des Individuums in das Unbedingte – jawohl, zwei Sonnen waren auf dem Bild, gewirbelt zwischen die Zypressen, und ein Kornfeld, auf das der Himmel schrie –: eine flache Stirn, eine fliehende Stirn, eine Verbrecherstirn: der Idiot von Arles.

Wenn er bloß durch Marseille ging und Marseille ist eine sonderbare Stadt. Da will jeder eine Bastide haben, ein kleines Landhaus, weiß, besonders gegen das Wüstenfahl der Crau. Französische Sahara genannt, demgegenüber er sich immer dunkel trug, dunkler Kittel, das war Mittelpunkt, das war abheberisch, das war Konzentrationsmittelpunkt, Rotation um den vom Drentischen Bach.

Wenn er bloß durch Marseille ging, Kalades die kleinen Stufenstraßen; lauter, ja zahllose flache weiße Häuser, ohne Stadtmauer, ohne Maximaldosis, in unbegrenzter Zahl – eine ganz ausschweifende Stadt. Und Sonnenblumen, natürlich immer Sonnenblumen, das kann jeden reizen, erstens steht es immer an der Bahn und dann schlürft es, schlurft es, ölt es, bebaumölt es direkt mit Hellgelb.

Er wußte es, stand er auf, er wußte es, der in der Provence malte unter jenem Himmel, einem Himmel über Oliven und Wein. Er malte, er war besessen von der Unerinnerlichkeit; er war purpurn von der Blindheit, er schlug es hin und er vergaß und schuf so das Erträgliche.

Und auch der in Algier wußte davon. Aus dem vollkommenen Vergessen des Gestern schaffe ich die Neuheit jener Stunde – «ach, Michel, das Glück gleicht dem Wasser der Quelle Ameles, das sich, wie Plato erzählt, in keinem Gefäß bewahren ließ» – zwischen Granat und Oleander, im Glanz der Wüste, auf einem Kabylenfels schrieb er es an Daniel und Dionysos – doch aus dem Norden mußte er kommen, der dies zerbrach.

Kant, dachte er, Kreuzspinne, Unzüchtiger des Geltungswerts, Sklavenmarkt, martiniquisch, schematisierbarer Verdinglichungen, Drahtsträhniger, Vernetzer aller Fisch- und Fluchtwerte in die Schädelreusen –

Kant, dachte er, Manufakturist in Goldenen Schnitten, großer Einkurver der Materie, Beziehungsbalanceur, Drängler – auf Systemwegen – zu Kosmos triumphal –

Kant, dachte er, behagliche Affäre, Gelehrtenstübchen, Schattenriß des achtzehnten Jahrhunderts, gestirnter Himmel über dem Jabot – versackender Kontinent. Brühe aus Rattenschwänzen, die das Wrack verpeilen, koppheister – flüchtig – transatlantisch.

Die Wüste wächst, dachte er, weh dem, der Wüsten birgt. Ägyptisch abgesprungen, Nil-Ich, mehrtausendjährige Klabusterbeere, satt der Einerseits- und Andrerseitsbalance, mit Europens Imperien vereint emporgeschwindelt, gemeinsam in die Brüche – verdufte dein Gesetzaroma, verblute deine Gültigkeitszypresse.

Hoch der Palmwein, an dem die Palme stirbt! Hoch das

Beduinen-Ich in der Gegend etwa des Wendekreises, betrachten wir diese einfachen Mahlzeiten aus Sorghummehl, aus Mais im Delta, ich meine das *Frontal*-Ich, das gegenübersteht und sich nichts dabei denkt.

Betrachten wir das Fellachen-Ich: Saubohnen spielen da eine Hauptrolle, ich meine das Lattich-, Rettich-, Huflattich-Ich, bei Ortsvorsteher kommt Fleischkost-Ich dazu.

Meine Herren, ich muß sagen, Sie sind einem ganz subtilen Schwindel zum Opfer gefallen, einem Gesetzschwindel, einem Konklusionsschwindel, einem Abgrundungsschwindel – hoch paraboloid!

Er stand am Fenster und sah die Straße entlang, die stand so sauber da, mit Häuserfront, mit Gaslaternen, mit Abzugsrohr, mit Lüftungsklappe, geschniegelt, gefettet, geklebt, gescheitelt auf dem Kahlkopf des Substantivlers – dahinter fühlte er dumpf das Land, die weite Brotfrucht, das Behauerische –, dies Weltbild bestimmt durch Gruppenbildung und Veränderungsfolge, diese viertausendjährigen Schwindel des angeblich kontinuierlichen Ich – Eisenklammer rief er aus, Eisenklammer, nördlich angesiedelt, Kantkrone, wer schlägt den Reif aus deiner Stirn – zwei Sonnen waren auf dem Bild gewirbelt zwischen die Zypressen und ein Kornfeld, auf das der Himmel schrie –, es ist ein Garten in der Ferne, Sprunggarten und Lemuren-Ich.

Olive sanfte, Agave ranfte, die Grüne und das Felsenfahl; aus Trümmer-Glücken, aus Herzens-Stücken, dein Trunk, dein Mahl. Olive glühe, Agave sprühe doch hin das Licht des anderen Raums, schon rundet sich's am Giebel meiner Augen und ist mit Tauben an der Lider Klang, am frühen Tag schon und mit Schilf in Blüte – baumlose Insel meines Traums.

Antinomien, bräunlich hingesprenkelt, einst vorgestreckt ins Nördlich-Diskursive, hier weiden sie sich matt in fallend Blut. An Laub entlang, an dem versiechten, aus Schwaden, Gräbern allem Glück, aus Himmel, tödlich hingestürmten, gehn Lachen Herbst, gehn Weiher des Vergangs.

Aus Antithesen-Spalt, aus Hirn-Riß, aus Monistisch- aufgesprungenem: Lemuren-Ich, gesalbt vom Rauch der Herden, Brotbaumtitanen, Affentranszendenzen, ein violetter Zion.

Der Himmel ist die Flut, das Land die Flamme, wo seine Golfe brennend niedergehn; es ist Gemisch, es ist auf einem Kamme, rechts Yggdrasil und links die Pinien stehn – es ist Ort, wo das Auge schuf.

Frei-Auge, Algier-Auge. Süße Unerinnerlichkeitsbraue. Vogel-Schau. Polymphemblick zwischen all den Hirtenschläfen, taub dem Taumel, zischend in das Ich – über Tyrrha, durch die Eleaten, durch Hegels Identität und Troeltschs Dynamik angetreten zur Querschnittskurve, Dynamo schräg gestellt zum Wind der Dinge – zum Diagonalmotiv in den Garten von Arles:

Da kann sich matt schöpfen an den Wiesen, an der Barre von Iris, die die Stadt bespangt. Schon solch Gemäh werden, gegen Löwenzahn, gegen Taraxacum, als Tee, als Kaffeesurrogate, nun muß ich eilen, Sommer wird zu Laub, bald kann Vergehen kommen, was Verschleierung bringt.

Irrsinnig diese Doldensteppe, ganz irrsinnig diese Hälse oder auch Keulen, dieser Wasserkopf von Gelb, diese Sultanszeltbahn einheitlicher Farbengebung, dieses Elefantendickhäutrige – kurz das ist *reines Gelb*.

Das löst wie Zuckerei. Da kann Gott nicht weit sein. Was heutzutage Gott ist: Tablette oder die Originalstaude mit Pottasche für den Coquero (Koks).

Mein Betelgott, mein bittres Brennchen am Gaumen, mein kleiner Durststiller, welch ein Garten! Gegärte vielmehr, ein ganz nüffiges Geständer, Geträcht der Erde, Wirrwarr mit Rohrtendenz, Farbe Zick-Zack.

Nun Weide da, die soll es speilen; nein, Zypresse, von Tränen wund. Nein Baum, Baumiges, das Allgemeinste, das Allumfassendste, das Gierierigste: von Lappenföhre bis zur Araukarie, das Zersprengerischste, der Inbegriff.

Und immer ohne Haus. Was soll das Haus da? Störte Haus. Trautes Haus, Tisch- und Betthaus, Heim-Haus, rauschloses Begriffs-Haus – doch die weiße, weiße Wand: Samum des Lichts, zerspellt in Sprühweiß, in Orinokobreitweiß, Entgegenwurf von Materiellem zwecks Raketisierung von Funkweiß, *geplatztes* chromatisches System mit Weißgeiser – O Briefträger zwischen Hebephrenie–Valeurs! Achtbare Tasche am Bauchgurt, Inhalt: sachlicher Postwert und in den Vollbart gerollt: Gummizelle; noch Blick, starr aus Tiergesicht, an den Rand des Seins, von Ephesos bis Einstein diese schwere Antinomie, der Jochbogen ganz Spinoza: determinatio est negatio – Doch Motiv der Sonnenblume, das ist Übergang, da ist sanftes Lied, ionische Tragödie, am Ranft des Abgrunds Falterschlag: Olive sanfte, Agave ranfte, die Grüne und das Felsenfahl, aus Trümmer-Glücken, aus Herzens-Stücken, dein Trunk, dein Mahl. Olive glühe, Agave sprühe doch hin das Licht des anderen Raums, Arlesergarten, Lemurenfahrten, baumlose Insel meines Traums.

Die Stadt zerfiel in Blöcke des Untergangs, ein Donner schlug auf den Markt, das nackte Blut. Da stand der Wilderer, der im Anschlag, der in der Nacht, der Verströmte der Verderbnis.

Die Völker paarten sich, die Loden krachten; die Rudel gingen hock mit Fellbiß, das Fleisch trieb blind und gäulig, wie rosenpurpurn um den Schlaf. Mich schauert der Vergängnis, mich bohrt dies Himmelhoch des Abfalls, des Verrats der Schurzbedeckten – wo ist die Egge Gottes für die Staat der Treu?

Überall, wohin ich sehe, ist Peru: mit den Dschungeln, die dampfen, und mit dem größten Gummiwald der Welt; da sind Wüsten, in die es alle neun Jahre einmal regnet, da ist Völkerschaft, Inka oder aus Tahiti, verschollen, fortgewischt, vertrocknet oder ersoffen, in Tiahuanaco am Titicacasee; da ist der Tempel überlebensgroß, trümmernd, fladenhaft aus einem Menschheitsteil verkrümelter Gehänge, mit Sinnbildern unenträtselbar an einem Tempeltor –: da ist kein Laut, keine Sage, kein Klang, kein Zeichen – da ist der Tempel einzig und verworren.

Das ist Arles. Überall ist Möwe des Meers, der Flucht. Überall wogt es wie um Stätten, die erlöschen.

Da ist eine Insel dem Mond geweiht, doch Laub der Trauer an den Strömen – Ende, Ende – – in Rosenkränzen, als Adonai mit Thyrsosstab, in Fichtengrün, in Hügel und Halden: – nevermore, nevermore.

Wo ist der Schädel von Hadrian, sein Fang war Städte, Könige und Länder, wo ist der süße Hadriansschädel, über den die Lust floß aus Eutern, wo ist der feinste, weiche Badeschädel – fort wie Ramsch, mit einem Schluck Fenchel unter der Zunge.

Oder wo ist die Schlange – nach dem Meer hin, auf das die Fenster gingen, soll eine Spur von ihrem Gang gewesen sein –, wo ist sonst die Schlange, die die Ägypterin zerstach, die Enkelin so vieler Könige, die Venus von Asien, die zu Bacchus kam?

Das ist Arles; Arles aus der Dorer Jauchzen, Quader der Erde, Aue des Zeus – Wandel der Worte, Streuung der Werte – Schatten und Asche – ποταμοί — ποταμοί. *(1920)*

DAS LETZTE ICH

Blutäugige Nacht der wesenlosen Flucht.

Jetzt wird die Insel blühn, dachte er, nun liegt ein Glück im Meer, ein Rauch über einem Riff von Flammen. Sie steigt gesäugt von der erstandenen Flut in Rosenfalken, sie stößt ins Blau, sie hat Blüten wie Frucht und Blüten wie Stein, geädert oder marmorweiße.

Ich sehe es, sie legt am Ende der Welt. Da ist Demetrios, der Spieler über der Erde, der Entfesselte von höchstem Rang; stürmisch und üppig, zwischen Reichen hin und her und Schlachten, nun ekelt ihn das Lager und die Gesichte der Asiaten, nun will er den Kopf der Pallas sehn. Wo er vom Wagen steigt, einen Altar dem niederblitzenden Dionysos und alle eleusinischen Weihen an einem Tag; eine Lampe der Kypris für Lamias Nacht, eine Chlamys, bestickt mit allen Welten und Sternenwelten – eh' der Saum gesäumt, ein verworfener Gott, kehrt, fett, versoffen zwischen Roßzüchtern und Elefantenwärtern.

Da ist die Tulpe, gestürzt aus den heftigen Sommern Turkestans, die Lieblingsblume des Propheten, es ist ein heißes, ewiges Licht auf der Heide, wo sie waltet, uralte ahnenhafte Tulpe.

So sank jeden Abend, wenn die Weite sich schloß und die Welt sich selber überhängte, wenn aus der sinnlosen Folge kausal subordinierter Konnexe der Spiegel trat, der sammelte und brach: vielleicht der Wasserspiegel, der die hohe Bläue tief trug zwischen Schilfrohr und Libellen, vielleicht die Lache, darin trauerte der Baum, so sank an seinen Holztisch Er, der über den Schnee kam, hell, wie aus den Häuptern der Narzissen.

Nichts Brütenderes, nichts Einäugig-Triefenderes, nichts Feucht-Gesäugteres als der Mitternachtssonne brandiges Mal: hier ist sie bei den Horden im Rentierfell, den Raidenpilgern, wenn das Gras verwelkt, den Wandernden zwischen Tau und Flechten.

In allen Erdteilen wirken Papuas, Indianer, Mongolenhorden, nur über Europas scharf gewordenen Breiten brennt der Aposterioristik tödliches Fanal. Hier ist Er bei seines Kontinents letzten Nomaden, den Ruhelosen zwischen Meer und Tau.

Da ist die Lappenföhre, sie hält Gerüche über den Schnee, eine Nadel verläßt sie in die stille Weite, sie ist umgangen von überall; letztes Land, geläutertes Organisch, fern der Völker Samenlied zum Gemurmel der Geschlechter, hier ist tote Halluzination, hier ist Problematik statt Synthese, Verlust von allem Drängen zu Profil, hier ist einheitliche Farbengebung unter Eis und Schweigen, Hyperboreerbaum unter Schöpfungsschnee; am Fuß das Stürmend-Erstarrte, am Ast das wellig-ungeflossene Meer; Fjällenkuppen, Fjällenrücken: *im Sturz und traumbetäubt.*

Da ist der Gipfelkranz, die Weinhecke, gekeltert unter Nacht und Brand, mit Flut der neuen Lippe, voll Flut der letzten Götter, des Einsamen, der mit seinem Schatten sprach: O ewiges Überall, o ewiges Nirgendwo, o ewiges Umsonst; des Juden, der sich selbst sich übergab, das Weltall schweigt zu tief; und am Gipfel der weißen Treppe, umschwankt von Rosenketten, Mnais, den windigen Morgen auf ihren spiegelnden Hüften, hoch und allein.

Hier ist die letzte Rose, die Eis- und Edenrose, bereifte Röte und zerbrannter Stern. Alle Kultur bisher eingestellt, bezogen, aufgestellt von dem Individual-Ich, in Kunst, Gesetz, Erkenntnis Geltung geschaffen der ersten Person, psychologisch typisiert, hier schwankte vor eine neue Form, ein Linsen-Ich, das sammelte und brach, aprioristische Ekthesen, Vulkanisch-Funktionelles, flatternd, eine Vorgeburt, wie am Ende tiefer Fluchten oder im Nebel über jenen Wassern, eh' Jahve in den Garten ging.

Immer an der Wand lang, ruft nachts Europens Fernster; nachts fahren alle Schlitten heftiger, die Hunde jagen vor Frost und Wolf und Qualm der eigenen Brust – nun jage dich, das Rauchholz ab, die Stangen; gordone dich, du Knote psychophys!

Die Schaufeln 'runter, hoch den ganzen Möff: begreifendes Erkennen, Dahlem-Institute – wer erinnert sich nicht in diesem Zusammenhange des Prinzessinnenkopfes aus der Zeit Amenophis' IV., der Nil trat über, zehntausend Fellachen gingen an Mangel von Kiemen zugrunde, die Skythen feisterten sich in Arabien voll, die Sonne furchte sich durch die Wüste und brannte Karnak aus: erledigt, schnuppe, total passé, aber dieser kleine Pharaonenstengel, überlebt, müde, zart, behaart, dieses rotbraune Sykomorenfellchen: intensiv rotiert?

Letzten Endes, was ist es denn mit diesem sogenannten Menschheitsgut, das in Gesetzen kondensiert? Der Aufstieg war schwer, sie bluteten, das Feuer fraß sie, auch gaben sie der Masse ein Gerüst, Syntax, Glauben, Gesangbücher, aber was für eine überlebte Attitüde. Hin und her, zerebrale Semele, mentale Mondsucht und Wrackigkeit der antithetischen Struktur – abgeblendet, Stall und Krippe, her, ein Morgenstern den Hirten auf dem Felde: – die Menschenlehre Europas, als Fiktion individuell existenter Subjekte, hat nur noch einen kommerziellen Hintergrund. Der als Persönlichkeit bezeichneten räumlich betonten Stelle im wesentlichen östlich von Greenwich wird als Waffenträger und Arbeitnehmer die Vorstellung der Einkörperung des Universalgeistes in ihre somatische Gegebenheit mit den handlungsbestimmenden Hauptworten der Verantwortlichkeit und Eigengesetzlichkeit durch eine über das ganze Land verteilte Macht der Erziehung, Einrichtungen und öffentlichen Meinung inflatiert unter besonderer Betonung des unersetzlichen Wertes der einzelnen Leiblichkeit für den Fall politischer Malencontres. Das Eigenleben, bezogen aus den schofelsten Pressephrasen, verklebt mit Zitaten aus den Œuvres von Villenbesitzern, deren Innerlichkeit nach Ausdruck ringt in den Kategorien der Popularität und der Tantieme, stellt sich dar als Parthenogenesis innerhalb des industriellen Unternehmens, das die moderne Nation bedeutet, mit Dividenden nach Rentabilität der Frucht, als der Mutterkuchen, bei dem beide Kontrahenten partizipieren nach Maßgabe des Kurses der geltenden Idole, zur Zeit ist es die karitative Wabe, deren Seim sich kapitalisiert. An zweiter Stelle ist notiert Morgenland, Hegelsche Renaissance und Damenalmanache, und in immer gleichbleibender kräftiger Grundstimmung der Entwicklungsgedanke, die proletischste Idee des Abendlands.

'ran die Fotografen, rechts 'rüber, die Herren Abendblattsalbader, bitte links die Galerie, der neueste Start betreffend Geistesgut, physikalisches Geschwöge, Formelfick mit Kosmikappretur: Relativitätstheorie.

Der Bürger will seinen großen Mann haben – Blende auf, eine Seite Großoktav: – Newton glänzend, wenn er bis ins Mittelalter herabreicht – substantieller Lichtäther – enorm, das brennt wohl? jedenfalls Beruhigung hinsichtlich geistiger Entwicklung «in guten Händen», er kann pennen gehn, Schmunzel heißt das Vieh, gekalbt von Mutter Behaglichkeit, geborenen Bildungsgut.

Ist in dieser Weise der Begriff des Individuums politisch eine gesunde und konkrete Größe, verhält es sich anders hinsichtlich seiner philosophischen Struktur. Als zähe unaufhörliche Masse, als fadenziehende Nachgeburt aus Nilschlamm und Pendschabgrütze ringt seit vier Jahrtausenden die Menschheit um das sogenannte erkenntnistheoretische Problem. Erscheinung und Ding an sich, Brahman und Maja, höchste Realität und Blendwerk der Gesichte, Substanz und Individuation, überall die psychophysische Struktur, überall das Röcheln nach dem absoluten Wert, und doch in allen Epochen auf allen breiten Blutbächen der geistigen Existenz schaluppend, dreimasternd, über Topp geflaggt das todsichere Wissen, daß die Welt systematisch einheitlich nicht gedacht, daß sie begrifflich diskursiv nur dualistisch oder pluralistisch ergriffen werden kann.

Abendlanduntergänge, Kulturherbste, kommunistische Regenerationen – es ist kein Untergang und kein Auferstehen, es ist kein Marmor und es ist kein Meißel, es ist nur das Bewußtsein und das Nichts. Schwefel statt Weihrauch in die Jahve-Türme – dieser Gartengänger, dieser Lehmpriester, dieser Odembläser, und das Geblaste trabte über Feld und Au, trabte um Baale und schabte um Sphinxe, schwanger mit Spreu und stäubend mit Stoppel – Geistesschätze und Menschheitsgut – Schnee und Brache, die lösche Weite.

O Ich, kaudinisch einsam unter der Verneinung, blutäugige Nacht der wesenlosen Flucht, nördlicher Zapfenstreich der Inselträume, die Föhre bellt hyperboreer-tannig aus allen Ästen hunde – hunde – nichts –

Dich öffnet nun nichts mehr, dir gibt nichts mehr die Dinge heim so weichen Fells, kaninchensüß; die Straßen enden weit von dir, Hütte Landlos, Zelt Finisterre –

O Rosen-Letztes und Levkoien-Welle, und Holz und Erde, alles ist vertilgt, es schweigt um dich, wie nie es schwieg: die Menschen, Götter und die Sterne, du bist dahin und von dir abgetan wie hier der Hirten Hütte – ich will dir eine Losung sagen, laß alle Nächte dämmern, aus dunklen Schluchten laugt die letzte Nacht, da bersten Früchte aus Lavinias Körben, in Hesperidenblüten ruht dein Haar, ich sehe es, das Bergfest, die Synthese, das Spiegel auf dem dämmernden Altar –

In Dschungelluft, mephitisch stummer Nacht der Tigerinseln, Ganges-Holofernen, magischen Mahlen und sakralem Akt, schwülend Kalkuttas Phallen Süd-Monsune, die Globen glühn wie Erz die Steppe Flammen, asiatische Sunde, pulvriges Astral –

Auf Pfauenthronen, auf Smaragdgeflügel, lichtweißem Marmor, fjordigem Geblau, aus kleinem Vogel Salangane baut Nest aus Gallert hochbewährt für Suppe, aus Mammut reinem Fleisch aus Eis getaut von weißem Bär und Hunde stumm verschlungen, aus Straßen, indischen, wie Tulpenbeete: Schwertschlucker, Schlangenzauberer, Haibeschwörer – Verwirrten, Grüblern, Irren, Katatonen –: gibt es ein Paradies auf Erden, so ist es hier – so ist es hier – Es treten Blumen auf, armgroßes Grauen, jäh über Nacht stiellos aus Baum gehockt, es gibt ein Institut in Gowindpure, wo arme Leut von Foh, Gelaus, Gewanze sich quälen läßt vor Geld von die Matros' – Aspasien, Phrynen, tabische Hetären und die aus Glut aus Golf gefüllte Nacht – aus Onyxbrunnen, aus Sakijekrügen, aus süßen Wassern die Verworfenheit –

Auf Taubentürme sinkt der Palmenfittich, Schatten erbrausend vom Antillenmeer, die Baie blauen aus, die Gräber wanken, Ustrinen stürzen und die Schlacken spein – die Ströme höckern sich zu Gangesgondeln, zu Prunkfeluken der verblaßte Nil: Austreibungsstunde, zuckendes Geschleuder zu großem Sturm und Schlund und Endigkeit –

Der Herr der Welt, verwurmten Sarkophags, um dessen Wände nicht der Lorbeer steht, geschminkter Krone, blecherner Insignie, Räude vom Krebs zum letzten Föhrenflor – – verbrannt zu Kalk, Ton, Wüste, Feuerländer, Weide für Strauße, wo sein Brunnen stand – das letzte Sinnklistier der Abschlußodem, aus Lungenkatafalken angebohrt –

Hauswirte, Schieber, Buchverleger, Kausalgesindel, Norm-Geschmeiß: Mitropa-Neophyten-Schwemme, Aktivitäts-Minette banale –: verkehrten Lustrausch, Rattenhandel, Wurm, Fosenschlack auf die Velours!

– «der neue Mensch», das letzte Lügenfieber aus dem vom

Abgang schon geschwollnen Maul –: mein ist die Rache, stößt es von den Sternen, die Wüste naht, der Gobicrack, der Saul:

Mäßigste Zone, bäuchlings abgefertigt Olivenhändler und Oasenflucht, die Steppe klirrt, die Dromedare heulen apokalyptisch: du bist abgebucht –: Baumeister, Harnarzt, schofle Geodäten, Hebammen zu dem powersten Alraun, dem tätig-frei kausalen Alphabeten: in Wasserstiebeln, Faust und Buhnen baun –

Zurück zum Karawanenschritt, zum Lorbeerbusch des hagren Hesychasten, zu trocknem Fisch, gebrühter Pisangknolle und dünnem Wachs im alten Psalmenwehr, man spricht von Fächern gleich Limonenwäldern, Zypressenstürzen, Oleanderdämmen bis an das dunkle Amarantenmeer –:

Im Purpurbusch verlorner Athoniten, Oszillativem des spinalen Mark, Abgängern, Mastixräuschen, Brüchigkeiten, Blutspalten, Schluchzen, hüpfendem Gehirn –: das letzte Ich, Galopp final, malaiig, die Sirifrucht am abgeschliffenen Zahn –: Osiris – Typhon, Gott der Staubgefilde und Gott der Frucht; Adonis, Schattenhaar –: und Doppelblut, schon färbst du ja die Erde, schon malmst du dich in Schatten und in Glanz –: Schlange am Haupt der großen Pharaonen: Fichte in der Mänaden stäubend Heer –: und Lotos Speichernes und Traube Nabe: Sansaras Rad und Schatten-Wiederkehr.

(1921)

ALEXANDERZÜGE MITTELS WALLUNGEN

Im Sturz und traumbetäubt.

Es ist Winter, starker Frost, morgens geradezu ein wenig dunstig vor Kälte. Ein zarter blasser Dunst begleitet die Sonne in dritter Distanz – spricht sich der Geographieleitfaden aus –, der sich auf große Entfernung hin in die Bahnen der nächsten Planeten erstreckt: es ist das Tierkreis- oder Zodiakallicht, wie ein Schimmer der Milchstraße erscheint es in pyramidaler Gestalt – von diesem zarten und blassen Dunst erscheint des Morgens etwas in der Weite, besonders in den Vormittagsstunden, wenn die Sonne brandrot und langsam über die Gneisenaustraße sich erhebt.

Es ist die Zeit der Tag- und Nachtgleiche, etwas mit den Wendekreisen geht vor. Man mag zu dem Entwicklungsproblem stehen, wie man will, ein gregorianisches Jahr steht jedenfalls vor seinem Ende, man altert, die Schläfen werden grau. Nichts Abnormes, kein spezifisches Phänomen, anatomisch tritt Luft in die Haarschäfte, in manchen Familien schon in den Zwanzigerjahren, im vorliegenden Falle im siebenunddreißigsten Jahre.

Es ist Weihnachtsabend; der Fall, um den es sich handelt, ist allein, aber nicht ganz unbeschenkt. Ganz unerwartet überbrachte ihm ein Bote ein kleines Paket, es schlug darin wie Wasser, es ergab sich ein kleiner dreieckiger Karton, ein phantastisches Glas, ein Name aus einem Märchen, will sagen ein Parfüm wie aus dem Pendschab, asiatisches Raffinement,

Ortsbezeichnungen wie Champs Elysées enthielten Näheres, und Mouchoir de Monsieur beeinflußte vollends aufs stärkste das gesamte Milieu: durfte es nicht einen Augenblick die Vorstellung erwecken, durfte sich nicht der Empfänger einen Moment in die Illusion verlieren, als sei er der gedanklich bedachte Monsieur, ein Herr, eine Art Mitglied aus der Sphäre der Gemeinschaft, das Batisttuch im Jackett, das er diskret, fein abgestimmt und mit vollkommener Ruhe zu verwenden sich erzogen hatte, nicht übertrieben: ein sonores Etwas, dessen Nahen und besonnenem Auftreten man entgegensah, ein nicht unbeträchtlicher Mittelpunkt, um den sich dies und das gruppierte, und um es zu vollenden, eine gesellschaftliche Erscheinung, der der gesamte modern-zivilisatorische Komplex ohne viel Aufhebens entströmte, ein Niederschlag der Zeit und Reflex ihrer mannigfachen Phosphoreszenz –: wie eine Blähung lag es über ihm, gerötete Gesichts- und Halsorgane, und er tastete sich weiter durch dies und das.

Das ist Rönne, Arzt, mittelgroß, von gesunder Konstitution, linkes Augenlid hängt leicht herunter, meistens mißvergnügt, Dyspepsie im Gehirn, Neigung zu Fettansatz und Transpiration; in seiner Jugend hatte er wohl mancherlei Eindrücke aus sich gewonnen, auch verbunden mit Eröffnungsstimmungen, Aufschwüngen, Verflüchtigungen, jetzt stellte sich das seltener ein, woher Eindruck, wohin Öffnung, alles hatte den Wurm im Bauch, war eine seiner Äußerungen; wohin man blickte, alles ein öffentlicher Mißstand, Faust wurde Nebbich, Don Juan Kondomfabrikant, Ahasver lernte Rhönflüge, die Mythe des Menschen schrie nach Exekution.

Früher hatte man auch wohl gelegentlich gewissermaßen gedacht, aber man stieß dabei immer so schnell auf ein gewisses Etwas. Begann man, wo man wollte, begann man mit dem Geschäftsführer der Weltvernunft nach Hegel oder dem Sichtbarwerden der kleinsten Veränderungen bei dem Reifwerden der Umschichtung, war es die synoptische oder die kausalgenetische Methode, galt es dem Individuellen oder dem Kollektiven, dem Einheitlichen oder dem Katastrophalen – schon über diese Vorfragen gab es nur unentschiedenes Gelalle, doch seinetwegen Schwamm drüber, kein Vorwurf, alles zugegeben, aber was so dicht dahinter stand: diese Penetranz zur Amalgamisierung, diese Tendenz zum Resultat, die so fatal einen Drang nach Sicherung bedeutete, die war es, die er nicht mehr teilen konnte.

Rönne hatte das letzte Jahr ziemlich eindruckslos verbracht. Nach einem Frühling, der keiner war, nach einem Sommer voll Exzessen war er allerdings im Spätjahr manchmal benommen gewesen, auch schwankend in der Struktur. Da stand dann wohl ein Herbsttag über Berlin, eine Weihe aus Blau, eine Klärung von Verdecktem, in die Blicke schlug sich, in die Nähe Fernher; man schlürfte sich durch das Licht, es war etwas hinten im Nacken, eine Art Vermischung, eine Nähe aus Fernher; auch war Geruchliches da, das ihn löste, und Geruchliches, das ihn schwächte: nach Süden hin, von Fruchtmärkten, schwer und doldentiefen.

Er hatte aber das letzte Jahr nicht nur eindruckslos, sondern auch völlig zurückgezogen verbracht. Die öffentlichen Menschen betrachtete er als den Abschaum von Lächerlichkeit und Gemeinheit, einem Ruhm nachjagend, den sie selber bezahlten, auf die Idiotie der Enkel spekulierend. Fuhr ein Tenor nach Riga, erschien ihm das ein weitverzweigter Skandal. Der Blätterwald rauschte, die Büros machten Dampf. Lichtbildhersteller hatten gute Tage, Träger nobler und distinkter Haltung, Einwohner, wurden in Angelegenheiten verwoben, die völlig unsolide waren: Aufstieg in Tönen, Schöpfung und die Welt noch einmal – ah! – die Welt noch einmal, das war es, mit dem der Naive und Haltungwahrende auf die Knie gezwungen werden sollte das Schöpferische, dieser Mangel an Skepsis, dieses Surrogat für eine mürbe tödliche Erkenntnis, der letzte große Fetisch in den Klauen von Aasgeiern den leichenblauen Kontinenten vorgewedelt – er, Rönne, hatte einen Patienten in der lettischen Stadt, einen Ingenieur, wahrscheinlich Angestellten in einem Unternehmen, den er einmal behandelt hatte, seinem Eindruck nach ein ruhiger, mittelständiger, nobler Mann, das waren *seine* Beziehungen zu Riga und das erschien ihm weit billiger, weit eindeutiger als das Gewölk dieser gefirnißten Buffowanzen.

Oder fuhr ein Politiker auf die Dörfer, gab es so viel Schamlosigkeiten sonst noch irgendwo unter einer Haut? Ewig diese entscheidenden Augenblicke und welthistorischen Momente, vormittags schon und wenn sie ein Pissoir einweihten, diese kommunale Prophetie, diese Latrinendämonie – daß ein Schädeldach eine solche Unsumme zerebralen Unrats zielgetrieben gegen Witterungseinflüsse abdeckte – ein Naturwunder, wahrhaftig ein Naturwunder bei der sonst so kühlen Reserve des Anorganischen gegen das organische Juchhu, je nach Säuberung schrie es geradezu in ihm und er bewegte sich etwas voluminös zum Fenster: da war Schnee, süßer Schlaf der Farben, tiefe Unbesambarkeit der Weiße, Schnee und Sterne, Leere des All.

Oder wenn das Leben verlangte sich mit einem Ingenieur zu unterhalten, wo die Fortschritte der Ölfeuerung oder irgend etwas mit Umdrehung und Nabe im Vordergrund stand, gewiß, zugegeben, allerlei – aber was drängte denn schließlich so, großes Schlafmotiv der Verbesserung, großes Beischlafsmotiv von der Profilierung der Kultur – aber womit befaßte er sich denn überhaupt, das waren ja schon mehr Gedankengänge, und dabei fröstelte ihn, geradezu zusammengezogen fühlte er sich, keine halluzinatorische Wärme, keine Hyperämie, dunkel war das Zimmer, kühl die Nacht um das Haus im Schnee, einen dieser Blicke, die sich nicht rührten, führte er stumm in die Weite, an das Auge voll Tränen, an das Antlitz des Lebens, dunkel und wundenvoll.

War denn überhaupt, seit die Welt stand, irgend etwas geschehen? Er war in der Stimmung, es zu bezweifeln, zum Beispiel der Alexanderzug, war der denn geschehen? Tausend Wurfgeschosse und die Tragödie mit den Sturmböcken, gewiß allerlei, aber hier stand er, kleiner Mann, mittelständig, ohne viel Anhang und von geringer Wirkung, existierte denn irgend etwas aus diesen Zusammenhängen für ihn, trug es ihn, belebte es seine Flächen oder selbst die Patienten, die Kunden von gestern, was war damit, wo waren sie, erhoben sie sich irgendwo – keine Ahnung, leer abgefallen, absolut fortgewischt – *wie sollte da auch ein Austausch stattfinden*: Rönne, der in die Nacht sah und völlig ohne Wallungen und diese Spurlosigkeiten, sogenannte Persönlichkeiten, Spasmen der Leere, Keuchhusten des Nichts –: das Leben war eine Angelegenheit von Stunden, von leeren und von angefüllten, das war die ganze Psychologie. Der institutionell strukturierten, vom Gedächtnis accouchierten, der sozialen Personalität, dem empirischen Phänotyp mit der ausgeglichenen Blutfülle stand der andere gegenüber: Stakkatotyp, Manometer auf Bruch, akute Hyperämie, Schwelltyp mit der Simultan-Vision, der Halluzinatorische mit dem schiefen Blick –: Kain und Abel, Klante und Zoroaster, lächerliche Nuancen der gleichen Clownerie, aber einmal muß es sich entscheiden, rief Rönne, umfassende Ideen, Perspektiven von Dimensionen treten mir nahe, auf, wir wollen die Welt erobern, Alexanderzüge mittels Wallungen, da ist Balerm, die Sarazenenstadt, die Flocke auf dem weißen Felsen mit Arabesken sinnlos und bedrängt, da ist das Berberblut, die Gobimöwe, im Sturz und traumbetäubt. *(1924)*

URGESICHT

Eine Klarheit ohnegleichen kam über mich, als ich die Höhe des Lebens überschritten sah. Ich blickte in den Tag, der ohne Besonderheiten einer der Tage in der Wiederkehr der Zeiten war, Novemberanfang, leicht kühl, Insignien des Herbstes auf der Straße, lau und wahllos spielte die Erde ihn hin.

Eine Leichtigkeit fiel mir auf, die mich bewegte. So waren wohl die Dinge, ich unter ihnen, wir alle durchsichtig im Gefälle der Welt. Ein Kommen und Gehn, ein Drang und ein Versagen, und dazwischen nicht berührbar der Weg des Seins. Der Anfang unausdenkbar, das Ende eine Sage, eine Lache, die verdunstete, das Heute und Hier. Fern und gelöst die Jahre der Jugend, die Züge des Stürmens, die Krankheit des großen Flugs. Fern und gelöst jenes Dickicht und Gelände, «wir gehen nicht mehr in den Wald, die Lorbeerbüsche sind geschnitten».

Man liest aus dem Jahrhundert der Alterung der Antike einen besonderen Bericht. Es kam den Leuten im Römischen Reich vor, als begönnen die Flüsse seichter zu werden und die Berge niedriger; auf dem Meer sah man den Ätna nicht mehr aus so weiter Ferne wie früher, und vom Parnaß und Olymp verlautete dasselbe. Der Kosmos, meinten die Naturbeobachter, sei als Ganzes im Niedergang begriffen. Dies Nieder, räumlich, empfand ich so sehr. Überall sah man durch die Stämme, und wo man früher lauschte, heute überhörte man

Ruf und Schrei. Topographisch weit durchblickte ich da Gelände, und merkwürdig plastisch überzog mich der Raum mit einer Nähe aus Fernher.

So war es auf dem Lande, wenn ich sonntags dahin einen Ausflug unternahm, so auch in der Stadt, wo meine Wohnung über allem schwebte. Über dem Jahrzehnt, heute, nach Beendigung des Kriegs. Den vierzig Jahren seit Nietzsche, als dem Ausgang der Triebpsychologie. Den hundert Jahren, seit in der Stadt die erste Gaslaterne brannte, jenem berühmten Jahr, in dem Europa erhielt: ein festländisches Eisenbahnnetz, überseeische Dampferfahrten, den Telegrafen, die Fotografie, verbesserte Mikroskope und die Mittel zur Erzielung des künstlichen Schlafs.

Ja, diese Stadt, doch wahrhaftig nicht aus Tau und Vogelsang, vielmehr voll Gegenstandsgedränge, wie lautlos und leicht in meinem Raum! Draußen, wenn man sie bemerkte, welch Leben und Weben, welch Chaos, welche Paradoxie: Antikes und Experimentelles, Stadien und Neurosen, Atavismen und Ambivalenz. Bizarre Epik des Augenblicks: Kollektivismus, aber selbst die Obstkähne organisieren sich, und die Bretterbuden machen Dividende; fünf Proletarier in einem Bett, aber die Griffons, paarweise, müssen dem Gesicht der Dame ähneln, die Parfüms aus Trüffeln und die Gerichte aus Palmenmark. Dichten und Denken: der fünfte Teil der Volksschüler geht aus Armut morgens ohne Nahrung in die Klasse, aber die Dahleminstitute bauen für mehrere Millionen ein Boardinghouse für den ausländischen wissenschaftlichen Besuch. Der gestirnte Himmel: Raketenautos an den Mond, Projektilaviatik an die Sterne, und die letzte Droschke fährt vom Wannsee nach Fontainebleau, die Familie mit Kind und Kegel im Hundewagen hinterher; zwei Kellner gehen zu Fuß im Frack und weißer Binde von Brandenburg nach Genf, um einen Kranz am Vereinsgedenkstein niederzulegen; drei Hindus nähern sich, sie radeln um die Welt –

alles wahrhaftig doch erwähnenswerte und wirklichkeitserfüllte Dinge, aber in meinen Räumen wurden sie lautlos und gestillt.

Von diesen Räumen gingen drei auf die Straße, einer in den Hof. In den Hof ergoß sich ein Musikcafé, das belauschte ich oft, entführende Weisen. Manchmal, wenn ich nachts in mein Schlafzimmer trat, ertönte die Musik. Ich öffnete das Fenster, ich löschte das Licht. Ich stand und atmete den Laut. Lange stand ich. Ich sah in die Nacht, die nichts mehr für mich barg, nichts mehr als den Dämmer meines Herzens, eines Herzens, das altert: vage Luft, Ergrauen der Affekte, wem man gibt, dem verfällt man, aber Geben und Verfallen, das war sehr weit.

In die anderen Räume fiel die Röte der Stadt. Da ich Ninive nicht sah mit seinem Grund aus Jaspis und Rubin, da ich Rom nicht sah im Arm der Antonine, betrachtete ich diese, sie trug die Mythe, die in Babylon begann. Eine Mutterstadt, ein Schoß ferner Zeiten, neuer Schauer mittels Step und Injektion. Was in den Epochen der Mönche durch Stundenbücher und Korollarien, in den Jahrhunderten der Rationalisten durch Sepkulationen und Kosmogonien, ging heute durch die Beugen ihrer Tänzerinnen, im Murmeln ihrer Kniegelenke eröffneten sie den Daseinsausdruck ganzer Völkerzüge. Und Jenes, das wir nicht kennen, sah ich treiben durch ihr Fleisch und Stein. Es riß Findlinge aus den Feldern und trieb Kommunalblöcke aus ihren Weichen, es schmierte Asphalt durch ihre Wälder für eine Menschheit, die Vermehrung treibt. Eine menschliche Masse, die im letzten Jahrhundert ihr Lebendgewicht mehr als verdoppelt hat, jährlich um zwölf Millionen Individuen weiterwuchs und in weniger als hundert Jahren nochmals mit hundert Prozent im Dakapo steht. Also Riesenzentren, Übervölkerung. Brot teurer als Kinderfleisch. Melonen in die Ausgüsse, Kartoffeln in das Blumenbeet – das würde die Welt werden weit über mich hinaus, weit über meine Zeit, weit über meine Räume, weit über diese Stunde, in der ich stand, diese Novembernacht, dort ihre Röte und hier ihr Schweigen.

Nach Jahren des Kämpfens um Erkenntnis und die letzten Dinge hatte ich begriffen, daß es diese letzten Dinge wohl nicht gibt. Nicht unbeteiligt an diesem Begreifen war die Bekanntschaft mit einem älteren Herrn gewesen, der sich eines Abends in geselliger Weise als Landsmann von mir vorstellte, ein Ohrenarzt, Inhaber einer Klinik, bayerischer Oberstabsarzt, wie er in den ersten Sätzen bemerkte, und der von gemeinsamen Bekannten sprach. Einigen jungen Leuten, die viel in seinem Elternhaus verkehrten, Taugenichtse, Faulenzer, Tagesschreiber, Trunkenbolde – längst verschollen. Den einen habe er vor Jahren noch einmal getroffen und ihm behilflich sein wollen, bei einer Zeitung eine Stelle zu erhalten, aber der Betreffende sei zu der verabredeten Stunde gar nicht erst gekommen, einige Tage später sei er bei ihm in der Wohnung erschienen, völlig unnüchtern, er habe ihn, wie er sich ausdrückte, «hinausweisen lassen», wenige Wochen darauf sei er dann im Delirium zugrunde gegangen.

So rief er die Vergangenheit wach und war in der Tat an Lebenshaltung, Bekleidung, Umfang des Wirkens dem Toten über, er übertraf ihn an Widerhall, Klinikbesitz und militärischem Rang ganz erheblich, ja er stellte eigentlich alles an ihm in Schatten, aber war deswegen der Jugendfreund völlig unvollendet gestorben, ohne Symbol, nutzlos, ohne daß das Ungeheuerliche des Lebens durch seinen Lauf hindurchschien, sein Unermeßliches an Rausch und Trieb, seine Indifferenz gegen Individuelles, sein fleischlicher Zerfall, in diesem Rhythmus sank doch auch er nach sicherlich anfangs engelreinen Jahren in die Tiefe, beschrieb denn dieser hier einen größeren Kreis, trug ihn durch die Ohrenklinik ein geheimnisvolleres Erleben? Ich war unschlüssig, ich konnte mich nicht entscheiden, es zu bejahen. Da das Leben doch bei dem Verstorbenen in vollem Maße am Werke gewesen war, mußte es seine Zeichen auch in dieser, an dem Oberstabsarzt gemessen, niederen Form zur Geltung gebracht haben. Allerdings konnte ich im Augenblick nicht sagen, welcher Art dieses Zeichen eigentlich war.

Die Unität des Lebens, so bildete sich in mir die Idee, war es, die ich hier gegen einen Angriff zu verteidigen sah. Das Leben will sich erhalten, aber das Leben will auch untergehen, immer klarer begriff ich diese chthonische Macht. Richtete ich meine Gedankengänge auf das Tierreich, die Gattung, das Kommen und Sterben der Typen, so hatten natürlich hereinbrechende Meere in geologisch kurzer Zeit ganze Rassenteile abgeschwemmt und die ungeheuren Aschenregen vulkanischer Ausbrüche große Tiergemeinschaften erstickt; aber gerade das Aussterben von Typen, das Vergehen von Einheiten, hatten diese geologischen Ereignisse nie bewirkt. Das Aussterben von Typen und nicht weniger das gleichzeitige spontane Erscheinen von neuen stellte sich immer mehr als ein erdgeschichtliches Faktum dar, das den Eindruck einer einheitlichen inneren Ursache machte. So traten in der Erdgeschichte gleichzeitig mit den Blütenpflanzen die Schmetterlinge und honigsaugenden Formen auf, mit bestimmten riffbauenden Korallen die an ihren Riffen hausenden und mit ihnen in Lebensgemeinschaft wohnenden Stachelhäuter und Krebse, um mit ihnen gemeinsam zu verschwinden. Ohne Bezug auf elementare Ereignisse, ohne ersichtlichen Zusammenhang mit Milieuveränderungen, keiner Erklärung zugängig, nur als Phänomen von innen her zu deuten. Eine erlöschende Formspannung, ein Altern, eine Abnahme an Zahl und Lebensraum auf der einen, ein Quellen und Dasein auf der andren Seite schien sich auszusprechen; eine Polarität des Gestaltungsdrangs, eine innere Spannung zwischen den Formenzügen vorzuliegen; in Schalen, von Göttern gehalten, schien das Dasein zu ruhn, einmal war dort mehr Wasser und einmal dort mehr Land, hier eine Koralle und dort ein Muscheltier, ruhend am Fluß, steigend und fallend um die Gestalt des Menschen, der

Tiere ausströmte und Pflanzen abspaltete, er, unentrinnbar in Gewalten eines weiteren Geschehens, der Schalenträger und ihrer Ferne –: denen also wäre auch der Verstorbene erlegen, und in großen Zusammenhängen senkte sich seine Formenreihe in ein früh erschlossenes Grab.

Geringfügige Veranlassung, rein persönlich motivierbare Gedankengänge; aber mich brachte das Ereignis dahin, diesen Mann schärfer ins Auge zu fassen, diesen Herrn auf der Höhe seiner Zeit, den Führer weiter Schichten, den Träger der positiven Idee, den kausalgenetischen Denker. Ich sah ihn vor mir mit seinen Instrumenten, dem Ohrentrichter, der Pinzette, keimfrei und vernickelt, weit hinter ihm die maurische Epoche, das Zeitalter der Bruch- und Steinschneider, das galenische Dunkel, die Mystik der Alraune. Ich erblickte seine Klinik, gewichst und gebürstet, ganz etwas anderes als die Kräutergärten und Destillierherde der mittelalterlichen Harnbeschauer. Plastisch umfing mich sein sonores und voluminöses Organ mit seinem suggestiven und hypnotischen Reiz und verdrängte völlig die Erinnerung an jene Besprechungen und Lieder der Walen, von denen ich gelesen hatte, der kimbrischen Priesterinnen, die in weißen leinenen Gewändern, umschlungen mit einem ehernen Gürtel, ihrer sogenannten Heilkunst oblagen. Nur wenn ich darüber nachdachte, daß sich die Menschheit doch so lange erhalten hatte, obschon man die Geburtshilfe bis vor kurzem unter den Kleidern und im geheimnisvollen Dunkel betrieb, sich so lange erhalten hatte trotz allen Aussatzes und Pesten, Seuchen, Würmern und Bakterien, die doch erst unser Repräsentant seit verhältnismäßig kurzer Zeit wirkungsvoll zu bekämpfen sich darstellte, streiften wohl meine Gedanken in die Richtung jener auffallenden Hypothese der jüngsten amerikanischen Rasseforscher, die darauf hinauslief, daß für die Mehrzahl der Menschen der Zeitpunkt des Todes als durch Erblichkeit bestimmt anzusehen sei, ja für achtzig Prozent der Menschheit berechneten sie, daß die Krankheit keine ausschlaggebende Bedeutung für die Lebensdauer besitze, die Erbbestimmung vielmehr enthalte den Faktor auch für diesen Teil des individuellen Geschicks. Und wenn ich weiter eine Bestätigung dieser Hypothese in gewissen statistischen Sonderbarkeiten fand: daß die von der modernen Wirtschaft errechnete ideale Lebensdauer, gleich normaler Sterblichkeitszahl, diese Standardzahl, kontrolliert über Zeiträume von Fünfjahrperioden während eines Jahrhunderts und einer räumlichen Ausdehnung von zweihundertsechsundsiebzig Distrikten, beispielsweise Englands, das ich studierte, schon für das erste Drittel des neunzehnten Jahrhunderts sich ergeben hatte, also für einen Zeitpunkt lange vor dem sogenannten Siegeszug der modernen Biologie, so konnte es geschehen, daß, wenn ich in solchen Augenblicken des Ohrenarztes und seiner Pinzette, allgemeiner der Beziehung zwischen Krankheit und Menschheit gedachte, ich die mit Runen bedeckten Stäbe der Zauberer und die an heiligen Stätten dargebrachten Opfer unserer Ahnen nicht hindern konnte, sich in mein Begreifen vorzudrängen.

Jedenfalls, da stand er also vor mir: der Biologe, der Keimblattmarxist, der Anilinexporteur, der Villenzusammenforscher, der als Lamm stieg und als Drache sprach. Das Zeitalter Bacons, das Mannesalter des Denkens, das gußeiserne Säkulum, das nicht Götter mit dem Beil machte, aber Teufel mit den Erzen: vierhundert Millionen Individuen auf einen winzigen Kontinent zusammengepfercht, fünfundzwanzig Völkerschaften, dreißig Sprachen, fünfundsiebzig Dialekte, inter- und intranationale Spannungen von Ausrottungsvehemenz, hier Kampf um Stundenlohnerhöhung von zwei Pfennigen, dort Golfmatch des Carlton-Club im blütendurchfluteten Cannes, Fürsten im Rinnstein, Landstreicher als Diktatoren, Orgie der Vertikaltrusts, Fieber der Profite: die begrenzten Reichtümer des Erdteils ökonomisch, das heißt mit Aufschlag zu verwerten.

Auflösung der klassischen Systeme vom Ural bis Gibraltar. *Hochkapitalismus:* Erdbeben in Südeuropa, große Zeit für

Baufirmen und Innenarchitekten; Eisen- und Stahlvertreter erst den Segen vom Berg Athos, dann rüstig ins Marizatal! Vorne beweinen wir die Opfer und hinten die Trauerrandprofite; im Leitartikel die Gebrechlichkeit der Welt und fürs Geschäftliche die geologischen Bruchfalten und die wirtschaftlich gesunde Erdbewegung! *Sozialismus:* geregelte Nahrungszufuhr, körperliche Unsterblichkeit, gesundheitliches Überdauern –: Hesperidentraum der Innungskrankenkasse.

Und drüben stand das große Land mit der Mythe aus Philadelphia, dem Mann, dem mit einem Stück Bleirohr der Schädel eingeschlagen wurde, weil er am 14. Mai einen Strohhut trug. Der heilige Aloysius vom Delaware, der jungfräuliche Märtyrer, der außerhalb der Saison einen Strohhut tragen wollte. – Wer hatte mit dreißig Jahren mehr auf der Bank: Dempsey oder Hölderlin? – «Wo sind die prominenten Bürger von New Salem?» fragte Lincoln, als er die Stadt betrat. Antwort: «New Salem hat keine prominenten Bürger, hier ist jeder ein prominenter Bürger», und da standen sie: ehrliches Bekenntnis zur Volksgleichheit vom Eiscreme bis zum Hosenschnitt.

Einheitsidole, Schemen im Drilltanz, Stapelware. Kult unter Scheinwerfern, Abendmahl mit Jazz, Gethsemane als Rekordekstase, Christus der erfolgreiche Unternehmer, Gesellschaftslöwe, Reklamegenie und Begründer des modernen Geschäftslebens, der auf der Hochzeit von Kana auch mit einem mäßigen Jordankrätzer die Situation zu retten verstand, der geborene Manager, der selbst in einer Zeit, wo neue Religion nicht gefragt war, den reichen Nikodemus zum Diner laden konnte. Denn Dollar war gottgewollt, Bodenbesitz an sich sittlich positiv; darum Bibelstunden gegen Abflauen der Konjunktur, den Pentateuch gegen die Bodenfixer. Der Keepsmilingprophet der Neuen Welt und der Anilinmetaphysiker der Alten mit Shakehands über den Atlantik gleich Kodekabeln betreffend Oilshares und die Petroleumexegese, Knockout Mitropa – der neue Typ: mit seinen Malen fleckt er die Erde: die Schwebebrücke von Manhattan zum Fort Lee, die 1932 fertig sein wird, 1067 Meter lang, getragen von vier Kabeln von je 914 Millimeter Durchmesser, einer noch bei keiner Kabelbrücke erreichte die Kabeldicke nur 400 Millimeter – Differenz 514! – Durchmesser. Mit Flug und Feuer komprimiert er die Zenite, er überwindet Raum und Zeit, sonderbaren Raum, sonderbare Zeit, Treibriemenkategorien, Akkordbegriffe, er *verbessert* Raum und Zeit, die Urgesichte.

Dies mein Jahrhundert! Wäre es mein Jahrhundert – ach, es war die Äone; es war die Geschichte, die Horde, der Aurignac, der Wuchs im Dunkel, die Zügellosigkeit der Schöpfernacht. Einmal das grüne Gewächs des Steinkohlenwaldes, einmal die Eroberungszüge der Wirbeltiere in die Meere der Vorzeit, einmal die Rasse, von den Gletscherrändern Asiens, mit dem nach rückwärts verschleierten Gedächtnis, ruhelos und selbst die Erdperioden kürzend.

Irgendeine Masse lag im Verdeckten, und irgend etwas trieb sie zu Realisationen eines Zwangs. Uralte Dränge! Die Hochburgen der diluvialen Industrie in Frankreich und Österreich, sehr nahe den modernen: Creuzot und den Skodawerken – glänzendes Können! Die Lorbeerblattspitze der Solutréenkultur – das Höchstmaß technischer Steinbearbeitung! In der warmen Mitte der Zwischeneiszeit die Schönheit von Willendorf, primärer Stiltrieb, konstruktivistisch Autochthones. In den Lößfundstätten Mitteleuropas neben neunhundert Mammutresten fünfundzwanzigtausend Artefakte! Als das Magdalénien von der Steinbehauung zur Knochenbearbeitung überging, begrüßte man die Morgenröte einer neuen Zeit, der Silberstreif war der quartäre der Jäger mit der Hornharpune.

Reiz und Verdrängung. Technisches Heute, maschinelles Gestern. Der erste Einbaum soziologisch folgenreicher als U-Boot und Fokker; der erste Pfeil tödlicher als Phosgen. Gelegenheiten mit Wasserspülung waren der Antike geläufig, nicht weniger Lifts, Flaschenzüge, Uhren, Flugmaschinen, Automaten; Monomanie in Tunnels, Gängen, Leitungen, Aquädukten –: Termiten mit Raumneurose, Zwänge zu Griffen.

Masse in Trieben. Hirnblasen in die Ausgüsse, Keimblätter ins Blumenbeet, Dottersäcke im Stoß von Fernen. Erbe in Übersteigerung und Räuschen, astral der Brand, meerüber das Verfallen. Krisen, Mischungen, drittes Jahrhundert: Baal mit Blitz und Geißel des römischen Gotts, phrygische Kappen am Tiber, Aphrodite auf dem Libanon – Wirklichkeiten im Ausgleich, Fluten im Verwandeln.

Uralte Dränge altersloser Masse im Klang der Meere und Sturz des Lichts. Das Leben will sich erhalten, aber das Leben will auch untergehn, Trieb und Versagen – Spiele der Nacht. Verloren das Individuum, das Ich hinab. Durch eine Indifferenz von schweren Graden, durch eine Müdigkeit aus Charakter, ein Schlafverfall aus Überzeugung, ach, Werk: Phantom für Reduzierte; Größe: Spektakel für Gaffer, Geröchel für Goldgebisse; über Wissenschaft, banale Methode, die Tatsachen zu verschleiern, Religion, die Invektive – Dithyrambie der Jugend, hinab, hinab!

Ich sah das Ich, den Blick aus seinen Augen, ich erweiterte ihm die Pupille, sah tief in sie hinein, sah tief aus ihr heraus, den Blick aus solchen Augen: fast ausdrucksschwach, mehr witternd, Gefahr witternd, eine uralte Gefahr. Aus Katastrophen, die latent waren, Katastrophen, die vor dem Worte lagen, grauenvolle Erinnerungen des Geschlechts, Zwitterhaftes, Tiergestaltiges, Sphinxgebeuteltes des Urgesichts. Ich erinnerte mich der Aussprüche gewisser Tieferfahrener, daß es vom Übel wäre, wenn sie alles sagten, was in ihrem Wissen läge. Ich gedachte der sonderbaren Sätze, daß man es aufgeben solle, nach jenen letzten Worten zu suchen, deren Schall, wenn sie nur ausgesprochen würden, Himmel und Erde ins Wanken brächten. Ich witterte in Masken, ich röchelte in Runen, ich drängte in Dämonen, schlafsüchtig und roh, mit Instinkten der Mythe, in anteverbaler Triebdrohung prähistorischer Neurone; ich begann zu begreifen, ich erhielt das Gesicht: Monismus in Rhythmen, Masse in Räuschen, Zwang und Verdrängung, Ananke des Ich.

Eine Klarheit ohnegleichen kam über mich, als ich das Leben in gewisser Weise überwunden sah. Deshalb die Flotte der tausend Schiffe, fragte ich mit den Totengesprächen des späten Rom, in der Unterwelt vor dem Betrachter bleichten die Gebeine berühmter Schatten, der Kiefer des Narziß und das Becken der Helena, deswegen die Flotte der tausend Schiffe, der Tod so Unzähliger, die Zerstörungen der Städte. Deswegen die Heroen, die Gründer, die Göttersöhne, Tuisko und Mannus, und die Lieder, die man ihnen sang. Von keinem blieb mehr als ein Umriß und ein Hauch: Das Leben war ein tödliches Gesetz und ein unbekanntes; der Mann, heute wie einst, vermochte nicht mehr, als das Seine ohne Tränen hinzunehmen. Einmal das grüne Gewächs des Steinkohlenwaldes, einmal die Eroberungszüge der Wirbeltiere in die Meere der Vorzeit – Wiederkehr war alles.

Wiederkehr und diese Stunde der Nacht. Ich stand und lauschte. Lange stand ich und atmete den Laut. Das Leben wollte sich erhalten, aber das Leben wollte auch untergehn – lange Rhythmen, langer Laut. Lange Atemzüge hatte die Nacht, spielend konnte sie sammeln wie zerstreun. Sie gab, sie strömte und zauderte sich zurück; auch die Götter schwiegen nur, im Lorbeer zitterte Daphne, am Meer Amphitrites schlummerten die Hermen.

Und über allem Ohnmacht und Traum. Jenes, das wir nicht kannten, rückte die Scheite: Feuer des Herdes, frühe Särge, Stühle der Greise hin und her. Uralter Wandel, Dämmer und Mohn, der Stiege abwärts zu, dem Murmel verfernter Wässer.

(1929)

SAISON

Spätherbst, Saisonbeginn, Premierenflimmer, l'heure bleue aus Spreenebel und Gaskoks, dämmernd, wenn der Autorun beginnt. Glänzender Start der mondänen Neurose: Highlife-Pleiten und Pooldebakels, Trattenprestissimo und Kredit-Kollapse, septisches Terrain, subfebrile Krisen.

Es ist abends, die Unterhaltungen setzen ein, die moralischen Anstalten eröffnen ihre Pforten, die Kunsttempel rücken ihre Bundeslade, acht Uhr, Packards neben Chrysler, Chauffeur in Blau, Page in Wiesengrün, die vom Staat wie der Öffentlichkeit mit gleicher Aufmerksamkeit bedachten Foyers füllen sich mit Prominenten, mit Berufenen, der Oberschicht, sowie den mittleren Bodenerhebungen der Kultur. Die führenden Regierungs- und Finanzleiter, die hohen Herrn, eben haben sie einen vollen Industriezweig für fünfhundert Millionen zu sechs Prozent auf fünfzig Jahre außer Landes abgegeben; die Generaldirektoren des größten und modernsten Messingwerks, die Konferenz schloß gerade rechtzeitig, in der sie verschuldet mit fünfundzwanzig Prozent des Aktienbestandes die Majorität an die Chemicalindustries Ltd in London den Besitz überfremdend, aber persönlich günstig, übergaben; der Volksminister außer Diensten, dessen hochwertige Beziehungen sowohl zu den Zentralstellen wie zu den Fraktionen die Großbanken bei Vertragsabschlüssen vertrauensvoll zu Rate ziehn; die große Koryphäe, der Arzt, von dem es im Jesus Sirach ausdrücklich heißt, der Herr habe ihn geschaffen und dem es nachmittags vergönnt war, seinen Namen an eine Seidenfabrik für Korsettagen, Haus der starken Dame, zum Aufdruck zu verhökern; der Inhaber der größten westdeutschen Mehlgroßhandlung, die mit dreizehn Millionen Wechselschulden schiefliegt, – sie alle drängt es zur Kunst, zum Chorgesang, zum hohen Kothurn. Nicht weniger den Vertreter des Rechtsgedankens, der nach Veruntreuung von acht Millionen Pfandgeldern die ungesunde Asphaltluft flieht, den ehrenamtlichen Nachlaßpfleger, der mit drei Millionen Mündelgeldern gerade das Notdürftigste an sich wendete; einige der vierzig Magistratsbeamten, die unter Hundert-Mark-Händedrücken die Bauaufträge vergaben; der Verteidiger, der seinem Klienten den Füllfederhalter mit präparierter Tinte in die Zelle schmuggelte, damit er – laß uns noch einmal – neue Falschwechsel zwecks Honorarausgleich ausfüllt, – sie alle suchen Ruhe und Trost im Wort, das von den Brettern schallt, in der reinigenden Atmosphäre hoher Sentenzen, in der Erhabenheit des sittlichen Kampfs.

Im Parterre wird es nun still. Vorne auf den Sesseln die Kritiker, entstellt von Eitelkeit, ob der Provinztenor bei der Fliederarie seine Körperfülle auf den rechten oder linken Fußballen verlagert, ob der Schrei von Fräulein Parsunke aus der Tiefe der Leidenschaft oder der Höhe der Hasenscharte kommt, ist für sie wichtig wegen ihrer Stellung in der Redaktion und der Unentbehrlichkeit ihrer Posten. Neben ihnen einige der großen Romanciers, immer gleich achthundert Seiten, welche Produktivität, welcher Andrang von Gesichten, man sollte ihnen Kiepen umhängen, Kabeljau 'reinschmeißen, dann könnten sie zu den Fischweibern gehn. Nun wird es aber dunkel. Die geistigen Vorwände für die Kulissenverschiebung sowie den Toilettenwechsel der Diva nehmen ihren Anfang. Der Mann hat eine Geliebte, aber die Frau, modern und heutig, wird ihn sich wiederfangen. Es tritt auf ein junger Mann,

Badebekanntschaft aus Biarritz; «Wissen Sie noch, Germaine, jenen Abend, da ich Sie so sehr begehrte, aber Sie verweigerten sich mir und vertrösteten mich auf einen späteren Termin.» Günstig, nun wird er eingesetzt, er ist die Hilfstruppe, manches Licht fällt auf ihn selber, physiologisch auf sein Mittelstück, aber in erster Linie ist er da, um den dramatischen Riß klaffen zu lassen, ferner für die Frau, um ihn auf die Nebenbuhlerin zu hetzen, schließlich für das Schicksal, das durch ihn die Gattin an den Abgrund («es ist so heiß bei Ihnen, Aristide, nehmen Sie mir doch bitte die Jacke ab») führt, von dem sie jedoch im letzten Augenblick hauptsächlich infolge Übermüdung des Partners zurücktaumelt. Der Kampf ist aus, die Krise löst sich, die Gatten halten sich umfangen, sie machen Pflugschar statt Schwerter, es flüstert die Nacht. Die Clique, die klatscht, ist das gleiche Kaliber wie die Clique, die pfeift, die einen sind von rechts dumm, die andern sind von links dumm, morgen klatschen sie einem Tomatenpropheten, übermorgen einem Bauchredner, schad't ja auch nichts, warum denn nicht, Gehirnmüll Zinnober, Tank Gottes.

Ja, die Kunst ist wahrhaft die Blüte eines Volkes, vernimmt man die hinausströmenden Kreise, welche hochgeistige Leistung, aber nun wendet man sich wieder dem Lebendigen zu. Die Herren China: da reift was heran, die Zigaretten hat der Yankee abgelöffelt, aber die Linsen und Fotoapparate gehen nach Germany, vierhundert Millionen Einwohner, wenn vierzig Millionen anfangen zu fotografieren: – Daumen drauf, Schluck aus der Pulle! Die Damen ihren Graphologen: «Ihrer, das ist ja Telepathie, meiner braucht nur die Hand in die Hosentasche zu stecken, dann hat er Fernsicht» – sie funkeln, sie greifen an die Hutnadeln. Die Herren Abgeordneten, die die Logenbrüstungen gratis überhingen, hochsinnig, die Volksboten, die Freifahrer, die Abstimmungscharaktere, jede Stimmsenkung eine Kontoregulierung, jede Atempause ein Kassenmotiv. Die Presse – nun wer sind wir schon: Ungeziefer, Söhne der Niedrigkeit, homosexuell erzeugte Schildkrötenbastarde, große Borste, deren Mütter sich mit den hochgestellten Herren Chefredakteuren, Feuilletonleitern, Zellstoffverwertvollern vielfach in niedrigster Weise vergangen haben – wo es sich nicht um Aufsichtsratposten handelt, handelt es sich um Waldbestände: das Schloß des Fürsten Collalto in Wien mit seinem mehr als dreißigtausend Quadratmeter großen Park ist gerade in den Besitz eines ihrer Prominentesten übergegangen.

Und neben den Musentempeln stehen die Fronten der Minerva, denn Kunst und Wissenschaft sind die Stützen eines Volkes, das schöne und das Wahre, im Vorraum jeder Akademie, in jedem Sitzungssaal sieht man sie an die Wand gemalt. Die eine hat den Blick nach oben, ins Freie, Ideale, gelöst das Haar, die andere sieht abwärts, einen Griffel oder einen Zirkel in der Hand, dazu einen harten Gegenstand, meistens etwas Rundes, einen Erdball oder einen Schädel. Auch fehlt die Plastik nicht, der obligate Titan, das Lichtbringerische im eventuellen Abgrund, alle die Umwege der Natur von Babylon bis Timbuktu, alle die Fehlgriffe, aber nun diese Stunde, alle die Privatdozenten: welch ruhig Glück im Stehn und Spähn und Warten, – treten wir ein.

Augenblicklich hat es Minerva mit dem Aurignac, Darwin verkehrt, wir sind alle nur symbolisch. Sie hat es ferner mit der Haarschlinge: sie teilt durch Haarschlingen das befruchtete Ei, isoliert die Abschnürungen, studiert das Schicksal der getrennten Rudimente. Frösche werden erzeugt, das Vorderteil Waldfrosch, das Hinterteil Sumpffrosch, im frühen embryonalen Leben zur Verwachsung gebracht. Individuen, freilebende animisierte Wesen, stellt man aus Teilstücken her. Die Chimären Lykiens verblassen vor diesen Prachtbeispielen von Mißbildungen, der Comble ist die Verbindung von Unke und Frosch. Ferner kann man Augen hervorzaubern, Augen liefern, Augäpfel herstellen – ja aber geht das vielleicht aus irgendeiner Kraft hervor, einem Antrieb außerhalb des Brutschranks, einem suprainduktiven, transempirischen, extraexperimentellen Hintergrund –? – Gottes willen! – beißen Sie sich die Zunge ab, man trägt zwar im Moment wieder die lockere Linie vom Nisus formativus Kaspar Friedrich Wolfs über Drieschs Entelechie zu Spemanns synergetischem Prinzip – aber hier geht es um mehr als um Wissenschaft und Erkenntnis, hier geht es um Lehrstühle und Fortkommen – diese Flederwische die Haarschlingen, diese Avantageure des Augenscheins!

Neben dem Radstand, der, laut Prospekt, viel länger ist, als Sie bei diesem Preis erwarten durften, weit über den internationalen Frauenkongreß hinaus, der auf der eben abgeschlossenen Tagung als Wichtigstes einen Ausschuß bildete, um die Möglichkeit weiterer Tagungen und Kongresse zu studieren, bringt die Wissenschaft diesen Winter die akausale Auffassung des Weltgeschehens. Nur noch ein statistischer Charakter steht dem physikalischen Gesetze zu. Physiker wie Philosophen halten die absolute Determiniertheit des Atomvorgangs für unwahrscheinlich, einer der allgemeinsten Erfahrungssätze, der sogenannte zweite Hauptsatz der Thermodynamik oder Entropiesatz, der überhaupt schlechterdings bei jedem wirklich physikalischen Vorgang eine Rolle spielt, hat sich als der Prototyp eines statistischen Gesetzes herausgestellt. Brüche im Bau, Risse im Hymen, Spuk im Parthenon, der Wurm in den konsolidierten Immobilien; die Wahrheit ist Lorche geworden, helles Bier; das Waschwasser des Pilatus ist zum reißenden Strom geworden –: aber hoch der neue Flottenverein, Ersatz-Galilei, Vorschuß-Newton, Atrappen-Kopernikus – das Gehirnmaché des Bürgerkleins!

Steht er da der enge Menschen- und Tierkopf, sinniert, schnüffelt, tüftelt – keiner denkt daran, daß die mittelalterlichen Titelträger keine gelehrten Herren waren, keine rangierten Ordinarien, keine Lieferanten von Fabrikgeheimnissen, überhaupt keine Wissenschaftler, sondern unhonorierte Dämone: «lieber auf Ochsenhäuten schlafen als auf Würden und Achtbarkeiten», während dies hier, hundert Jahre entfernt vom letzten echten intellektuellen Putsch, von hundert Jahren nivelliert, in einer aufgelösten liberalen Ära, mit Instrumenten, Formeln, Lehrbüchern, die es erbt oder abkauft, eingeschliffene Methoden weiter- und wiederkäut, seine Kasuistik, höchstens für Examenskandidaten lebenswichtig, zu etwas Weltanschaulichem aufzublähen, mit Hilfe von Presse und Fotografen in alle Magazine zu spülen und in soignierten Abendkursen die Gemeinschaft mit dem Publikum («morgen einem Bauchredner, übermorgen einem Tomatenpropheten») herzustellen sucht, ein in Gehaltsklassen eingeteilter Forschermagistrat, eine pensionsberechtigte internationale Zivilisationsgilde, die insgesamt durch eine gleiche Anzahl Studierter mit der gleichen Vorbildung und von dem gleichen Hämorrhoidalkranz abgelöst und ersetzt werden könnte.

Geistig und gesellschaftlich der Prototyp der Zeit: erlebnislos und nicht existent; beauftragt mit der Auffindung der Wahrheit, Wahrheit ist, was bewiesen werden kann, eine bestätigte Berechnung, nachprüfbar, mit Verwertungsspekulation. Zu Hause sammeln sie dann vielleicht Briefmarken, streichen die Geige und füllen Busch und Tal; da haben sie vielleicht die Tolle, als Schöpfer, Demiurgen, kosmische Schauer in der Hühnerbrust. Abends acht Uhr betreten sie dann die moralischen Anstalten, die Kunsttempel und die vom Staat wie der Öffentlichkeit mit gleicher Aufmerksamkeit bedachten Foyers. Um zehn ist es aus, die Theater entleeren sich, die soignierten Abendkurse entlassen ihre Leute. Noch einen Zug Leben, die Nacht ist lau. Da treiben sie zwischen dieser Menschheit, deren Oberschicht sie sind, der sie alles plausibel machen und die Industrie so billig. Da ist dann solche Nacht über diesem Strich im Westen, diesem Brunftschacht, diesem Drüsenpalmyra –: Lustrudel vom Schlagschatten bis ins Blaulicht, Kriminelle und Transvestiten, Psychoten und Bankerotteure, Barschleicher, Stummelraucher, frigide Sumpfflanzen – Triebkonglomerat vom Dom bis zur Rotunde.

Gehirne, diffundiert mit Toxinen aller Floren und Faunen, summiert die Letalfaktoren einer übertrainierten Rasse, sukkulent von Lusthormonen – vor Malaiencocktails, über den Atlantik gemixt, faul, wollüstig und verarmt der Midshipman der Mitropadschunke. Vor ihm das Leben. Die Nigger jazzen. Die Sojabohne, bis 1909 auf dem europäischen Markte völlig unbekannt, wird heute mit neunhunderttausend Tonnen Mehl in sein Brot gebacken; achttausend verschiedene Medikamente stellt die chemische Industrie des Landes her, alle dringen in seine Lymphe ein. Der Zuckerkonsum nimmt in auffälligem Umfang zu, die Fleischernährung verschiebt sich in volkswirtschaftlich sehr bemerkenswerter Weise vom schwarzen, schwerverdaulichen Fleisch zu Fischen und Geflügel. Die Forschung entbittert die Lupine, verdickt die Weizenkörner, verwohlfeilt den Streuselkuchen, alles übrige besorgt die Berufsgenossenschaft: Ammentitten, Lutscher, Leichenwäsche – alles kommunal.

An den Genitalien wird nichts mehr ernst genommen, abgesehen von den Geschlechtskrankheiten, von der Überzeugung ausschließlich ihre Dividende. Vierhundert Millionen Mäuse wiegen so viel wie ein ausgewachsenes Flußpferd, aber sie fressen so viel wie eine hundertköpfige Rhinozerosherde, also wäre Mäusefutter günstig. Gehängte Jungchens, 'ran an Mäusefutter, die Laboratoriumschefs dokumentieren eine kleine Analyse, Notiz zur Presse und so weiter – Lehr- und Nährstand, richtige Vertreter alles, Gotteskinder, Wald geschaut und Luft gesogen, und wenn sie plötzlich absaßen, liegen drei geplättete Oberhemden in der Kommode. O Aufklärung, o Fortschritt, o Induktion – eine Menschheit formten sie in die Metropolen, dreißig Bedürfnisanstalten und achthundertneunzig Forschungsinstitute. Gehirn, Gehirn im Rindentaumel, eine Formel fürs Geschäft und eine Plattfußeinlage zum Schrammeln, aber nach dem Kuß gurgeln – o Aurignac, der vier Eiszeiten überwand und seine Höhlen mit irrealen Elefantenherzen übermalte, in dem Schwung eines gestürzten Büffels lebte fünfzigtausend Jahre dein großes

Troglodytenherz – vor deinen Senkern, – unter Abtreibungsmotetten, überspezialisiert, daß die Schädel quellen und die Föten die Becken demolieren – steppt der Negroide seinen Bungalow in ihre Breiten und die Jazzband einer Neandertalkapelle dröhnt aus Afrika Himmel und Erde und vom Red River Zeugung und Verfall über deine Pinsel und Pipetten. *(1930)*

WEINHAUS WOLF

Eine bestimmte Zeit meines Lebens verbrachte ich in einer mittelgroßen Stadt, fast Großstadt. Schlechtes Klima, keine Landschaft, flach alles, riesig öde. Mein Beruf hatte mich innerlich nie beschäftigt, hier gar nicht. Gerade an der Stelle, wo die feingeistigen angesehenen Männer ihren Beruf ins Öffentliche, sei es des Politischen, sei es des Weltanschaulichen übergehen fühlten und sich und ihre Arbeit aufgenommen sahen von allgemeinen und weit verbreitet denkbaren Begriffen, brach bei mir das Berufsinteresse ab. Der größte Teil meines Lebens war den Jahren nach zu Ende, und ich war mir klar darüber, daß eine große Gutwilligkeit dazu gehörte, es als fruchtbar zu erklären. Der Ausfall der meisten Leben verursachte keine Störung, auch des meinen nicht, höchstens eine Verkehrsstörung, gegebenenfalls, gegebenenunfalls, doch alle ordnenden Kräfte waren eingesetzt, eine solche abzuwenden. Reibungslos vollzog sich das Überschreiten der Zu- und Abfahrtsstraßen des Kommenden und des Verströmens.

Eine Wohnung hatte ich mir genommen, die nach hinten lag, zum Hof sah, alle Zimmer. Absicht! Einmal vertrage ich kein Licht, keine Beleuchtung durch die starken natürlichen Strahlen, dann aber auch, um verborgen zu bleiben sowohl im Hinblick auf die Männer wie auf die Frauen. Sehr höflich, war immer meine Devise, aber möglichst selten, und nie unvorbereitet. Darum hielt ich mir auch kein Telefon, um jede

Verabredung unmöglich zu machen. Zu den Gesellschaftsabenden ging ich regelmäßig, erhob das Glas auf das Wohl des Herren, besprach mit den Damen die zur Diskussion stehenden Themen und ließ das Blumenmädchen nicht vorbei, ohne den Strauß der Jahreszeit für meine Nachbarin zu entnehmen. Ich glaube nicht, daß jemand darauf gekommen wäre, mich als unkorrekt zu empfinden. Natürlich war sehr viel Berechnung und Überbau dabei, aber das betraf mich ganz alleine.

Ich stammte aus der Kolonial- und Konsulatssphäre. Ich hatte den Hauptteil meines Lebens in den großen Städten der Erde verbracht, nun erschien mir ein Ort dieser Art mit seinen hunderttausend Bewohnern, drei Straßen, auf denen sich alles traf, dem halben Dutzend Restaurants, wo sich alles wiedersah, einigen Grünflächen, im März mit Krokus, im Herbst mit Geranium stimmungsvoll aufgeheitert, ganz besonders bemerkenswert. So nahe an den bürgerlichen und menschlichen Kern einer Gemeinschaft hatten mich meine Tage nie geführt, so nahe an den geschichtlichen Kern, um diesen Ausdruck einzuführen, auf den ich damals besonders Gewicht legte. Ich ließ daher alle diese Eindrücke aufs nachhaltigste auf mich wirken, bereit, meine Grenzen zu öffnen, mich zu erneuern, noch einmal die Grundfrage der menschlichen Existenz zu überprüfen, die angesichts der geistigen Lage der weißen Völker, auf die ich während meiner Wanderjahre so gleichmäßig gestoßen war, allerdings eine ganz bestimmte Antwort in mir vorbereitet hatte.

Was berechtigte diese Völker, die übrigen zu leiten? Das war es, was ich mich fragte, was in dieser Richtung wiesen sie vor? Welches innere Bild des Menschen hatten sie entwickelt, bis in welche Tiefe des Seins und bis in welchen Umriß des Äußeren hatten sie seine Gestalt geführt? Wo standen ihre überirdischen und reinsten Geister, bis zu welcher Kälte des Urteils, bis zu welcher Härte sittlicher Entscheidungen hatten sich ihre Massen unter ihren imperialen Führern bewegt? Sie verwiesen neuerdings viel auf ihre Geschichte. Aber es gab Größe, die hatte keine Geschichte. Asien hatte keine Geschichte. Die Griechen gingen in dem Jahrhundert zugrunde, als Herodot erschien. Sie verwiesen weiter auf ihr Herrentum – Herrenrasse – gut, also wer waren diese Herren?

In dieser Richtung zu beobachten wurde ich nicht müde. Ich darf deutlicher werden und mich in Einzelheiten verlieren. Mein Gang des Abends führte mich häufig in eine kleine Weinstube, alles Stammpublikum, die Wirtin kannte ihre Leute, richtete gelegentlich an sie das Wort, eine angenehme Frau. Da saß ich oft, hinter der Maske Bilder und Erinnerungen an vergangene Jahre, Erinnerungen an Tahitis schmalen Strand, die Hütten in den Brotfruchtbäumen, an die so süße und kühle Frucht der Nüsse und an die nie schweigende Dünung vor den Riffen –; Bilder vom Broadway, noch immer im Feuer der Prärie, brandige Sonnenuntergänge am Horizont der Gassen, Erinnerungen und Bilder an alte und neue Welten, Rothäute, braune Perlentaucher, gelbe Schatten.

Es waren keineswegs Romantik, Rousseausche Rückstände, ästhetische Lamentos, die hinter diesen Bildern standen, nein, es war im Gegenteil die Vision der hellen Rasse, deren Tragödie ich in mir trug, deren Abgründe ich gefühlt hatte, als deren Vertreter ich überall erschienen war, nun hatte meine Rückkehr zu ihr und der inzwischen von ihr so betonte Begriff der Geschichte dazu geführt, sie selber entwicklungsmäßig zu betrachten, ihren Verlauf zu chiffrieren, ihrer Vergangenheit nachzufühlen, und eine Art Revue stieg manchen Abend um mich auf, eine Kulturrevue von mäßig langer Dauer, der erste Akt trug den Falken auf der Faust, der letzte hielt den Sperling in der Hand und pries ihn den Spatzen auf den Dächern.

Ein Kreis weißer Menschen, zeitlich nachantik, gehirnlich geprägt von den Erfahrungen der gräco-latinischen Humanität, Mischblut aus dem zersprengten römischen Imperium, verwilderten Merowingern, entfesselten Christen, erotisierten

Päpsten, triebunterlegenen Mönchen, glühenden Mauren, rosenölimportierenden, reiherjagderregenden, luxusausströmenden Persern beschreitet den unbetretenen Weg.

Nichts in der Gesinnung anzuerkennen, das nicht durch den Gedanken gerechtfertigt ist – so nannte es später die Rasse. Nichts in der Gesinnung, nichts in der Kunst, nichts in der Religion, nichts in der Wissenschaft. Alles unterliegt den Maßstäben klarer Folgerichtigkeit von Voraussetzung, Behauptung, dann Beweis; wird emotionell geprüft am logischen Satz vom Widerspruch, wird gültig erklärt nur durch die Einsicht von der Unaufhebbarkeit der Übereinstimmung des Ganzen und der Teile. Transzendenz einer das Detail verlassenden, Verwirrung und Überladung abstreifenden, asketischen, einer sich reinigenden, einsiedlerischen Harmonie. Transzendenz aber auch mit Hilfe von Einengend-Überheblichem, Fortschrittlich-Dürrem, Sichabschnürend-Menschlichem; doch transzendent, und zwar selbst da, wo diese Lebensform ihre letzte Höhe nicht erreicht, auch in den Vorstufen und Ablegern, überall stellenweise Schwung, Selbsterregendes, Ent-Leibendes: Transzendenz, Spezialtranszendenz, Sektorenaufbruch; – Sektoren aus dem Rad Sansaras im Rausch des unendlich Möglichen mit den Deutungen in alle Richtungen der nie erkennbaren Schöpfung und der Träume. Abendländischer Sektorenaufschwung, westlerisch-nordische Spezialkombination, gehalten an das sanfte Strandleben der Südsee kompliziert und vorstellungsverfächert, an das Niealternde und Wogenhafte Chinas unaristokratisch und ruhelos. Um diese weiße Rasse handelte es sich, ihr Weitermüssen auf einem nicht zur Rückkehr mehr geeigneten, verlorenen, eisig und glühend verwitterten, von keinem Thalatta mehr umarmten Abstieg und Weg.

Es trieb mich immer näher an die Dinge heran, ihre Atmosphäre, ihre Verwurzelung, ihre Kausalität, ihr Sein. Manchen Abend saß ich da, sah um mich, es war die Weinstube, doch etwas Schräges und Versinkendes lag, schien mir, über dem Raum, er hatte die Form und Täfelung eines Schiffsinnern: Ein Torpedo, das in die Tiefe schoß – ja, dieser Eindruck drängte sich mir auf, etwas Abgleitendes, eine Gemeinschaft, die versinkt, mit Bildern wie Ölflecke, Nachzügler über den Abgründen, schlicht um schlicht.

An einem Nebentisch saßen drei Herren, aßen Ragout aus Muscheln, erzählten, scherzten mit der Wirtin, ein heiterer Kreis. «Lieber gut, aber dafür ein Jahr länger», äußerten sie, handhabten das Eßgerät, Gabeln, zwischen Brötchenabbiß, dazu Pokal, dann wieder bogen sie die Schenkel aufwärts und traten aus. An der Schulter gelöste Gliedmaßen, unten Gamaschen. Ein Hund Krause, der gewaschen werden müsse, zum bevorstehenden Fest sei die Säuberung angezeigt, kehrte immer wieder. Aschenzuwachs am Glimmstengel, Saugen, Bemerkungen hin und her – so verging ihnen der Abend, verteilte sich das Ungewisse, gliederte sich die Zeit.

Dies also waren drei Gegenwartserwählte, Genossen, Geschichtsträger, Leidenschaftsfanale, mit ihren Zügen war ihnen aufgegeben, alles auszudrücken, was die Existenz ihnen entgegenwarf: Genuß, wippiges Lachen, Niederkämpfen der Konkurrenz, wirtschaftliche Triumphe und wiederum vor den Witwen von Geschäftsfreunden Beileid.

Individualitäten! Orgasmus zu seiner Stunde, später Weihwasser, auch Teilnahme an Festen. Berufsgruppen! Besteigen nachmitags einen Zug, Geschäftsreise, Geschmack von Rauch, etwas Kühle im Coupé, Landschaft streicht vorüber, Dämmerung – Tage und Existenzen! Parallele: schuldlos geschiedene Blondine, Mann Syndikus, jetzt Broterwerb, ausgenossene Gattin.

Gespenster! Leere! Gliedloses Gewoge! Cäsarisch am Schlips: rotkariert, nicht Punkte; Eigenblust im Römer: Obstsaft, keinen Federweißen! Reize, Gewohnheiten, Verstimmungen der Höchstfall von Besonderheiten! Fruchtwerdendes, anlagemäßiges Müssen nie.

Daß ein Volk oder eine Rasse degeneriert, schien mir von jeher zu bedeuten, daß in ihnen die Zahl derjenigen Anlageträger zurückging, die mit den Möglichkeiten und in der festgelegten inneren Grundlage geboren waren, das Wesen dieser letzten und späten Art gesetzlich auszudrücken und durch alle Widerstände zu einem unbestimmten Ziel zu tragen. Welcher Art dieses Wesen war, darüber konnten Zweifel füglich nicht bestehen, doch ich will sie hier noch einmal mit meinen damaligen Formeln sagen. Das Wesen des Menschen ist die Gestaltungssphäre. Nur in der Gestaltungssphäre wird der Mensch erkenntlich, nur in ihr werden die Gründe und Hintergründe seiner Erschaffung klar, nur aus ihr seine Tierreihenstellung deutlich, Fläche in Tiefe überführen, Worte durch Beziehung und anordnendes Verwenden zu einer geistigen Welt eröffnen, Laute aneinanderketten, bis sie sich halten und Unzerstörbares besingen, dies ist ihre Tat. Völker, die den Geist in dem hausfraulichen Sinne eines durch zentrale Belieferung stillbaren Wohn-, Siedlungs- und Heimtriebs lehren, sind degeneriert. Völker, die ihn ertragen als angreifende, spaltende, lebenzersetzende Sondermacht, stehen rassisch hoch. Völker, die den Geist nur in den Siegen der Geschichte und im Gelingen von Grenzüberschreitungen erblickten, sind niedere Rasse. Völker, die ihn in alle Formen zur Gestaltungssphäre dringen lassen, sind züchterisch groß. Also die Gestaltungssphäre! Soweit hier irdische Äußerungsformen vorlagen, demnach: Individualismus, Formrausch, Differenzierungsstürme. In allen Kulturstufen bisher nur angedeutet, sporadisch in jenen großen Einzeltypen, daher noch eine völlig und tief verhüllte Macht. Spät, nämlich im Menschen erst, erschienen, war ihre Zusammenfassung zur Weltumschaffung erst in Ansätzen kaum im Gange. Hier das Leben mit seinen Manipulationen, sogenannten Handlungen, und dort das Prinzip der neuen Realität. Diesem diente die Einheit der großen, körperlich oft schwachen Rasse, jener außerhalb aller Zeiten und aller Völker. Starb sie in einem Volke aus, schoß das Torpedo in die Tiefe. Vor dem Aufschlagen aber eröffnete sich erst noch mit Festreden die Epoche der Ganzheitstriebe, der Umzüge, der Gemeinschaftskulte, die Epoche der Renaissancen, der Rückwärtsdrehungen, die Epoche der Geschichte. Rohde in «Psyche» hatte den Ausgang des Griechentums auf seinen letzten Seiten so beschrieben. Mitten in einer solchen Epoche schienen sich mir die weißen Völker von neuem zu befinden. Der Entscheidung zu einer neuen Seinsform, nämlich zu dieser Auffassung vom Geist, waren sie alle ausgewichen. Für sie diente er dem Leben, und sie verfaßten Tragödien darüber, daß es an einigen Stellen nicht so schien. Eigentlich war er eine verdorbene Wirklichkeit. Hinunter also mit ihm, und vor der Geschichte, das heißt im nächsten Krieg, da würden sie schon siegen.

Vom Tisch der Geschäftsfreunde erhob sich die Wirtin und trat zu mir. «Was zu lesen?» «Danke, nichts zu lesen.» Ich lag wie immer mit dem einen Arm auf der Lehne der Bank. «Immer so schweigsam?» «Gewohnheit!» Ich entspannte eine Muskelgruppe am Schultergürtel. «Immer so untätig?» Ich füllte tagsüber einen Beruf aus, soll ich abends noch eine besondere Tätigkeit für das Weltall entfalten? «Die Herren meinten das in ganz bestimmtem Sinne.» Ich behauptete mich in der Umwelt, was sollte denn das heißen, ich muß sagen, das war ein starkes Stück. Wenn die Herren dort noch Verlassen ihrer Häuslichkeit betrachtungsmäßig ins Allgemeine strebten, bitte sehr, aber ohne Bezug auf mich, offengestanden, ich war verblüfft. Ich ging in der Tat nicht gern zu Fuß und suchte überall die Arme aufzulegen. Oft unterließ ich einen Einkauf, da ich meinen Umriß unter einer Hutkrempe im Augenblick als zu absonderlich empfand. Vielleicht hatte ich also tatsächlich morbide Züge. Von Haus aus wollte ich ja auch Schriftsteller werden, doch um Schriftsteller zu werden, muß man vor allem seine eigene Handschrift lesen können, und daran mangelte es bei mir von je. Hinsichtlich eines Romans mußte man außerdem die Zeit anerkennen, doch das

Wort enthielt keine Zeit, und ich liebte es, in Worten zu formulieren. Daher wurde ich Konsularbeamter, Auslandsposten, und Tahiti und die Azoren glitten an mir vorüber. Sollten sie dies von meiner Stirne lesen?

Ich erschrak. Wenn sie noch Tieferes erblickten? Untätigkeit bei günstigen äußeren Lebensbedingungen, das war, wenn ich es so ausdrücken darf, in der Tat mein Ideal. Untätigkeit im allgemeinen Sinn: Kein Büro, kein pünktlicher Dienstbeginn, kein Bezugszeichen links oben auf den Akten. Keineswegs durch die Natur schweifen, ich war kein Rutengänger und Steppenwolf, mehr ein Sichauslegen mit Wurm und Angel, etwas anbeißen lassen, Eindrücke, Träume – die große Vergeudung der Stunden. Daß Goethe und Hamsun die körperliche Arbeit an der Erde als letzte Weisheit priesen, schien mir nicht besonders verbindlich in Anbetracht dessen, daß sie persönlich ihre siebzig Jahre lang sämtliche irdischen und überirdischen Dämonen an allen ihnen zur Verfügung stehenden Drüsenfeldern und Ausführungsgängen mit Hexenmilch gelabt hatten, nun wollten sie zum Schluß ihren Zwieback noch einmal in der Laube vespern – das schien mir weniger eine Weisheit als Ermüdung und ein Gähnen. Es entsprach dem Stil der «Novelle», dem berühmten Alterswerk: eine Menagerie fängt Feuer, die Buden brennen ab, die Tiger brechen aus, die Löwen sind los – und alles verläuft harmonisch. Nein, diese Epoche war vorbei, diese Erde abgebrannt, von Blitzen enthäutet, wund, heute bissen die Tiger.

Die Wirtin schickte sich an, mir gegenüber Platz zu nehmen, ich aber zögerte, darüber sichtbare Freude zu bekunden. Ich war aufgestört – tätig? – untätig? –: alle diese Tische und Gesichter schienen mir plötzlich eine bestimmte Frage aufzuwerfen, diese Gespräche, Gesten, Ausströmungen – lief denn das alles nebenher? Das Zeitalter nach Goethe, das meines war, Manfred, nicht Faust –: «Ich hab' mich selbst zerstört und werde selbst auch künftig mich zerstören» – Kunst: kein Mittel gegen Räude, sondern die Erklärung des Menschen, die Existenz täglich auf einem Giftpfeil balanciert, sein Fonds ist Krankheit, Unheilbarkeit sein Wesen –; «der Schaden der Guten ist der schädlichste Schaden» – «Leid ist die einzige Ursache von Bewußtsein» – Nihilismus – und: «Nihilismus ist ein Glücksgefühl» – was durch die Gehirne meiner Generation an Auflösung von Substanzen und Inhalten durchgespült war und täglich weiter durchspülte, dies Delta, diese Zerklüftungen, und wenn man dann diese Köpfe ansah: tadellos gefüllte Gewebe; Jochbögen, Kauflächen, nichts Regelwidriges; Haltung, Mienen, Grimassen, alles Aufwärtsbewegungen –: auf welchem dicken Fell saßen eigentlich alle diese Zusammenbrüche? Offenbar lief das alles nebenher.

Die Wirtin bemerkte mein Zögern, witterte, richtete ihre Aufmerksamkeit auf andere Personen, und nun suchten unsere Blicke gemeinsam, doch aus verschiedenen Stimmungen, die einzelnen Gruppen und Tische im Saal. Dort der hervorragende Graukopf, ein alter Oberst, war der unmittelbare Nachkomme jenes Regimentskommandeurs bei Malplaquet, der mit seiner Truppe nach der Passage von drei wasserreichen Kanälen und mit völlig durchnäßter Munition Villars in die hohe empfindliche Flanke stieß, Marlborough belohnte ihn mit einer Tabatière – der Nachfahr schwenkte gerade wie zum Angriff die geballte Hand. Der Stille vor dem Hochburgunder versicherte tagsüber Leben, nachweislich erfolggekrönt, äußerst abschlußreich, Zögernden gegenüber besonders durch das Goethewort wirkend, das im Prospekt seiner Firma einen Ehrenplatz hatte, «was heute nicht gehandelt, ist morgen nicht getan». Den Lehnsessel vollends füllte eine Persönlichkeit des wissenschaftlichen Gedankenkreises, dem es, wie bekannt, auf Ableitungen ankam: die Schmetterlinge aus den Würmern, die Säulentempel aus den indonesischen Pfahlbauten – eine besondere Äußerungsform höherer Lebenssphäre. Alle diese waren echte Gegenwartserwählte, Erscheinungen, denen eine spätere Zeit nicht vorzuwerfen haben würde, sie seien blind vorbeigegangen beispielsweise an dem neuartigen, wundersamen und großen Geschehen, das die moderne Stoffverwandlung mit sich brachte (aus Luft und Holz glasklare Scheiben, Blöcke, Spinnfasern), lauter fertige Persönlichkeiten, in denen Lebenswendung, Berufung, innerer Wandel immer in gradliniger, einfach zu beschreibender Form vorgegangen war und vor sich gehen würde. Was war demgegenüber die Sphäre, in der ein Leben nach meinen Maßstäben verlaufen wäre?

Nichts gegen die Ordnung der Erde – doch wer Leben sagt, ist schon gerichtet – aus diesem Zwiespalt wird man nicht herauskommen, sagte sich offenbar die Wirtin und ging in die andere Hälfte des Lokals. Doch wenn ich nun weiterdachte und klar und ohne Umschweife auf mein Ziel losging: was diese hier Handeln nannten, Tätigkeit, in die ich mich gemäß der Wirtin einflechten sollte, womöglich kilometerlang in die Soziologie, wenn man hiervon das abzog, was Geschäft war, blieben nur Reflexe oder was bei den Muscheln nachwächst, um die Gallerte umweltmäßig zu sichern. Notwendigkeit kann ich darin nicht erblicken. Notwendigkeit kann ich in dem erblicken, was ein Zeitalter denkt und wie es sein Denken an die vergangene Epoche anknüpft. Notwendigkeit gibt es offenbar überhaupt nicht in der Natur, sondern nur in der Auflösung der Natur, nämlich im Geist, der ist Zwängen unterworfen, aber Handeln – das ist Vagabondage, Freiluftstil.

Wer auf dem Tiger reitet, kann nicht herab. Chinesisches Wort. Auf Handeln angewendet: es führt zu Geschichte. Handeln ist Kapitalismus, Rüstungsindustrie, Malplaquet – Borodino – Port Arthur –: hundertfünfzigtausend Tote, zweihunderttausend Tote, zweihundertfünfzigtausend Tote – niemand kann die Geschichte mehr anders sehen denn als die Begründung von Massenmorden: Raub und Verklärung –: der Mechanismus der Macht. Und was sie aufzeichnet, ist keineswegs das volkhafte Gedächtnis der Nationen, sondern ihre

Witzblätter. Schlägt man sie zwanzig Jahre nachher auf, erinnert man sich an die Moden der Kriegswitwen, doch an den Sinn der Schlachten längst nicht mehr. Ein Granatsplitter als Berlocque am Bauch der Accapareurs, der Haifische, der Kriegsgewinnler, wenn sie beim Tanztee eine Nutte ködern, das bleibt, das ist Aere perennius, das überdauert die Generalstäbe, das ist der Fahnennagel der Geschichte. Ah, eine Steingeburt diese Geschichte, Sage, Traum! Was lebt nicht alles schon seinem Bartwuchs in irgendeinem Kyffhäuser: die Mandschu und die Hohenstaufen, die Tennos und Schoguns und die Wollfritzen aus Lancashire, das wächst durch alle Tischplatten ohne Bartwichse, und die Raben haben sich heiser geschrien und haben den Rachen voll und brausen ab hinter die Gebirge –: Geschichte, viel zu klassisch für diese Abstiegvölker, Talmititaniden, mehr Heroin als Heroismus, Schaum vorm Mund vom Medaillenstanzen – Ladenschwengel der Geschichte!

Wer der Gegenwart gar nichts zu bieten vermag, der sagt Geschichte! Alles Rom, alles Rubikon! Die Fresse von Cäsaren und das Gehirn von Troglodyten, das ist ihr Typ! Kriege, Knuten, Tyrannen, Seuchen, um die Massen in Schach zu halten, darin könnte man vielleicht einen gewissen Wurf erblikken, aber Geschichte, das ist nichts für – Helden! A propos – Siege und Unsiege, Wille und Macht, was für Aufdrucke für diese Bouillonwürfel! Auf dem Tisch gratis Kolonialwaren und unter dem Tisch angeeignete Perserteppiche: das ist das Tatsächliche der Geschichte. Was sie zerstört, sind meistens Tempel, und was sie raubt, ist immer Kunst. Es geht die Reihe herum bei den Firmen und Pharaonen: die Saphire aus den Augenhöhlen der Amphitrite auf den Mantel der Madonna aus getriebenem Gold, dann zurück auf den Schwertknauf eines imperialen Colleoni. Malplaquet – Borodino – Port Arthur – kulturphilosophisch besänftigt: Schwebezustände. Doch dahinter stehen in aller Ruhe die Beauftragten der

Formvernunft, die langsamen Sammler und Herbeiführer von Entscheidungen.

Wenn ich die Reihe dieser Abende überblicke, die sich durch einen bestimmten Frühling hinzog, so war es damals, daß eine eigentümlich zusammenfassende Empfindung in mir aufstieg, ich eine Erscheinung näher sah, die seit Jahrhunderten als Vorgang dalag, doch kaum ins sprachliche Bewußtsein gehoben war: Es gab innerhalb der weißen Völker zwei Klassen von Menschen, die handelnden und die tiefen, und Kunst war nichts anderes, als sich eine Methode zu schaffen, um die Erfahrungen des tiefen Menschen zur Sprache zu bringen, in ihr nur fand er Stillung und Laut. Es gab, mußte man fortfahren, innerhalb der weißen Rasse zwei Klassen von Vokalträgern, und beide Klassen bedienten sich infolge eines seltsamen biologischen Unterlassens vielfach gleicher Worte und Begriffe, füllten sie aber mit gegenseitig unvorstellbar fremdem, nie vermischbarem feindlichen Blut. Wie die männlichen und weiblichen Individuen dem gleichen Zeugungsakt abwechselnd entstiegen, entstieg dem Keim, der Schöpfung, der unsäglichen Ferne einmal der Geschichtliche und einmal der Zentrale, einmal der Handelnde und einmal der Tiefe, einmal das Leben und einmal der Geist. Manchmal bemüßigte ich mich, diesen Gedanken morphologisch zu variieren und ihm eine Spitze zu geben. Die Überbauung der niederen durch die höheren Zentren war der Weg der organischen Formung, das bedeutete äußerlich das Herausarbeiten der Längsachse, die immer stärkere Aufrichtung der Wirbelsäule, das bedeutete die Wanderung des Wesens nach dem Haupt. Das bedeutete innerlich die aufsteigende Hierarchie des Nervösen, bedeutete geistig das Bewußtsein und bedeutete hinsichtlich Wertfolge und Perspektive in die Zukunft eine feststehende, außer durch Mutation nicht mehr angreifbare Gliederung. Erlebnis und methodisch erarbeitetes Material wiesen gemeinsam auf das gleiche: den Geist und seine antinaturalistische Funktion. Variationen und Fuge über ein Frühlingsthema!

Nicht als ob sie mich beruhigte, mich beruhigte gar nichts mehr, wie mich auch ein unvollständiger Abschluß von Gedankenreihen nicht mehr beunruhigte. Es hätte vielleicht beim nächsten Schluck Spätlese an mir gezerrt, aber es wäre hinuntergespült, versunken, und ich wäre heimgegangen, bereit der Stunde. Zuviel hatte ich abgeschlossen und wieder eröffnet gesehen, bei offenen Türen schlief ich längst, vielmehr lag und dämmerte und zählte die Schläge und die Stunden.

Seltsamer Frühling. Ich erinnere mich mancher Züge. Schwerweichender Winter. Alles immer tief belastet. Fast durch einen Dunst fuhr ich einmal vor die Stadt, ehe ich ins Weinhaus ging. Dunkle beginnende Wärme. Ungewöhnlich verhangener Nachmittag. Alles unendlich schwermütig auf die Erde herabsehend, schwer sich von ihr lösend, kaum zu trennen Laub und feuchtes Land. In der Nähe meines Ganges mußte eine Anstalt sein, deren Inhalt alles noch vertiefte. Viele Krüppel auf der Straße, Bucklige, Mißratene, auch Blinde. Überall ihr Kriechen, scheuer Schritt, Stottern und Suchen mit der Krücke. Beginn der Kastanienblüte. Eine tropische Luft, wie gesagt, stand lautlos zwischen allen Formen, eine unauflösliche Stille verband die Gestalten, alles sank, was sich erhoben hatte, alles bannte sich dem Niederen zu – Vermischung, rief es auch in mir, sengte es in meinen Augen mit Salz und Feuer, abgeben Brot – verringern Qualen – opfern fleischlich gegen Tränen und Fluch – doch wer sich beugt, was kann der noch tragen, wer sich *diesem* beugt –: es zählen nur die höchsten Sphären, und das Menschliche zählt nicht dazu. Eine erbarmungslose Höhe, unablenkbar fliegen da die Pfeile, es ist kalt, tiefblau, da gelten nur Strahlen, da gilt nur eins: erkenne die Lage, bediene dich deiner Mittel, du bist verpflichtet zu deiner Methode, wo du erschufst, kannst du nicht weichen –: Du stehst für Reiche, nicht zu deuten und in denen es keine Siege gibt.

Abends wieder im Weinhaus. Ich sitze und lausche. Lausche auf das seltsame Sein und Wesen, das aus den Stimmen der

Menschen dringt. In Tibet war es der Wind, im Urwald die Insekten, hier die Vokale. Einer wollte an den Rhein, haha machte die Runde, hat viel vor, scheint sehr vergnügungssüchtig zu sein. Dem anderen war im Oktober jemand aus Amerika gekommen – aus USA! erschallte es aus dem Kreis, offenbar hielten sie das für eine Ergänzung. Unbegreiflich, warum sie so gespannt dasaßen, der Inhalt ihrer Reden war doch völlig ausweglos.

Die Bänke mit Tuch bezogen, immer je zwei traulich zu einer Kabine gruppiert, standen sich fremdkörperartig gegenüber. Belastet, umfaßten sie scharnierartig die Gäste, Jugend bei Körperschwäche, Zweifel bei Abschlüssen, Geschäft bei Liebe – Zusammentritte der Notdurft, Zufälligkeiten im Vorbeistreichen.

Seltsam das Ganze! Sie halten ihre Städte von Moskitos frei, jedenfalls habe ich weder in Irkutsk noch in Biarritz einen getroffen. Erfinderisch weisen sie sich bei bestimmten Gelegenheiten mittels Luftdruck freimütig ihre Einfälle zu: der Osten das Maschinengewehr, der Westen den Tank, und die Neue Welt den Tau des Todes, das Gas, das nach Geranium riecht. Der Geist dient dem Leben. Das Ganze nennen sie züchten. Später besuchen sie sich dann wieder. Im Anfang war die Wollust, später zu erscheinen hatte sie kaum Grund. Frauen, angeschmiegt ans Jackett des Männchens, ins Titanische stilisiert: fordernd und gewährend, gegenständlich gesehen: Möpse im Arm. Die Jacketträger: knorrig, keine Konzessionen an die Form – «leerer Formelkram» – Wirklichkeiten –! – Pfiff –: Manege frei!

Das hatte mich durch alle Länder der Rasse gejagt, durch alle Lebensschichten und Berufe. Ich betrachtete ihre Geltung habenden Kultwerte, sogenannte Theater, und die Foyers allein richteten die ganze Epoche. Ein Publikum, das, um sich von den Schrecken der Tragödie zu erholen, zwischendurch zwanzig Minuten an Ständen mit Schinkenbroten und Weinbrandflaschen vorbeipromenieren muß und dann weitermacht, ist guillotinereif. An ihren Metaphern sollt ihr sie erkennen! Ich belauschte sie in ihren kleinen Zügen, in dem, was sie geistig schon befriedigt: Ein Pilot, das ist ein Marschall Vorwärts der Lüfte; ein pommersches Kossätendorf, das hinter einem Stall einen Entenpfuhl nicht zuschüttet, ein nordisches Venedig. Dann hörte ich auch ihre Lieder – ja die Linde ist ihr Baum: süß, innig und man kann Tee daraus kochen.

Aus mir spricht die Zersetzung, wurde mir öfter erwidert. Nein, antwortete ich, solange ich noch antwortete, aus mir spricht der abendländische Geist, der ist allerdings Zersetzung des Lebens und der Natur, ihre Zersetzung und ihre Neusetzung aus menschlichem Gesetz, jenem anthropologischen Prinzip, das die Wasser von der Feste schied und die Propheten von den Narren. Wie denn, sagten meine Gegenüber, also doch. Sie wollen die Natur zersetzen, das ist die Höhe! Unser aller Blut und Boden? Ihre Natur, mußte ich erwidern, ist sie denn natürlich? Kann man von ihr ausgehen? Ich kann beweisen, daß sie unnatürlich ist, äußerst sprunghaft, ja, daß sie der Schulfall des Widernatürlichen ist. Sie setzt an und läßt liegen, macht Aufwand und vergißt. Sie ist zügellos und übertreibt mit massierten Fischzügen bei den Lofoten, mit Heuschreckenschwärmen, die sie vorwälzt, und mit Zikaden. Oder es ist Friede auf der Erde, alles hat die Temperatur der Steine, man kann sich wahrhaft mit dem Klima befassen, plötzlich taucht der Aaronstab auf mit 40° Celsius in seiner Blütenhülle, alles ist aufgestört und die Götter wollen Warmblüter –: geht das von der Natur aus oder von wem? Oder Fältelung, Verdichtung, unausdenkbare Konzentration ist eine ihrer Methoden, ist das eine einfache und natürliche Methode? Oder Transport immenser Spannungen auf mikroskopisch kleinstem Raum ist eine ihrer Anwandlungen – ist nun diese gang und gäbe? Das Leben als Erscheinung war doch überhaupt in der Pflanze gut untergebracht, warum es in Bewegung setzen und auf Nahrungssuche schicken – ist das nicht vielleicht ein Vorbild von Entwurzelung? Die menschliche Kreatur vollends wälzt sie doch geradezu in die Unnatur, schleudert Bakterien heraus, um sie zu vernichten, verringert ihr den Geruch, mindert ihr das Gehör, das Auge muß sich durch Gläser denaturieren, der Mensch der Zukunft ist reine Abstraktion – wo wirkt sie, die natürliche Natur? Nein, es drängt sich überall ein anderes Gesicht hervor, in den Steinen schlafend, in den Blumen blühend, in der Spätart fordernd – andere Züge, und ich gelange zu einem fremden Resultat.

Wenn ich eine Theorie entwickeln wollte, würde ich darauf hinweisen, wie die moderne Lebenslehre gerade bei ihrem augenblicklichen Stand dabei ist, das Anorganische und das Organische als zwei rückverbundene Ausdrucksformen einer höheren Einheit darzustellen, zwischen denen es keine Übergänge und Ableitungen, keine «Entstehung» des Lebens «aus» dem Anorganischen gibt oder gab, es sind zwei Kreise, zwei Ausdrucksformen. Das darf heute wissenschaftlich ausgesprochen werden, das heißt, man behält seinen Lehrstuhl dabei und die mit ihm verbundenen Güter, und die Fachzeitschriften nehmen Darstellungen dieses Inhalts auf. Es ist noch nicht Allgemeingut, aber es deutet sich an. Bis vor kurzem verlor man seinen Lehrstuhl dabei. Niemand aber darf sagen, daß ein drittes Reich die gleichen Rechte der Anschauung fordert. Das dritte Reich «dient» dem zweiten und hat sich von selbst aus ihm heraufmanipuliert. Auf dieser Theorie beruhen Jahrtausende. Es ist keine Theorie, vielmehr eine für Machthandlungen verwendungsfähige Prozeßordnung. Graphisch dargestellt, ergibt sie für das Weinhaus: Stahlstühle, Reich eins, sind belastet mit Reich zwei; Belaster genießen Ragout aus Muscheln und reden als Vokalträger Gruppe Leben; wenn sie nach Natron aufstoßen, geschieht es wissenschaftlich, damit eröffnet sich ihnen Reich drei. Unterschrift: geschichtliche Welt. Ausgangslage. Ausgangslage keineswegs im tragischen Sinne, sondern im Gegenteil: der Geschichtliche soll handeln, und der Handelnde ist gut für die Geschichte, sie sollen handeln und schichten, bis ihnen die Beutel aus den Bruchpforten treten – sie sollen sich erfüllen – sie sollen sich enthüllen – noch eine Stunde, dann ist Nacht – daglüah, gleia, glülala!

Wirft man noch einen Blick auf die Führer der Völker, aller und in allen Regierungsformen, so muß man sich vorstellen, sie stünden zeitlich vor dem Auftreten einer der großen Menschheitsbewegungen und hätten machtmäßig die Möglichkeit, sie zu unterdrücken. Wie verhielten sie sich? Hinsichtlich des Christentums würden sie fragen, ob es steuerpolitisch tragbar sei. Vor dem Buddhismus, wie die Schallplatten- und Fahnenindustrie dabei bestünde. Bei Mohammed, ob die Bananenernte nicht litte. Vor der Kunst, ob sie auch die Siedlungsfreudigkeit nicht untergrübe. Vor jeder Religion, ob sie nicht den Kartoffelexport verzögere. Vor der Abstraktion, dem zusammenfassenden Denken, ob es auch dem Kleinbürger die Gießkanne nicht verböge. Protoplasmaanreicherung und Rohstoffe sind ihre Maßstäbe, alles andere ist Aufreizung und erfordert Unterdrückung, übrigens schon bei Platon. Aber immer und zu allen Zeiten hat jeder von ihnen behauptet, er sei die schöpferische Erfüllung der Weltvernunft. Offenbar liegen hier Gegensätze vor – daglüah, gleia, glülala!

Wenn nun die Tische sich gegenseitig einreden wollen, es tröste und erhebe den einzelnen, es vertiefe seine Bedeutung, ja, es verleihe ihm erst Bedeutung, daß andere in der Zukunft ebenso leben und immer neue Gestalten in dieselbe Geographie hineingeboren würden und an den gleichen Tischen herumkriechen werden und noch jahrhundertelang in den gleichen Etagen siedeln, sogenannte Nachkommenschaft, die doch nur wieder Rezidive desselben Nichts sein und werden können –: dies öffentlich einander einzureden, dies als Lehre zu verkünden, erscheint mir eine geistige Perversität, der gegenüber die verzerrtesten Ausgeburten versengter Landstriche, Fakirkünste, religiöse Bauchrhythmik, indische Eingeweide- und Leberübungen das reine Atmen von Dolden ist.

Ich sah im Weinhaus einen Traum. Ein sehr ruhiger Tierwärter führte menschliche Lebewesen weißer Hautfarbe im Kreise herum, bis sie sich verfärbten. Dann sperrte er ihnen das Gebiß auf und schrie: Geist oder Leben – Verwirklichung von Geist im Leben ist nicht mehr. – Wer ist Geist, röchelte einer? Dieser, der hier spricht, war die Antwort! – Nein, so weit möchten wir nicht gehen, es ist was Wahres dran, aber das fordert berechtigten Widerspruch heraus. – Gebiß zu – also wieder natürliches Weltbild! Da rief einer zwischen schon wieder abgesperrten Zähnen: hast du denn keine Gnade, keine Menschlichkeit, die Menschen wollen doch alle besser und schöner sein? – Die Antwort lautete: die Gnade ist nicht bei mir. Fordert Gnade bei denen, die euch hierhergeführt haben, fordert Gnade bei euch selber, die ihr euch führen ließet, fordert sie von eurer eigenen Niedrigkeit und Gier. Immer wieder sind euch Worte gesagt worden, die euch vor dem Leben warnten. Immer wieder kam das Andere und errichtete vor euch seine Bilder – in menschlicher Gestalt, selbst in menschlicher Gestalt! Errichtete vor euch die Bilder jener Kraft, von der es zu wenig wäre zu sagen, daß sie religiöser oder moralischer Natur sei, es ist die allgemeine formenwollende, fordernde, aufrichtende Kraft, von der man allerdings gestehen muß, daß sie in ihrem unendlichen Aspekt den Himmel wie die Hölle umfaßt und die doch auf alle dämmenden und ordnenden Züge des Menschen so sichtbar blickt und die allmählich ansteigenden und immer so schwer erkämpften Errungenschaften des Himmels so besonders beleuchtet. – Habt ihr sie angebetet? Habt ihr sie gehütet? Leben wolltet ihr, euer weißes, erfülltes, sich verwirklichendes Leben im Prunk der Derbys und im Schnee der Regatten – jetzt kommt keine Gnade mehr, jetzt kommt die Nacht.

Jeder sieht, daß die Wahrheit, die hier im Weinhaus zwischen den Fässern auftaucht, eine außermenschliche Wahrheit ist. Sie ist dazu noch in der besonderen Lage, daß sie ihre Verallgemeinerung selbst aufs leidenschaftlichste bekämpfen, ihre

Projektion in die Zeit, ihre Überprüfung auf Verwirklichung als entschiedensten Fehlgriff bezeichnen müßte. Verwirklichung ist ein Begriff, den sie ausschließt, dem sie sich wissentlich entzieht, wo sie ihn auftauchen sieht, senkt sie den Blick. Ist es also überhaupt eine Wahrheit? Ist sie nicht vielleicht eine Unwahrheit für alle, nämlich eine verfrühte Nachricht und eine Chiffre nur für ganz Bestimmte?

Für ganz Bestimmte? Demnach für Esoterische, Zersetzte, Klüngel, Destruktive, Abgespaltene, Asoziale, Einzelgänger, Intellektualisten, Gezeichnete? Betrachten wir die Frage im Zwielicht der Wahrheit zwischen unseren Fässern. Wenn man die weißen Völker im Verlauf ihrer letzten fünfhundert Jahre überblickt und einen Maßstab sucht für den Rang ihrer großen Geister, läßt sich nichts anderes dafür erkennen als der Grad von Nihilismus, den sie unaufhebbar in sich trugen und durch die Bruchstücke ihrer Werke anfallsweise überdeckten. Alle großen Geister der weißen Völker haben, das ist ganz offenbar, nur die eine innere Aufgabe empfunden, ihren Nihilismus schöpferisch zu überdecken. Dieses Grundgefühl, das sich mit den verschiedensten zeitgebundenen Strömungen durchflocht – mit dem religiösen bei Dürer, dem moralischen bei Tolstoi, dem erkenntnismäßigen bei Kant, dem anthropologischen bei Goethe, dem kapitalistischen bei Balzac –, war das Grundelement aller ihrer Arbeiten. Ungeheuer vorsichtig wird es immer wieder vorgebracht. Mit Fragen zweideutiger Art, mit Wendungen höchst abtastenden, doppelsinnigen Charakters nähern sie sich ihm auf jeder Seite, in jedem Kapitel, innerhalb jeden Strichs. Keinen Augenblick sind sie sich im unklaren über das Wesen ihrer inneren schöpferischen Substanz. Das Abgründige ist es, die Leere, das Resultatlose, das Kalte, das Unmenschliche. Nietzsche wirkt in dieser Reihe lange als idealistischer Antinous. Noch Zarathustra – was für ein Naturbursche, was für ein Züchtungsoptimismus, was für eine flache Utopie vom Geist und seiner Verwirklichung! Erst im letzten Stadium des Eccehomo und der lyrischen Bruchstücke läßt er den anderen Tatbestand in seinem Bewußtsein hoch, und das, darf man annehmen, war dann der Zusammenbruch, daß er von der Brücke in jener braunen Nacht in den Abgrund sah, den Abgrund sah, spät – für seinen Organismus und sein Prophetentum zu spät. Auf dieser Brücke und in dieser Nacht erhob sich auf Fledermausflügeln eine Abendgestalt, spaltete sich die Erde, entwand ein Zeitalter dem anderen seine Zeichen, und jene Antithese von Leben und Geist erhob sich, die wir so lange in uns trugen, die wir aber heute schon wieder jenseits der Erde sehen.

Was ist es, das wir jenseits der Erde sehen? Betrachten wir dazu noch einen Augenblick die letzten hundert Jahre, das Jahrhundert um Nietzsche, die Laboratorien und die Kerker zwischen Sibirien und Marokko, so steht doch von Dostojewskij bis Céline der Geist in einer reinen Verzweiflungsstellung da, seine Schreie sind furchtbarer, gequälter, böser als je die Schreie von Todgeweihten. Sie sind moralischer Art, inhaltsbestimmt und substantiell, immer Schrei «gegen», im Kampf «mit», im Ringen «um», sie wollen einbeziehen «alles» und ehrlich bleiben, bessern, vollenden, reinigen, ja göttlich machen. Es sind lutherische Schreie in einem faustischen Getümmel. Bis in sie hinein reicht Mythenpubertät, Promethidenbiologie. Erst heute dämmert vor so viel Widersinn und Qual die Ahnung davon auf, daß das Leben gar nicht in den Besitz von Erkenntnis gelangen, der Mensch, jedenfalls die höhere Rasse, gar nicht um inhaltliche Stofferklärungen ringen sollte. Es sieht vielmehr alles nach einem versuchsweisen Schritt der Ferne aus, die die Formel für ein ungeheuerliches Alkaloid preisgab, aber die Substanz selber völlig rein bewahrte. Auch heute unverändert völlig rein bewahrt, einen Kampf dieser Art gar nicht vorsah, eine weitere Preisgabe innerhalb der Zeit gänzlich außer Betracht ließ. Auf Abgrenzung sollte der Versuch weisen, abstraktive Ausscheidung, Formel gegen die Natur. Nicht das Leben durch Erkenntnisreize biologisch steigern und züchterisch vollenden, sondern gegen das Leben ansetzen den formenden und formelhaften Geist. Es ist demnach nicht die faustisch-physiologische, sondern die antinaturalistische Funktion des Geistes, seine Expressive, die wir heute über der Erde sehen.

Es ist die Ausgangslage. Wir müssen die Geschichte und die Zeit für diese Feststellung bemühen. Es handelt sich nicht um Züchtung in eine nicht mehr erwartbare und auch nicht mehr verwertbare Zukunft, sondern um Haltung in einer nur noch abstraktiv erlebbaren, finalen Gegenwart. So lautet die Chiffre. Hier halten die Bestimmten: vor den fernen Zeichen, den sich nähernden, als die unsichtbaren Träger der Verwandlung.

Dies sagt ein lebenslänglicher Sachbearbeiter von Wirklichkeiten, Kenner des Körpers, des Krieges und des Todes, Vertreter mehrerer Berufe, alle aus dem Bauchfett des Kapitalismus herausgeschnitten, und jeden durchgearbeitet bis in die letzte handwerkliche Finesse infolge der persönlichen Notwendigkeit, Existenzmittel aus ihnen herauszuholen. Einer, der immer lebte, die Rippen eng angepreßt an bestimmte Aufgaben, Lieferungen, Verträge, konjunkturgegebene Lagen, ohne Raum für Schwärmerei und als Verächter jeder Illusion. Einer, der im gesellschaftlichen Stil seines Jahrhunderts lebte, er hatte Zeiten im Frack und Zeiten in großer Uniform, der im Train bleu reiste und in Karawanen neben ihm ein Rurik und ein Rochefoucauld (kürzlich auf einer Fähre saß neben ihm die letzte Romanow). Der eine Österreicherin liebte, eine Tschechin, Rumänin, Belgierin, Dänin, eine Frau aus Kapstadt, ein Mischblut aus der Südsee, Russinnen an Küsten, Sunden, Salzseen, in vielen Landschaften und aus vielen Stämmen, in Ritzappartements und in Zelten. Also, sagen wir, ein Durchschnittsleben, Arbeit und Mühe und ein zeitgebundenes Erkennen – dieses sagt: keine Propaganda kann Exkremente in Maiglöckchen verwandeln. Die weißen Völker sind im Ausgangsstadium, ganz gleich, ob die Theorien über ihren Untergang heute Geltung haben oder nicht. Die Auflösung ist greifbar, eine Rückführung auf frühere Zustände unmöglich, die Substanz ist abgegeben, hier gilt das zweite Wärmegesetz. Die neue Macht steht da, die Zündschnur am Feuerzeug. Ob Mondsturz oder Atomzertrümmerung, Vereisung oder roter Hahn – welche Methode immer sie beliebt, die Verwandlung, das Ewige, der Geist, der Gegenspieler der platten Vernünftigkeit und des reinen Konsums, zusammengefaßt: des natürlichen Weltbilds.

Also laßt sie regenerieren vom Volkswirtschaftlichen aus und vom Biologischen aus und von der Rohkost aus, das sind ja alles Schemen der Vernichtung. Die Rasse fühlt weiter, sie paßt sich dem nicht mehr an, sie ist unbeweglich geworden, sie bleibt um ihren Kern herum liegen, und dieser Kern ist der Geist, das heißt der Nihilismus.

Wer diesen Gedanken nicht erträgt, steht unter den Würmern, die nisten im Sand und im Feuchten, das die Erde ihnen auferlegt. Wer sich noch einer Hoffnung rühmt, indem er seinen Kindern ins Auge blickt, deckt den Blitz mit seinen Händen und kann sich doch der Nacht nicht entziehn, die die Völker wegnimmt von ihren Stätten. Dies ist das Gesetz: Nichts ist, wenn je etwas war, nichts wird sein. Der schönste und der tiefste Gott geht vorüber, der einzige, der das Geheimnis des Menschen trug: je größer die Erkenntnis, um so unendlicher das Leid.

Es gibt keine Verwirklichung. Der Geist liegt schweigend über den Wassern. Ein Weg ist ausgegangen, ein Urtag sinkt, vielleicht barg er andere Möglichkeiten als diese Abendstunde, aber nun ist sie da – ecce homo – so endet der Mensch.

Das waren meine Gedanken in jenem Frühling. Ich wußte, es würden neue Frühlinge kommen, vielleicht würde ich selber noch einen sehen, volle Schönheit auf Wochen hinaus, in großer Vielfalt das Aufblättern und Erschließen, es würden Rosen für diesen und jenen blühen, aber diese Erkenntnis war nicht mehr zu verdrängen: die Geschichte war machtlos geworden gegenüber dem Menschen, sein Kern war noch einmal auferglüht, der hatte ein Wort geschrieben auf sein Kleid und einen Namen auf seine Hüfte.

Sie werden anrücken, aber er schmilzt sie ein. Sie nahen mit Nägeln und Rückenmessern, und er hebt nur einen Ysop und einen Schierlingsbecher. Weites tausendjähriges Schlachtfeld, und er siegt. Nur nicht handeln! Wisse das und schweige. Asien ist tiefer, aber verbirg es! Stelle dich geistig den Dingen, es wird weitergetragen, es prägt mit am Sein. Öffne deine Blicke nur der Nacht, des Tags erhebe das Glas auf das Wohl der Herren, besprich mit den Damen die zur Diskussion stehenden Themen und laß das Blumenmädchen nicht vorbei, entnimm ihm Sträuße. Lebe und beobachte es zu Ende. Denke immer: die Verwandlung! Auch wir haben Zeichen! Man muß sehr viel sein, um nichts mehr auszudrücken. Schweige und gehe dahin. *(1949)*

ROMAN DES PHÄNOTYP

Landsberger Fragment, 1944

Der Stundengott

Es ist kein Zweifel, daß es einen nach Form und Inhalt beschreibbaren Umkreis gibt, innerhalb dessen der Zugehörige einer bestimmten Generation echt und repräsentativ wirkt und außerhalb dessen er verfallen und abgelebt erscheint. Wo dieser Zugehörige Ausdrucksmittel findet, spricht aus ihm der Schnittpunkt von deszendentem Prozeß und schweigendem, aber immer gegenwärtigem Keim oder, um mit den Begriffen der modernen Erblehre zu operieren: spricht aus ihm der Phänoytp, das heißt der aktuelle Ausschnitt des Genotyps, des Arttyps – der Phänotyp, der in bezug auf Veränderungen und Defekte die jeweilige Keimexistenz durchführt.

Was den heutigen Phänotyp betrifft, so ist das *Moralische* weitgehend von ihm abgeglitten und durch Legislative, Hygiene ersetzt, als echtes Gefühl, wie es offenbar bei Kant noch vorlag, ist es nicht mehr zu finden. Auch die *Natur* hat für ihn nicht mehr die Lyrik und Spannung, mit denen sie den Zeugnissen nach die Persönlichkeiten des achtzehnten und neunzehnten Jahrhunderts erfüllte, sie ist sportlich-therapeutisch aufgelöst –: Abhärtung, Skigelände, Hochgebirgsstrahlung –, wo sie gelegentlich schauerartig in das wehrlose Ich eindringt, wirkt sie ausgesprochen kurzfristig, erscheinungslos und tragisch.

Ebenso ist alles, was nach *Stimmung* aussieht, ganz zu Ende. Rauchsäulen steigen auf, verlieren sich in die grundlose

Bläue, braune Tauben fliegen hoch, letzte Sonnenstrahlen gleiten über Vergitterungen – «auf den sonnenbeschienenen Zweigen blitzen Millionen von hellen Tropfen»: – das ist zufällig, ist herangeholt. Die *Existenz* ist die Stimmung, die ihn bewegt und die er fordert, hart und unaufhörlich.

Die Zerstörung des Raums, durch Flugapparate, Radiowellen, seine Auflösung in die Stratosphäre, die Möglichkeit, Afrika, Europa, Asien an einem Vormittag mit Auge und Fußsohle zu berühren, hat Begriffe wie Nation, Volksgemeinschaft, Landesgrenze ins Bizarre verzogen, ihr steuerpolitischer Charakter ist zu greifbar, um noch innerlich zu wirken. Jedem ist gegenwärtig, daß *Politik*, Umstürze, Kriege, mögen sie auch in den unaufhörlichsten Folgen eine Generation treffen – und seine Generation ist sehr hart von ihnen getroffen –, nach kurzer Zeit eine halbe Seite eines Geschichtsbuches ausmachen oder auch nur eine Fußnote zum Text: die Flüge der Schwalben und die Züge der Robben sind die gleiche Politik und die gleiche Geschichte, nämlich die der Fauna einzelner Arten.

Die *Liebe* ist die Produktivität jener, die sich nicht innerhalb des genannten Umkreises befinden, sie täuscht Inhalte vor und schafft Surrogate für eine Individualität, die nicht mehr vorhanden ist, der Phänotyp wird an ihr wenig Intimes entdecken. Auf die Frage, ob man seine Triebe bekämpfen solle, wird er antworten: nicht ohne weiteres, das Bekämpfen schafft Neurosen, setzt Spannungen, die sich nicht lohnen, Krisen, die voraussichtlich unproduktiv enden – man soll erleben und etwas Artifizielles daraus machen; wenn Bekämpfen dazugehört, wenn es existentiell ist, wende man es an. Das Ziel ist die Herrichtung des Ichs zu einer durchlebten, geistig überprüften Form, zu einer Haltung, aus der interessiertes Entgegenkommen gegenüber fremden Wesen und keine Furcht vor dem Ende spricht.

Existentiell – das neue Wort, das seit einigen Jahren da

ist und entschieden der bemerkenswerteste Ausdruck einer inneren Verwandlung ist. Er zieht das Schwergewicht des Ichs vom Psychologisch-Kasuistischen ins Arthafte, Dunkle, Geschlossene, in den Stamm. Er verringert das Individuum um sein Peripheres und gewinnt ihm Gewicht, Schwere, Eindringlichkeit hinzu. Existentiell – das ist der Todesstoß für den Roman. Warum Gedanken in jemanden hineinkneten, in eine Figur, in Gestalten, wenn es Gestalten nicht mehr gibt? Personen, Namen, Beziehungen erfinden, wenn sie gerade unerheblich werden? Existentiell –: das zielt rückwärts, verschleiert das Individuum nach rückwärts, bindet es, bringt Forderungen vor, denen die vergangenen Jahrhunderte und die deszendenten Generationen nachzukommen nicht ausgestattet waren. Handschriften, Kranzschleifen, Fotografien – alles das ist schon zu viel. Existentiell – dies Wort wirkt im Phänotyp.

Er sieht ein Bild aus der Schule Rjepin, wunderbar dicke schöne Frau, Patronin, schlemmt am Frühstückstisch – das ist ausgezeichnet! Alles gleich zur Hand durch malerische Anordnung, kein Lebenszusammenhang, keine Zeitfolge, nichts von Ursache und Wirkung – drastisch, massiv die Sachverhalte, aber optisch summiert. Auf Trauben, Haarnetz, Zweifarbenkatze, hinten Zwiebelturmkuppel, vorne Samowar, das Kolorit verteilt. Die wunderbare dicke Frau – ein wahrer Quirl von Biskuit, Waranja, Tee, Rum, Melone, eingemachte Früchte, etwas schwermütig, wie gesagt: sehr voll, Schwere eines weiten östlichen Landes, sehr sinnlich, Überfülle – «am Schwarzen Meer blühen die Rosen dreimal» –

Oder er tastet sich mittags räumlich vor, verläßt das Haus. Eine Stadt, die man zum Aufenthalt angewiesen erhalten hat, in der man wohnt, ist eine Gegebenheit, man darf ihre Zeichen deuten. Ein modernes Schulgebäude, imposant, rosa getönt. Das Finanzamt an sanftem Hang. Stadtteich, in den Weiden hängen, und mit Schwänen. Ein Feuerwerker kommt des Weges mit Helm und Maske, ein Nothelfer, wirkende

Größe. Kraftwagenlager mit Werkstatt von Karl Karczewski. Das Eichamt. Ein Vereinslokal, verfallen, genannt: «Adlerhöhe» – («so stell' ich mir die Liebe vor»). Was soll das alles? Entweder es gibt kein Existentielles, dann müßte das alles noch viel majestätischer ausfallen, oder es gibt es, dann ist es Abfall und Verdammnis! Diese östlichen Städte, an Märztagen so grau, so staubverhangen – auf diese Weise sind sie nicht zu deuten!

Dann sieht er sich anderweit: er gibt sich durchaus eifrig: Treppenabsatz, mehrere Herren stehen dort nach Tisch, er tritt in die Unterhaltungsbasis ein, ernst, aber gefestigt, vollzieht den Zusammenschluß in sprachlicher Gemeinschaft, unterstellt sich dem dienstlich-umgangsmäßigen Jargon: «Hatte schon um drei angefangen, dachte erst um fünf, schöner Schlamassel» – dabei sieht er sich: schon gealtert, nicht sehr eindrucksvoll, körperlich nicht ganz einwandfrei, auf baldiges Entkommen hinzielend, durchaus zweideutig, ein tiefes Durchlässigkeitsgefühl im Kreuz oder eine Art Mittelhirnschwäche, er sieht das alles als Schattenspiel – sich, ihn, den Phänotyp, den Existentiellen – die Silhouette des Stundengotts.

Gestützt auf Pascal

«Alle Leiden des Menschen kommen daher, daß er nicht ruhig in seinem Zimmer bleiben kann» – ein Wort von Pascal (1623–1662), phänotypisch zeitgemäß. Schon der Wechsel von Zimmer und Garten ist einschneidend. Die Kombination bei Besuchen auf dem Lande von Teetrinken innerhalb der Räume und dann Haus und Garten besichtigen, über Beete etwas sagen, das jenseitige Ufer beurteilen, Kenntnis nehmen von Gewohnheiten, die sich für den Inhaber aus der Lage von Schaukeln und Lauben ergeben, die häufigsten Gepflogenheiten der vorbeisegelnden Boote vernehmen –: diese widerspruchsvollen körperlich-seelischen Anforderungen bei unterhaltenden Erörterungen im Sitzen und dann dem Sichbewegen über Kieswege, staubige Rasenränder, höhere langhalmige Graspartien ist kaum verwindlich. Außerdem herrscht auf dem Lande meist ein Licht, das ungebrochen und in Gegenwart Fernstehender auf den nur schwer tragbar wirkt, in dem die Lichtscheu primitiver Organismen lebendig geblieben ist. Selten fähig und bereit, für längere Zeit geistig mitzugehen, lebt für diesen pascalschen Menschen überall die kritische Frage nach den Erscheinungen überhaupt auf im Zwange jener immer gegenwärtigen Spannung, die dem Wechsel der Abläufe, den Vorfällen der Dinge eine Art verdichtete Erkenntnis, eine anderweitige innere Erfahrung entgegenstellt.

Ambivalenz

Der Phänotyp des zwölften und dreizehnten Jahrhunderts zelebrierte die Minne, der des siebzehnten vergeistigte den Prunk, der des achtzehnten säkularisierte die Erkenntnis, der heutige integriert die Ambivalenz, die Verschmelzung eines jeglichen mit den Gegenbegriffen.

Einerseits dem Geist und seinen Maßstäben verpflichtet bis in die letzte Faser des Gebeins – *andererseits* diesem Geist als regionaler, geographisch-historischer Ausgeburt der Rasse skeptisch gegenüber. Einerseits um Ausdruck kämpfend bis zu qualgezeichneten Sonderbarkeiten, Formzerstörungen bis zum bizarren Spiel mit Worten – andererseits diesen Ausdruck schon bei der Prägung mit seinen Zügen des Zufalls und des Übergangs bitter belächelnd. Einerseits gelegentlich in fühlbarer Bedingtheit von Mächten, die ferne walten, ihm nach zugemessenem Teil (Moira) die Fäden spinnen, und andererseits darauf angewiesen und dringend von sich fordernd, dies zu leugnen, so als ob er geböte, am Himmel stände und beim Gähnen und Kauen die Spindel unten mit der Ferse träte. Einerseits in Angst vor Toten, ihrem ewig weiter prüfend fühlbaren Blick, in einer gewissen Überzeugtheit von der Macht und der Fruchtbarkeit der Psyche, auch der gewesenen, auch der Schatten – andererseits dem Beifall der Presse, weißen Gamaschen, den großen Preisen, den Gemsjagden erfüllend zugewandt. Einerseits Tradition – andererseits kongenitale Willkür. Einerseits in Rührung vor dem Sanften und sich Neigenden – andererseits voll Haß gegen den Nächsten an seiner Seite. Einerseits vor dem All als dem pompösen Überwältiger der geprägten Formen – andererseits vor Auge und Nase, Stirn und Braue, Mund und Kinn als dem einzigen von Gestalt und dem alleinigen, von dem wir wissen. Einerseits kasuistisch und subtil – andererseits die endgültige Verknüpfung aller Ursachen in ganz anderen Bereichen ahnend. Einerseits vom inhaltlichen Wissen der vergangenen viertausend Jahre als einem seiner Generation vorbehaltenen neuen historischen Gefühl tief geprägt, von einem hierdurch genährten sublimen Zeitsensualismus, Zeitvergänglichkeits-, Zeitzerbrochenheitsempfinden unausgesetzt durchflutet – andererseits mit einer öffentlichen und geheimen Schwäche für Imperialistisches, Cäsaristisches, im bürgerlichen Sinne Gigantisches, «Globales»; bei Empfindungsverlust für Raum: Triftigkeitssehnsucht in bezug auf Zeit und Dauer. Einerseits gläsern – andererseits blutig. Einerseits müde – andererseits Sprungschanzen. Einerseits archaisch – andererseits aktuell mit dem Hut aus der Bond Street und der Krawattenperle aus der Rue de la Paix. Einerseits ohne Ursache hell am Abend – andererseits ohne Grund zerstört am nächsten Morgen –: so, halb gespielt und halb gelitten – vierzig Prozent Adam und Eva, dreißig Prozent Antike, zwanzig Prozent Palästina, zehn Prozent Hochasien –, schreitet, im ganzen euphorisch, der Phänotyp durch die erdteilzerstörende Stunde der großen Schlachten.

Viel Asiatisches – punktuelle Perspektiven –: mit solchen Andeutungen müßte man das Wesen des Existentiellen umschreiben – Abschlüsse, tendenziöse Ergebnisse liegen außerhalb seiner Natur. Diese Natur ist ausgesprochen zyklisch, läßt alles offen, alles Hervorgebrachte wird wieder zurückgenommen. Alles kommt immer wieder, sie beginnt an keiner Stelle und endet an keinem Punkt. Auch verwandelt sie nichts, es sei denn, daß Ausdrücken schon Verwandeln bedeutet – aber bis dahin wäre sie schon wieder zurückgekommen, außerhalb des Verwandelten und der Verwandlung.

Man hört sagen, man kann das Leben nicht umgehn, man muß hindurch – aber das ist schließlich jedermanns eigene Sache. Man hört ferner, das Leben hält es mit den guten Sprossen, die anderen läßt es verfallen, wenn das seine Methode ist: wohlan! Es hat freie Hand, doch beobachte ich, seine Durchströmungen verhalten vor dem Bewußtsein, seine Regenerationen greifen zu an Baumrinden und Lazertenschwänzen, dem Phänotyp auferlegt es die Existenz und ihre Abstraktion.

Wo immer das Innere des Phänotyps sich einen ästhetischen Ausdruck sucht, wird ihn die Umwelt als fragwürdig empfinden. Dies sein Suchen umschließt viele Probleme, vor allem das der Peripherie. Wo verwandelt sich der Mensch, wann, aus welchen Ursprüngen und mit welchen Methoden? Um 500 trat bei den Griechen die perspektivische Zeichnung auf, während die Ägypter den Körper in gerader Draufsicht sahen. Bei Giotto war eine ähnliche Verwandlung des Blicks, dann bei Cézanne. Man kann kaum bezweifeln, daß die Zeitgenossen diesen Vorgang als Entartung empfanden. Ebenso, als sich der etwas sture dorische Klotz in die korinthische Säule veränderte, sagte man sicher etwas von Degeneration. Oder bei der Auflösung des früheren antiken Gesamtblattes in das byzantinische Akanthus: immer werden die Zeitgenossen urteilen, das trifft nicht zu, das geht zu weit.

Hiermit treten wir vor das Thema von der peripheren Verwandlung, vom Nagen und Lecken der Wellen am Strand, wobei es im Dunkel bleibt, was Welle und Strand bedeuten, aber sie bilden gemeinsam die Konturen der Kontinente. Aber dabei gibt es Ausgleiche und Ablenkungen, nicht jedes Nagen hinterläßt eine Spur. Selbst bei Goethe gibt es viele Sätze und Verse, die auch heute noch dunkel und keineswegs eingängig sind, ihr Inhalt bleibt selbst dem Fortgeschrittenen nicht erlebbar, man ist also über sie hinausgeschritten, ohne sie zu assimilieren, zu integrieren, aber sind sie deswegen sinnlos, überflüssig, Marotte, keineswegs, sie gehören in das Thema der Peripherie, sie gehören in das Gebiet der Verwandlungszone, die nicht immer in einer eindeutigen Richtung verläuft, nicht immer in eine Entfaltung von allgemein werdenden Formen und Ausdrucksverfahren mündet. Übrigens wird auch hinsichtlich der Natur ihr Experimentiercharakter, ihr Hervorbringen von Formen, die dann wieder fallengelassen werden, von den beschreibenden Wissenschaften immer mehr beachtet.

Der menschliche Körper beharrt erstaunlich konsequent innerhalb dieses quartären Erdzeitalters, aber der Geist differenziert sich in immer neuen Ausdrücken, Ausbrüchen, neuen Auswegen seiner selbst, man hat den Eindruck, die ganze Mutationsfähigkeit und Variabilität der Art ist in ihm allein tätig geblieben. Der Grundriß des Lebens bleibt: Jagd und Feuermachen und am Feuer das mit den Frauen, aber darüber erhob sich der Ausdruck, der Gedanke und gab allem seine artifizielle Beleuchtung, er wob seine Nebel, er schwelte seine Dämpfe, ließ einige höhere Strahlen hindurch, um sie aber gleich wieder zu verschleiern, und ließ bis heute die Grundfrage unentschieden: ist der Mensch ein moralisches Wesen oder ein denkerisches, beides zusammen kann er kaum sein, und augenblicklich spricht alles dafür, daß er das letztere sei.

Ist er aber ein denkerisches Wesen, erhebt sich sofort die

weitere schwerwiegende Kontroverse: hat er eine handelnde oder eine kontemplative Bestimmung, eine politische oder eine introvertierte, eine weitergehende oder eine verhaltende, gilt er als Geno- oder als Phänotyp? Auswegloses Dilemma! Durchdacht, durchhandelt, durchlitten seit vier Jahrtausenden und kein Resultat! Die Wissenschaften erörtern es weiter mit den ihnen zugänglichen Begriffen der Aprioristik und des Empirismus, die Geschichtsphilosophie als grauer Müllkutscher des biographischen Abfalls karrt die überalterte Kausalität weiter durch ihre Enzyklopädien als Schuld und Sühne, die Biologie handhabt den Geist als eine reine Methodik zum Auffädeln von Erfahrungsergebnissen zwecks Herstellung einer begrifflichen Totalität – und alles dies mag notwendig und artgebunden sein. Aber abseits davon steht jener Typ, der alles verläßt und sich selbst umschreitet, der die Dinge beendet in sich allein.

Will dieser Typ vielleicht etwas künden? Will er vielleicht dem Zukünftigen dienen? Aber Zukunft ist nichts anderes als gewendete Gegenwart, man stelle sich die entsprechende Vergangenheit vor, die der damaligen Zukunft, uns, ihre Magd- und Mörteldienste leistete, vermutlich genauso angestrengt, verbittert und sich selber sinnlos wie wir – will er das fortführen? Nein, er will nichts künden. Er ist leer, leer, Triebe füllen; ihr Schwellungscharakter ist im Phallus so wunderbar klargestellt, so sonnig, alle Fleischmarken für einen Pferdetrieb – er ist leer, leer. Er weiß, daß es nichts zu künden gibt, was sich nicht im Einzelnen, in einzelnen Einzelnen, selbst verkündet. Es gibt die Kette dieser Einzelnen – eine Kette.

Will er in Denkabläufe eintreten, etwaige Koryphäe werden und von Lehrkörpern beachtet? Es gab Zeiten, da war kausales Denken exzellent, Zeichen einer klugen kleinen Clique, heute ist es Abspülwasser, jeder Zeitungsleser begründet seine Weltanschuung und seinen Rheumatismus, heute ist das Nebeneinander der Dinge zu ertragen und es zum Ausdruck zu bringen auftragsgemäßer und seinserfüllter.

Will er Kunst machen? Wo gedacht wird, fühlt sich das Deutschtum bereits verraten; wo aber vollends Kunst endemisch auftritt, schickt es die Apotheker an die Front. Ein feiner Instinkt übrigens! Es hat sich allmählich herumgesprochen, daß der Gegensatz von Kunst nicht Natur ist, sondern gut gemeint; Stil ist eine bösartige Neubildung, eine letale. Trotzdem will er wohl dies – vielleicht auch muß er das nur. Ausschweifen und es beobachten, leiden und es übersteigern; ein Phallus im Stammhirn; eine Orgie, eisig und glühend, bitter und süß, in Dunkelheiten und Nächten in ihm allein. Fröste des Isoliertseins, blutleerer Taumel, Brüchigkeiten – und fortschreiten, fortklimmen, fortschleichen von Wort zu Wort, Silbe zu Silbe – Tauziehen mit Gedanken, Volten der Überspannung, alles dies unter körperlichen Gefahren –: *Ausdruck schaffen,* ja ihn verlangt nach dem allein.

Dabei fällt ihm auf, daß frühere Epochen und auch heute noch ganze Länder Bücher schreiben und Sonaten verfassen, während unheimlich gezeichnet, tief umschlossen ein neuer Begriff aufgetaucht ist: Kunst. Dieser Begriff! Ein neues Verhalten, eine neue Station! Schon liegt – existentiell – der psychologische Roman außerhalb des anfangs erwähnten Umkreises, der das heutige Phänomen bestimmt. Wenn jemand im Badischen Schwarzwald stirbt, während er in Königsberg geboren ward und nachdem ihm in mehreren Lebensstellungen Ereignisse begegneten und ihm zwei Enkel gestorben waren, so mag das den einen oder den anderen, namentlich Angehörige, nachdenklich machen, aber es enthält noch nicht die Elemente jenes Traumes. Wenn jemand den Erfinder des Fahrstuhls verarbeitet als Kulturfortschritt und im Rahmen eines mittelgroßen Zeitgemäldes, so lassen sich, geschickt gemacht, allgemeine wie besondere Betrachtungen anbringen, aber nichts deutet auf den primär gebauten Satz. Wenn jemand von Ruth über Nigge zu Gisela gelangt, so mag er mit jeder eine gewisse Zeit verbracht haben, aber die Zerlösung der Dinge ist nicht betrieben. Oder für wen es ein Eindruck ist, daß eine Frau aus einem Postamt kommt oder daß ein Mixer erschöpft aussieht, mit einem Wort, wen Einzelheiten bedrängen, der greife ungestört zur Feder – doch für sich bleibt die Kunst, nämlich etwas Reines, ein Adagio, nur aus Klarinette und Klavier, und unter dem Gebetsspruch auf dem schwarzen Stein der Kaaba: «Nimm uns im Schatten Deines Thrones auf an dem Tag, an dem kein anderer Schatten mehr sein wird als Dein Schatten.»

Die Verneinung

als Denkfunktion ist von höchstem Rang, vom Denken erzeugt und im Denken gegründet. In ihr erreicht es seine höchste Entwicklung. Sie umschließt das metaphysische Wesen des Denkens, sie ermöglicht seine allgemeine Bedeutung. Sie dient dem, was Kunst wird, wenn sie vollendet, und Erkenntnis, wenn sie tief ist: der Wirklichkeitsherstellung, der Produktion und Ordnung von Realität. Wohin das Auge schweift: Möglichkeiten, Motive, Anspielungen, Perspektiven – in *ihr* äußert sich die Konsolidierung, der Zuwachs an Fonds. Wohin das Auge reicht: Natur, das heißt Anbietungen und Überlaufen, hier ist Kontur, Selbstbegrenzung, Form. In ihr bekundet sich Detailbekämpfung, Antiemotionismus, Eindrucksfeindlichkeit –: Stil, kurz: anthropoligischer Charakter.

«– Bekennen Sie sich als Träger des primären aprioristischen akausalen geheinisvollen Nihilismus, der die Tugend der weißen Rasse ist, jenes Nihilismus, der ein ‹rückerinnerndes Wissen› darstellt, die Anamnesis Platons, wunderbar, angeboren und schweigend hinzunehmen? Erinnern Sie sich des Wortes von Napoleon auf St. Helena: ‹Der Krieg ist eine seltsame Kunst, ich habe sechzig große Schlachten geliefert und nichts gelernt, was ich nicht schon vorher gewußt hätte›? Das ist das rückerinnernde Wissen, dort für den Krieg und hier für den Nihilismus, und auch ein anderes Wort gilt für sie beide, für die zu beidem erforderliche Tapferkeit: ‹Sie läßt sich nicht fälschen, diese Tugend entzieht sich der Heuchelei.› Jegliches Spiel ist nutzlos, aber auch der Ruhm und die Schönheit, alle Spiele der Götter sind es und je nutzloser um so göttlicher –: Glauben Sie das?» –

Aller Glanz, den wir in unserer Seele tragen, kommt von Dingen, die wir erschaffen haben – Erinnerungen an Bilder, Erlebnisse mit Büchern, Eindrücke aus Kreisen, die wir analytisch durchschritten, erarbeitete Dinge, geistig emporgehobene und meistens ohne Gesellschaft langsam erwachsen. Man kann sie durch Isolation erschaffen wie jene Asiaten: «Sie malen nur eine Sache auf einmal und nie im Verhältnis zu anderen Dingen» – oder man kann sie in Verflechtungen vielfältig sich färben und verdunkeln lassen. Welche Erhabenheit in jener Methode: die chinesischen Maler fahren, um ihre Tuschezeichnungen zu vollbringen, tagelang weit hinaus aufs Meer: ein einziges Staubkorn stört die Prägung und gefährdet die tausendjährige Verwirrung, die hier endet. Natürlich, die Natur! Die *Natur*! Die Himmel, die wechselnden, die rubinfarbenen und die erblauten, die strömenden unermeßlichen Gleichen, die ihre Rosen streuen in das Stundenspiel! Aber die *Beschwörungen* sind unsere: die Kronen, die Kränze und die Götter, alle Hauche des Alls – «niemals und immer»: «Die Mänade taumelt, die Nymphe lacht, und ein Widerschein ihres ewigen Prangens fällt auf die vergängliche Hand.»

Blicke

Die jenseitigen Dinge sind einem viel näher als die nahen, ja, die gegenwärtigen sind das Fremde schlechthin. «Ich studiere vielleicht Einzelheiten, aber ich bin kein Beobachter», gilt für jedes Genie. Dafür hat es jene Blicke, jene Anfälle von Blikken auf Himmel und Sommertage ferner Zeiten, kommender Geschlechter, anderer Daseinsempfinder – Anfälle schleierloser Blicke zum Beispiel auf Sommerliches, Hohes, etwas Üppiges: heiße Städte, alle sehr ähnlich, derselbe As-dur-Walzer von Chopin und doch sehr anders. Etwas Unstillbares ist dabei, etwas, das das Herz zerreißt. Neue ferne Wogen, kaum erkennbare Verwandlungen, Spätheiten – und unerfüllbar alles.

Dialektik

Ist Denken ernsthaft oder ist es mit den Ohren wackeln, einer kann es und wird hoch geehrt? Jedenfalls gibt es regionales Denken, aus dem zwar ganze Generationen von einheimischen Berufsständen ihre Platten laufen lassen, das aber für Bewohner anderer Erdteile genauso irreal ist wie Schnee oder der Hosenbandorden, zum Beispiel Dialektik. Experimentell ist sie nicht zu prüfen, man kann die Weltgeschichte nicht so einstellen, daß Dialektik entsteht. Andererseits ist ihre Geschichte in Europa alt. «Les institutions périssent par leur victoire», sagte Montesquieu. Das ist eine Gleichrichtung zu der in der Biologie gemachten Beobachtung, daß Überspezialisierung eines Organs den Bestand der Art gefährdet beziehungsweise meist vor ihrem Aussterben auftritt. Hinter beiden steht die Hypothese von der Freiheit am Bande der Notwendigkeit (Schiller), nämlich erst die Freiheit mit ihren Spielen und Späßen, und dann drängt sie selbst den Zwang herbei. Auch die Kleistsche Briefstelle vom «gewaltsamen Fortziehen der Verhältnisse zu einer Handlung, mit der man sich bloß zu spielen erlaubt hatte», zeigt die Bruchstelle zwischen psychologischem Keim und evolutionärem Verhängnis. Für das Allgemeine dieser Verhältnisse kam dann Hegel zu seinem berühmten Denkresultat.

Der Existentielle will nicht den Satz übernehmen, den er kürzlich las: Ein Weißer versteht in der Tat nichts vom Wesen der Dinge. Aber ihm scheint, daß zum Beispiel das Basrelief des Khmertempels in Angkor Vat, auf dem der Mensch aus den geometrisch gearbeiteten Reihen der Elefanten, der Possenreißer, der Schlangen, der Götter, der Diebe und der Gurken überhaupt nicht hervortritt, wo alles von Verhandlung wimmelt, der Milchozean gebuttert wird, die asiatischen Michelangelos und kambodschanischen Berninis das Leben ohne Tod in einem Kanon der Verschlingung, in einer Architektur von geordneten Wucherungen, höchstens als pflanzliche Katastrophe zum Ausdruck bringen, daß dies ebenso aus dem Keim der Seele stammt, ebenso adamitisch existentiell ist wie die Empfindung einer dialektischen Bewegung der Welt. «Jedermann ist an seinem Platz» – die Fledermäuse und die Flammentulpen und die Bajaderen, die Vermählten der Musik. Hier ist völlige Freiheit von Ananke; Unkenntnis oder Verachtung von Gesetzen, Ordnungen, individuellen Kategorien, von Normen, dabei ist Sicherheit und Vergessen; Geburt und Auflösung ist die der Pflanze. Die Großartigkeit und Gültigkeit dieser hinterindischen Seele ist ganz evident – jenseits von Sieg und Niederlage. Ist sie weniger empfindlich und kostbar als die des gequälten europäischen Gehirnes, das die Götter und die Tiere von der Erde vertrieb, aus inneren und äußeren Zerstörungen gedankliche Hilfskonstruktionen, Bonmots, Arien, Verzehrungen erschuf – weniger tief und verbindlich als Kants Kritik oder Tristans Klage oder Paulus' «unaufhörlicher Schmerz des Herzens»? Wo und in wem weilte der Gott?

Bedenken gegen Nietzsche

Es ist zu vermuten, daß in jedem bedeutenden Werk Stellen sind, die dem Autor selber unklar bleiben. Daneben gibt es die Rätsel und die Widersprüche. Gemeint ist Ziffer 109 im Dritten Buch der Fröhlichen Wissenschaft. Wovon Nietzsche dort spricht, ist «das All» oder «die Welt». Hüten wir uns, sagt er, zu denken, daß die Welt ein lebendiges Wesen sei. Wohin soll sie sich ausdehnen? Wovon sollte sie sich nähren? Wie könnte sie wachsen und sich vermehren? Hüten wir uns, etwas so Formvolles wie die zyklischen Bewegungen unserer Nachbarsterne überhaupt und überall vorauszusetzen, schon ein Blick in die Milchstraße läßt Zweifel auftauchen, ob es dort nicht viel rohere und widersprechendere Bewegungen gibt, ebenfalls Sterne mit gradlinigen Fallbahnen und dergleichen. Die astrale Ordnung, in der wir leben, ist eine Ausnahme. Der Gesamtcharakter der Welt ist dagegen in alle Ewigkeit Chaos. Von unserer Vernunft aus geurteilt, sind die verunglückten Würfe weitaus die Regel. Es, das All, hat auch keinen Selbsterhaltungstrieb und überhaupt keinen Trieb, es kennt auch keine Gesetze; da ist keiner, der befiehlt oder gehorcht, keiner, der übertritt. Hüten wir uns zu sagen, daß Tod dem Leben entgegengesetzt sei. Das Lebende ist nur eine Art des Toten und eine sehr seltene Art. Hüten wir uns zu denken, die Welt schaffe ewig Neues. Es gibt keine dauerhaften Substanzen, die Materie ist ein ebensolcher Irrtum wie der Gott der Eleaten.

Also, wenn wir uns im großen Stil hüten – denkt der Phänotyp dies weiter –: bleibt nichts übrig als ein Zichzack aus Wüsten und Wahn, ein Gewebe aus Unsinnigkeiten, und wenn wir uns an einer seiner Maschen fangen oder stoßen oder auch nur einen Rand zu berühren wähnen, so sagen wir Gesetz und Ordnung und Form und Ziel, diese begrifflichen Kondensationen des Irrsinns, und soweit wir überhaupt etwas beschreiben oder erkennen können, ist es der Abgrund, aber auch der enthält ja noch die Vorstellung des Grundes, also ist es das Bodenlose.

Dies etwa ist die Stimmung der ersten zweiundfünfzig Reihen des Aphorismus. Aber die letzten zweieinhalb Reihen bringen dann die Wendung, und diese ist äußerst überraschend. Sie lautet: «Wann werden wir anfangen dürfen, uns Menschen mit der reinen, neu gefundenen, neu erlösten Natur zu vernatürlichen?»

Nietzsche setzt also plötzlich die Natur in Gegensatz zu dem chaotischen All und der chaotischen Erde, und diese Natur soll neu erlöst werden und dann sollen wir uns mit ihr vernatürlichen. Geschieht das, dann ist offenbar das Vorhergehende gar nicht so schlimm und das Chaotische für uns geordnet. Diese Wendung ist seltsam bei einem Autor, dem es bestimmt nicht entgangen sein kann, daß die Natur der Schulfall des Unnatürlichen ist, nämlich der Gegensatz dessen, was wir natürlich nennen. Das Verfahren der Natur ist, um nur einiges zu nennen: Übertreibung, Ausschweifung, Sprünge, Verdichtung, unausdenkbare Konzentration immenser Spannungen auf kleinstem Raum, Vernichten, Liegenlassen, Vergessen – kurz alles andere als das, war wir als natürlich betrachten.

Diese Wendung ist aber auch schwer zu verstehen bei einem Mann, der so viel von den Bedürfnissen wußte und schrieb, die wir nicht aus der Wirklichkeit befriedigen können (also aus der Unwirklichkeit befriedigen müssen), und zu dessen – uns alle tief bestimmenden – Erkenntnissen es gehörte, daß die Kunst eine Abweichung von der Natur sei, Kunst, die er liebte «als Ausdruck einer hohen heldenhaften Unnatürlichkeit». Diese zweieinhalb Reihen können also doch wohl keinesfalls ein Bekenntnis zu einem Naturalismus oder Biologismus in irgendeiner Form sein und keine Aufhebung seines großen, die ganze Epoche zusammenfassenden Gedankens, daß die Welt nur als ästhetisches Phänomen zu deuten und zu ertragen sei. Zu oft hat er die Kunst, nicht die Natur, als die letzte metaphysische Aufgabe der europäischen Rasse dargestellt – die monologische Kunst, sie ruht auf dem Vergessenen, sie ist die Musik des Vergessens. Oder sollte er gemeint haben, die ästhetische Deutung sei bereits unsere jetzige Natur geworden und das sei die neue Erlösung? Aber würde er nicht hinzufügen – hüten wir uns vor Erlösung?

Völliger Gegensatz zu Schifferkreisen

Eine Lage des Verfalls bei geordneter Körperlichkeit. Keiner würde vermuten, daß hinter der Haut, gepflegt und märzgebräunt, ein Zusammenbruch besteht, unter Schnüren und

Ordenszeichen ein Monolog anläuft: Aus wessen Leben blickt man, in wessen Schlaf sinkt man, nach wessen rätselerfüllten Tagen und der schon verschleierten, von Dämmerung und Unerinnerlichkeit gestaltlos gewordenen Flucht der Jahre? Geprägte Form, die nichts zerstückelt – ein euphemistisches Wort! Meine Zeit reicht nur von den Monaten der Sommer in Sils-Maria («Vorrede zu den früheren Schriften») und des Vorgebirges von Antibes, als es Monet malte, bis in diese Winter der Verdammnis und der Feuernächte – aber selbst davon vergaß ich, und der Ablauf ist zerstückelt. Ein Riese von Gehirn, ein Goliath von Gedächtnis, eine Penelope von Eindruckstiefe würde gewiß mehr davon bewahren, mehr Treue halten – aber ich vergesse.

Mit welcher Wehmut denke ich oft der Seemänner, die ihr Garn spinnen in Grogstuben, wo die tabakgebräunten Kuttermodelle von der Decke hängen, aus der Welt der Segelschiffahrt und des Bordlebens – Schnurren und Späße, «Splissen und Knoten», frei erzählt, große Fahrten, weit zurückliegend und doch mit harten Konturen als hirnlicher Gegenstand vorhanden – lauter Perlen der Erinnerungen! Ich, von der Einfahrt in New York und dem Anlegen in Hoboken, erinnere mich nur noch der Mädchenhändlerin, wegen der die Polizei an Bord kam, sie allein leuchtet, wenn ich zurückblicke, aus dem Hafengewirr zu mir herüber. Über wieviel Auswahl leuchtet diese Dame, wieviel Verlust, wieviel Erlöschen wieder schweigsam gewordener Welten! Entweder ist das Erinnerungsvermögen nicht so bedeutungsvoll, wie es immer dargestellt wird, oder es hat Krankheiten, gewissermaßen Zahnlücken und Haarausfall, jedenfalls schafft es nicht in jedem eine Basis, einen Fonds, der so wichtig wäre, um in Schifferkreisen zu verkehren. Es drängt etwas an, aber flüchtig. Ein totenstiller Sonntag, wir lagen in Hoboken. Es war so heiß, als ob ein Feuer über Deck fegte. Es fehlte uns an Money, um es den Astors gleichzutun und die City zu genießen. Wir lagen in den Korbstühlen, die endlich einmal für uns da waren, die widerlichen Passagiere waren ausgeschifft und tummelten sich wohl schon in ihren Kreisen. Eine unbekannte Stadt, ein Land, dessen Gebräuche mir fremd waren, im Grunde waren es nur tiefgestaffelte Mauern, die man sah, mit Flecken drauf – wohl die Fenster. Also dieser Sonntag voller Öde, unser fremder Steamer auf dem Hudson, keine Dollars, um Anschluß zu bekommen, menschliche Wärme, Sinnlichkeit – nur diese Korbstühle, Besitzer unbekannt, Aktiengesellschaft oder wie schon der Begriff sagt: Société anonyme – auf der lagen unsere Glieder, dazwischen mußte man seine Stunden behaupten, die sich nie sammelten, nie eine eigentliche Blüte hervorbrachten und darum den echten Schiffererzählungen nie das Wasser reichen.

Etwas Grundsätzliches, es blieb bis heute: heute lebe ich innerhalb räumlich hart bestimmter Grenzen, gewissermaßen in einem Fesselballon, über den Korb sehe ich einen Platz, eigentlich nur drei Gebäude, und in der Ferne eine Flußniederung, ansteigend Wälder – aber einprägsam ist das auch nicht. Man hört öfter von Entfernungen, die abgeschritten werden, und von Gebäudewinkeln, die eine Rolle spielen, diese Anordnungsverhältnisse bleiben mir fremd. Eine Lücke! Ich halte mit meinen Beständen durch und laufe Gefahren! Eine Verschärfung der Sinne hat die Natur hier versäumt, ein Zusammenballungsmoment und Blütentreiben, denn obschon ich diese Dinge beachte und, wie gesagt, nur wenig Beobachtungsgegenstände vorliegen, ist in bezug auf die Lücke nichts Rückläufiges zu bemerken – eine Lücke in völligem Gegensatz zu allen Schifferkreisen.

Summarisches Überblicken

Schon summarisches Überblicken, Überblättern schafft manchmal einen leichten Rausch. Venusse, Ariadnen, Galatheen erheben sich von ihren Pfühlen, unter Bögen, sammeln Früchte, verschleiern ihre Trauer, lassen Veilchen fallen, senden einen

Traum. Venus mit Mars; Venus mit Amor, hingelagert, ein weißes Kaninchen an der Hüfte, zwei Tauben, eine helle und eine dunkle, zu Füßen vor einer Landschaft, die sich weit verliert. Prokris stürzt aus dem Gebüsch, schlägt flach zu Boden, über ihr Kephalos mit einem langen geschlitzten Ohr, der Jäger, er glaubte das Rauschen von verstecktem Wald zu hören, er ist der Gatte und nun durch den geworfenen Jagdspieß der Mörder; ihre Sandalen sind brezelartig verschnürt und ausgestanzt, an ihnen trauert der dunkle schöne Hund.

So erheben sich die Welten. Andromeden, Atalanten, schlafend oder erwartend, nackt oder unter Fellen, behängt mit Perlen, Blumen und vor Spiegeln. Weiße Üppige mit aufgestützten Schenkeln, oft dicht an ihren Rettern, deren Brünnen glänzen. Aber die meisten sind sehr einsam, sehr in sich verborgen, gehn aus dem blassen gewölbten Fleisch nicht über; sie erwarten, aber sie zögern vor jeder Röte und vor jeder Lust. Sehr Verhaltene: Ceres mit dem Weizenkranz, schweigsam wie die Samenkörner; und bäuerlich eine Herbstin mit Hacke, Trauben, Weinzweigen, keineswegs trunken, sehr gesenkten Blickes, eines Blickes bitter und unerfüllt.

Galatheen landen mit Delphinen, verlassen die große Muschel, teils betreten sie allein das Ufer, teils mit Wasserjungfrauen und Zentauren. Und immer wieder die Tauben, auch die Schlangen, auch die Muscheln und dort der Pfau und dort die Barke, an allen Stränden, an allen Hängen – säumen und vergehn.

Das unmittelbare Erleben tritt zurück. Es brennen die Bilder, ihr unerschöpflicher beschirmter Traum. Sie entführen. Der körperliche Blick reicht nur über den Platz bis an die Burgen – aber die Trauer reicht weiter, tief in die Ebene hinein, über die Wälder, die leeren Hügel, in den Abend, das Imaginäre, sie wird nicht mehr heimkehren, dort verweilt sie, sie sucht etwas, doch es ist zerfallen, und dann muß sie Abschied nehmen unter dem Licht zerbrochener Himmel – – diese aber entführen, führen weit und führen heim.

Vergleiche, Studien, geographische Details! Wie still das alles in mir ruht: *Canal du Midi* – kein Segel, das Wasser ist unbewegt, von brauner Farbe, Schilf wächst am Rand, er ist nur sechs bis zehn Meter breit, zu beiden Seiten ein Leitweg, überragt mit Pappeln besetzt, auf dem die ziehenden Pferde gehn – welch ein Gegensatz zum *Belomorskikanal* zwischen Newa und Weißem Meer, der Bau kostete drei Millionen Menschen das Leben, seine Fluten sind unaufhörlich gepeitscht von Stürmen und motorisierten Kutterkarawanen, die zur Onegabucht jagen – dort im Midi sind auch die großen weißen Stiere vor den Pflügen, die langsam gehn.

So bereit zur Auferstehung! Sich vergeben über weite Räume! Pontinische Sümpfe, giftige Moräste, Trümmer von Gräbern, Hügel mit Ruinen – Reich des Fiebers und des Todes, aus den dorischen Säulen bröckelt der Kalk. Tiefdunkle Buschwälder, Macchia, phönikischer Wacholder von der Via Appia bis zum Circekap, verschlafene Büffel, Horste von Purpurhühnern vor dem klematisblauen Meer, auf dem die Barbareskensegel kamen, *Fondi* überfielen und wieder verschwanden!

Von hohen Schneefeldern stürzt ein Bach, er verschwindet in Schuttkegeln – es ist der Styx. Die rotblauen Felsen von Delphi, die Glanzfelsen, ein Wald von grauen Ölbäumen schmilzt heraus aus der Tiefe des großen Tales. Wie aber auch anderes seine Ausbreitung erwartet! Sarmatisches Land! Es erfüllt die Stunden! Steppenwinter, furchtbare Schneegestöber, die Luft gänzlich undurchsichtig, eine Windhexe kündigt sie an: Klumpen von verdorrten Pflanzenstengeln, eine Art Kollerdistel, ballen sich zusammen, wachsen riesengroß, rollen und springen, alles flieht, kein Wolf denkt an Beute! Hernach die Frühlinge, Wasserüberfülle, ganz das unruhige Element, widerliche, schmutzige Morastgärungen, dann zwar Krokus und Tulpen, aber alle Kräuter grob, groß, strunkig, bei genauerem Hinsehn weit auseinanderstehend, kein Vergleich mit Surrey und Argolis.

Eine weiche weiße Luft fällt um dich wie warmer Schnee, die Rinden und die Vorblüten treiben im geheimen, dann ist alles da, und dann die endenden Sommer mit dem Violett der Distel und der schwefelgelben, der heißen süßen Rose Diane vaincue – so verkünden sich und so vergehn die Jahre. Wo du auch hinhörst, es ist letzter Klang, immer Ende, finale Lust, von hohen Schneefeldern stürzt ein Bach, ein Wald von grauen Ölbäumen schmilzt herauf aus der Tiefe, Trauer und Licht, wie still das alles in dir ruht, und dann die endenden Sommer mit dem Violett der Distel und der schwefelgelben, der heißen süßen Rose Diane vaincue.

Der Stadtpark

Auf anderer Ebene der Stadtpark. Er tritt ohne weiteres in den Blick (ohne weiteres?), sei es von der bogenförmigen Brücke, sei es von der Bank aus, mit der der Verschönerungsverein bestimmte Ausblickspunkte gartenkundlich bedachte. Ein Himmel ist auch über ihm, nicht der blanke blaßblaue Texashimmel und nicht der wolkenlose des Midi, der die Pinien überwölbt, aber doch eine Art Höhenabschluß für Versuchsblicke. Verschiedenartige Pfade führen heran, das ist herkömmlich, doch ungeheuer auffallend das *Schwanenmotiv*. Schwäne – das ist stilisiert! Widersinnig, den Schwimmvogelkopf so hoch über den Wasserspiegel zu legen auf einen Hals wie glasgeblasen! Keine Kausalität darin, reines Ausdrucksarrangement. Ebenso die Weiden, in die Fluten hangend, Unstillbares, Schwermut, Bionegatives in die Ackerbürgerstadt verlagernd – unmittelbar, wie jeder nachfühlt, auf Ausdruck gearbeitet.

Eine Welt der Widersprüche, aber die Welt hat doch schon so manches gesehen: Lustknaben krönen lassen, einen Schimmel als Gott verehren, den Manen eines Bechers ein Mausoleum errichten, einen schönen Baum mit Geschmeide zieren – und nun diese Zerstückelung! Doch unsere Lage ist nicht günstig. Alles, was man über das Leben hört, über den Geist, über die Kunst von Platon zu Lionardo bis Nietzsche ist nicht kristallklar, enthält Winkelzüge – wird doch schon ganz öffentlich von einem Verlust des Gegenstandes gesprochen! Ja, in der Tat, wir bezweifeln die Substanz, aus der diese Worte kamen, wir bezweifeln ihre Erfahrungen und ihre Glücke, wir bezweifeln ihre Methode sich darzustellen, wir bezweifeln ihre Bilder. Wir haben kaum ein paar Schritte Erde vor den Füßen, wenig Irdisches überhaupt, alles ist sehr schmal, alles muß sehr vorsichtig erwogen werden, wir blikken nachdenklich auf die geäderten Kelche großer Blumen, in die die Nachtfalter so berauscht versinken. Das Reich ist immer nur eine Seite groß oder einen gemalten Federhut oder eine Fuge – und drüben das Gewoge. Es ist März, der Park hat etwas Unsauberes, selbst in dieser Ebene, in dieser Niederung, die Liliazeen tragen sich gespannt, sie öffnen sich in einer jähen Entsprossung, gestern noch geschlossen, bersten sie in einer Art Selbstdeflorierung, in einem blauen Aufsprung entgegen dem Licht, sie erscheinen jung und hart wie Waffen – daneben sind andere Waffen: Glocken, Kätzchen, ausgefüllt bis ins Äußerste, formensicher bis in den violetten, in den bienenbraunen Saum –, Waffen einer feindlichen Macht, Übermacht, an der alles zerschellt – der Natur. Demgegenüber muß man alle Kräfte sammeln.

Unsere Lage ist nicht günstig. Die Sinne sind im Rückzug. Hat schon jemand einmal darüber nachgedacht, daß Nietzsche vierzehn Dioptrien trug, meistens zwei Gläser, Knaben leiteten ihn über Stege und hinunter. Auch hören wir nicht mehr weit, die großen Firnenjäger hörten weiter. Also in sich selber seine Springbrunnen hochwerfen, seine Echowände errichten! Die Schlange Kassandras hat uns nicht die Ohren beleckt, die die Stimmen der Luft und die Melodien der Erde eröffnete, wir schliefen nicht auf dem Marmor, über den dies Reptil sich wand. Aber Jahrtausende leben in unseren Seelen, Verlorenes, Schweigendes, Staub; Kain, Zenobia, die Atriden schwingen ihre Thyrsosruten her. Und dort der Teich! Wasser! Wasser ist dunkler als Erde, stundenlang könnte man es betrachten, an seinen Ufern weilen –: Wasser *werden* – sich verändern, Veränderungen und Tiefe unter Wellen – ach, eine Stunde auf *einer* Ebene, auf *einem* Glück –!

Die Geschichte

Die Geschichte in ihrer wunderbar ausgleichenden Gerechtigkeit: sie verschlägt den Mithridates zu Tigranes und den Alarich in ein rosenumsäumtes Landhaus bei Bordeaux. Cicero kann zunächst die Verschwörungen enthüllen, erst später wird er auf vierhundert römische Meilen von Rom verbannt. Im Pelzwarentausch ist sie tätig und auf Salzstraßen; sie arbeitet mit einem Staubkorn, an dem ein Auge erblindet, und belädt mit Trümmern eines gestürzten Kolosses fünfhundert Kamele. Unten gestattet sie noch ein Schlurfen um die Reste weißer Statuen in einem zufällig verschont gebliebenen Hain: Sol, Hekate, Zeus, die für sechzig Generationen das Leben trugen – oben gestaltet sie schon das byzantinische Mosaik – Mosaiken wollen nicht erzählen, nicht erziehen, sie weben ihr monologes koloristisches Ritual.

Die Geschichte in ihrer wunderbaren Gleichförmigkeit, in ihrem regelmäßigen und fruchtbaren Rhythmus: nach unten werden die Abgaben erhöht, das Korn auf dem Halm und die Forsten verschoben, ein oder einige Stände ausgebeutet, und oben tragen die Herren Lorgnetten und die Damen Pompadours mit kandierten Fondants. Die Damen gehn in olivfarbenem Samt mit Spitzen und Federn; die jungen Wiener Komtessen sind weiß gekleidet, haben blonde Zöpfe über der Stirn, frische Rosen an der Brust und lächeln den Besuchern entgegen. Das Neueste ist das Radeln: die Begutachtungsgrafen aus dem Ministerium am Ballhausplatz treten die Pedale, die Älteren legen sich Kegelbahnen an, im Garten gibt es Italienische Nächte, man schenkt Bonbonnieren, in die Salons werden Orangerien eingebaut mit kleinen Fontänen, die leise plätschern. Es ist die Zeit der Basare: in den Buden werden Hampelmänner, Wiener Couplets, Champagner von Prinzessinen, als Kolumbinen verkleidet, dargeboten, in einer Laube aus Stephanotis und Gardenien gibt Madame Recamier Autogramme berühmter Künstler in Körbchen von Parmaveilchen, eine Tausenguldennote läßt Baron Bernsteiner achtlos in die goldene Schale fallen, die nur große Summe aufnimmt. Eine Teufelin in Schwarz und Rot hält Eis und Waffeln feil; die ganze Coterie beteiligt sich an lebenden Bildern, für die Haute gomme eine Trouvaille für Sottisen und Herzensspekulation. Und von unten durch die Sinne, durch die Gehirne, durch erworbene Laster, ererbte Schwächen, schwarze Börsentage, Todesfälle mal à propos höhlt die Geschichte an den Schichten, die sie tragen, wie sie immer höhlt in ihrer wunderbaren Wiederkehr des Gleichen so vorsorglich bis in die Staatsfabriken und Galeeren. Staatsfabriken für die öffentliche Brotverteilung, daran angeschlossen zum Verdienen Wirtschaften und Bordelle, und von da aus geradeaus auf die Ruderbänke mit den Fußeisen. Unten barbarische Kriminalstrafen und oben Ehrenstatuen gegen Trinkgelder; unten Gruben, oben kolossale Porphyrsärge. Unten die Schwielen von Fesseln, die man auf irgendeiner Insel des Ägäischen Meeres getragen, oben Kränze und Pfauenfedern. Unten Ziegelplatten, die vom Tiber überschwemmten Quartiere, Tuffhöhlen, oben Bogen aus Jaspis und Achat und Villen im kühlen Tibur.

Die Geschichte! Werbesklaven, Feldsklaven, Troßsklaven unten, darüber Fanatismus für Zirkuspferde, für Wasserorgeln, eintönig, aber laut, groß wie Stadtkutschen. Dann einige verlorene Schlachten, oder die zahllose Klasse erschlägt einige Tyrannen, und alles ist zu Ende für eine Weile. Nur für eine Weile – die Geschichte in ihrem regelmäßigen und fruchtbaren Rhythmus mauert die Epochen ineinander, aus dem Perserschutt erbaut sie das Parthenon, die antiken Tempel macht sie zu Steinbrüchen des Quattrocento, unter ihren Fittichen leben die Foren weiter als Ziegenberge und die Kapitole als Kuhweiden, die Wölfin legt sich in die Schafställe und säugt Lämmer – also man muß stehn und sich halten, wo die Herren Lorgnetten tragen und in die kolossalen Porphyrsärge sinken, man muß stehn und schauen, dann wird der Rhythmus kapital, man muß schauen, zurücktreten, sich erheitern, dann knospen die Galeeren, Wunden heilen durch Maden und die Universalgeschichte wird wunderbar.

Libellen

Weder Käfer noch Schmetterlinge – hohe Töne, Schwirren!

Von einer Gemeinschaft ist nirgends die Rede. Alles kommt aus dem Mittelpunkt, gilt nur für ihn, fällt sofort in ihn zurück, der Mittelpunkt ist die Gemeinschaft.

Körperliche Bewegung ist eine Nutzlosigkeit vom Standpunkt des Geistes gesehn; ebenso wird die Sprache nur völlig empfinden und beherrschen, der kaum spricht, nämlich nur zu sich selber, er selber wird sein feinstes Ohr.

Wer Dauer wünscht, stilisiere nicht auf Ewig, sondern auf à propos; ein Schatten, der über das Manuskript fällt, kann schwerer wiegen als das Ur. Ferner: es ist immer nur eine kurze Strecke, die eine Generation weiter zu denken vermag als die vorangegangene, es scheint bestimmt und abgesteckt zu sein, was ihr an erweiterten Wendungen gelingen kann – dem aber kommt sie vom Kurfürstendamm aus näher als vom Ur.

Auch verachte man den Bürger nicht, er selber lebt gern im Bunten und Vollen, aber wenn der Geist sich durchsetzt trotz Armut und Dunkel, hat er daran seine ehrliche Freude. Und die Cäsaren! Alexander verschonte bei der Zerstörung Thebens das Haus Pindars und wollte Persien nur erobern, um es nach Athen schreiben zu können! Napoleon kommt immer wieder auf Rousseau und Werther zurück – also der Geist ist doch in allem tätig! Andererseits sprengte eine venezianische Bombe 1687 das Parthenon – das Mittelmeer unter sich!

«Wer den Kalifen in der Versenkung stört, wird enthauptet – und wenn der Feind derweilen die Stadt erstürmt. Nach der Auffüllung der Kräfte wird der Fürst des Feindes schon Herr werden» – also wer nach innen lebt, sieht eine große Vereinigung, ein allgemeines Tat twam asi, runde Schultern hat jedes Ding, selber der große See ist stillen Wassers, nichts mahnt an Flucht und Fließendes ...

Pilger, Bettler, Affenscharen

Wenn man das Ganze überblickt, ist es von großer Unverständlichkeit, aber wahrlich der Wunder voll. Es gibt Fliegen, die nisten im Maule des Nilpferdes; Lurche, die sich tagelang begatten; Millionen von Faltern verlassen die Wälder, bilden eine azurblaue Wolke und stürzen ins Meer. Die höheren Wesen schneiden einander in die Gurgeln wegen eines Sacks Pfeffer, überfallen sich um Purpurschnecken, für einen Liter Gummisaft starben Tausende, ertranken auf allen Meeren, ihre Gebeine bleichen an fernen Küsten. Sklavinnen werden Kaiserinnen; Benny Gogh, ein Hund, liegt vor einem Gouverneurspalast begraben in einer der schönsten Parkanlagen der Welt, sein Name steht mit dem einer Araberin und eines Deutschen auf einem Obelisken, der trägt in großen Goldbuchstaben die Inschrift: Never fades their Glory – niemals wird ihr Rum verblassen.

Ein Mann fragt: «Wer hat dich so geschlagen?» Die Frau: «Ein Derwisch in einer Bar.» «Warum bist du hingegangen?» «Weil du fortfuhrst, ohne mich zu binden» – solche Seltsamkeiten hört man alle Tage. Wer allgemein fühlt, kann sich überall vermischen, wer sehr individuell ist, dem wird auch

Sodomiterei nichts tun; wenn es einen großen Zynismus gibt, so ist er Gottes.

Indien. Die Manghats (Leichenverbrennungsplätze) an heiligen Flüssen, Geier darüber, die Harmonien der «Rosen aus dem Süden» schlagen vom Eden-Garten herüber an unser Ohr. Offiziersdamen in Phaetons; niedrige Hackerys mit Hindufrauen. Kamelschellen, die geweihtes Wasser verkünden; das Schlagen der Gongs, um der Hausgötter zu gedenken. Schleier von östlichen Gangesarmen, Schals aus der Wolle der Ladakhschafe – und das Faulen der Muscheln in Trögen von hohlen Bäumen, bis die Perlen sich am Boden sammeln. Pilger, Bettler, Affenscharen; Klippen aus weißen Korallen, Inseln, die entstehen und vergehen. Madonnenlilien in Balcic am Schwarzen Meer, weiße Blüten von Maltas Mockorange. Die augengroßen Saphire in der Tiara des Zaren, Perlen vom Hals bis zur Taille, große Kerne. Und dort knien sie auf ihren Flößen vor den Stromschnellen und beten. Durch alles dies muß man hindurch, es auf sich wirken lassen, es durchdenken. Dies wird dir auferlegt für deine Jahre, die ein unerrechenbarer Tod begrenzt. Für etwas, das jenseits deiner liegt, bist du erschaffen. Basare, um Tschibuk zu rauchen, und Karioleis, die Sklavenmärkte; Balmorals Gärten – Geräusch der Rechen – alles dies!

Weizenkörner aus Mumiensärgen, tausendjährige, werden ausgesät und tragen Ähren, Keime leben lange, du bist die Mumie, zerfällst, diese kreisen und blühen. Die Fremdheit zwischen Ich und Erde steigt mit Flammenwerfern zum Himmel, aus der Tiefe der Getreidefelder und den abgründigen Lauten des purpurströmigen Mohns. Den Zerfallen! Keine Mumiensärge dir, um zu schlummern, keine Körner, um wiederaufzuerstehen! dies alles – aufnehmen und dann verlieren und dann gehn.

Ein Roman im Sitzen. Ein Held, der sich wenig bewegt, seine Aktionen sind Perspektiven, Gedankengänge sein Element. Das erste Wort schafft die Situation, substantivistische Verbindungen, die Stimmung, Fortsetzung folgt aus Satzenden, die Handlung besteht in gedanklichen Antithesen.

Selbstentzündung, autarkische Monologie. Radio ist der Natur weit überlegen, es ist umfassender, kann variiert werden, die Natur ist egozentrisch, regional gebunden, auch überspannt sie immer wieder ihr panisches Prinzip. Schreibtisch oder Fensterplatz entwickelt mehr Substanz als Landschaft, sie schaffen ihr Ausdruck, überdauern ihre Nebensächlichkeiten, ihren unklaren Saisoncharakter. Außerdem – wo in ihr wäre jene Trauer, die dem menschlichen Gedanken seine lange Bestimmung und seine weiten Räume gibt, wo das Gefühl der fremden Herkunft, das unser eigentliches Wesen ist?

Alles, was zurückbleibt, sind Dinge, die in Bewegungslosigkeit geschaffen wurden oder in langsamem Herumgehen um einen Steinblock oder unter jenen Platanen. Scharfe Ritte und schwere Schilde führen den Mann vielleicht zu Besitztümern und zu Liebesnächten, doch muß er zwischen Sonne und Schatten hin und her und in einer Ruhelosigkeit streifen, die ohne Frucht ist. Wenn Wind weht und die Bäume ihre Formen nicht durchführen können, bleiben selbst von jenen Platanen nur ihre Wurzeln dem Geiste nah.

Handlungen sind gelegentlich romantisch, enthalten die Möglichkeit zu Impressionen. Ich denke an Bordeaux. Natürlich war ich nicht völlig bewegungslos dorthin gelangt, vielmehr auf vier Rädern, ein großer Horchwagen. Eine sehr heiße Stadt. In der Ferne der Atlantik mit seinem durch nichts gestörten Blau, einer Färbung, von der man den Eindruck hatte, daß sie sich noch im Ausströmen vertiefte. Ein Café aus Marmor und Gold – ein Café für Dogen, riesige Räume, prunkvolle, hier sprangen die Ratten um die Tischfüße, große Tiere, der Kellner, den ich darauf aufmerksam machte, sagte beiläufig, was wollen Sie, die Stadt liegt nahe am Meer. Dann war gerade ein Kapellmeister am Ort, der dirigierte ohne Taktstock nur durch die Bewegungen des Rumpfes, die Serenade von Toselli gelang ganz wunderbar.

Eine ungeheuerliche Hitze, sehr übersteigert, dumpf wie aus den Pelzen von Hummeln. Wir sahen die Leute vorbeipromenieren, es war Sonntagabend, kleine Leute, Provinz, von diesen handelte niemand – sie schufteten: in Kellereien, Fabriken, Büros, Krankenanstalten – aber das war kein Handeln. Feuer aus Stein schlug keiner. Pfeile für Jagdzüge spitzten sie nicht. Sie schufteten und dachten. Handeln taten vielleicht ihre sogenannten Führer, also Narren und Sträflinge, für die floß allerdings diese Gegend auch über von patriotischen Beständen. Château Lafitte und im Chapeau rouge die bekannten Rebhühner mit Trüffeln. Dafür trieben sie die Einwohnerschaft erst zur Volksvermehrung an, dann mußte für alle überflüssig Geborenen Arbeit beschafft werden, dann Märkte erobert, um die unnützerweise hervorgebrachten Waren wieder abzusetzen, und so verflocht sich ihre Lebensaufgabe von selbst in die große Harmonie. In dieser Weise bewegten sich die Jahre, dieser Eindruck entstand, in der heißen, weinbergumdufteten Stadt, dem alten römischen Burdigala und, in dieser Richtung gesehen, jedenfalls an diesem Abend, konnte ich darin keine Fruchtbarkeit, keine unerschöpfliche Gabe der Natur erblicken, sondern nur eine mangelhaft angewendete Vernunft, die sich weit von ihrem Sinn entfernte.

Wir waren von Les Sables d'Olonne gekommen, wo man Austern, über Royan, das elegante Bad an der Gironde, wo man Sardellen fischt, an dem Hafen vorbei, in dem sich einer dieser berühmten Handelnden flüchtig auf den Bellerophon begeben mußte, um für immer zu verschwinden. Freundliche Dörfer hatten wir kaum gesehen, aber jene kleinen Flecken, die Bourgs, mit den aus Stein roh ausgeführten Wohnungen, fast ohne Fenster und ohne jeden ansprechenden Schmuck, umgeben von Obstbäumen, die aber der Üppigkeit und Überfülle ganz entbehrten, wie sie in gleicher Breite an der Rhône und Saône den Süden verkündeten. Dagegen sahen wir auf jenen isolierten Felsen die beherrschenden Schlösser mit den massenhaften, mit Ringmauern umgebenen, vom Donjon, dem dicken Feudalturm, überragten Gebäuden, sowie den von niedrigen Pfeilern flankierten Toren, und wir begriffen vollkommen, wie diese Schlösser, welche den Namen Fels (la Roche) erhielten, wie La Roche Chalais, La Roche Mareuil, La Roche Foucauld, La Roche Chouart, La Roche Beaucourt, La Roche sur Yon, La Roche du Main, La Roche Posay, La Rochefort, auf einer Strecke sich drängten, wie andere mit dem bescheidenen Namen Hügel (la Motte) sich begnügten, wie es endlich der la Tour auch nicht wenige auf derselben Strecke gab. So hatten wir die Vendée durchzogen, um im Lande Médoc den großen Seehandelsplatz zu gewinnen.

Hier wogte, wie gesagt, die Menschheit nicht widersinniger als anderswo, nur waren der Marmor unverbindlicher und die Ratten sichtbarer. Wen die Vergangenheit anzog, der fand Reste der Römerzeit, wer sich der Gegenwart zuwenden wollte, dem trat in einigen Stadtteilen moderne Eleganz entgegen. Einer, den die bildenden Künste beschäftigten, konnte abseits vor das Haus hintreten, in dem Goya die letzten Jahrzehnte lebte und starb, konnte im Geist nochmals seine Hexen reiten, seine Mißgestalten über Krieg und Frieden feixen, seine Galgen salbungsvoll über Handelnde und Gehenkte ihr graues Gebiß zusammenschlagen, kurz die unstillbare und vertrunkene Menschheit durch einen Rauchfang in eine üble zerfetzte Hölle halluzinatorisch geblasen sehn. Wir unsererseits schweiften noch nach Cahors, der alten Hauptstadt von Quercy, vom Lot umflossen, und mit schönen roten Weinen, um in Hendaye im Hotel Funterarabia zu landen, schon nahe an der internationalen Brücke von Bidassoa, über die der hölzerne Grenzsteg in jenes Land führt, in dem Wanderschafe zu halten nur gewissen Bevorrechtigten zustand, und in dem der höchste Orden, der des Goldenen Vlieses, auf die Argonauten und das Widderfell von Kolchis, also weit in das Altertum, zurückverwies.

Demnach Anfang und Ende, Felsen und Meer. Eine Reise – im wesentlichen ließen wir uns automatisch bewegen. Ein Roman im Sitzen. Auch kühle Frauen waren da, blasse Südfranzösinnen, die Angelegenheiten ihres Gatten gewandt vertretend, eine empfing uns in einer Laube, unter anderen machte sie die seltsame Bemerkung: Wenn der Tod uns nicht mehr schmerzte, würde er seinen Sinn verlieren und wahrscheinlich verschwinden, an seine Stelle träten dann *Tränen aus anderen Gründen*, grauengeborene und süße, nach den jeweiligen Strömungsverhältnissen unseres menschlichen Blutes.

Blöcke

Welches ist nun der Standpunkt des Ichs? Es hat keinen. Darf alles auf es einstürmen? Es darf. Ist eine Kirchenfahne oder ein Kinderdrachen ein Gaurisankar gegen ihn? Das kann man sagen. Vorüberstreichen als ein Abenteuer der Seele, dem Nichts entstiegen, dem wir enteilen, im Nichts sich lösend, das über uns sich schließt – entstehen wie ein Blues und vergehen wie ein Strahl oder eine Magnolie – so eintägig, *ephemer*: dies tiefe Zeichen seiner Seele! Ein Sirihpriem unter der Zunge, ein Stückchen Quittenmus auf einem Pisangblatt ist bei den Javanesen alles – so leicht, so unbegrenzt – und unbehilflich nichts –: dies ist seine Lehre!

«Komm mit aufs Meer! Zerbrich, zerbrich! Noch steht die Feste – du hast den Blick –: sie flutet an zu brüchigem Verweilen, zu Stunden, panischen, im Schilf ein Flötenton, der fragend bricht. Komm mit aufs Meer, vom Meer aus ruht das Land und ruhn die Herzen» –: ein Vers aus seinem Lied. Erdteile im Projektionsverfahren, Jahrhunderte als Wolkenverschiebung, Schicksale auf Ausdruck gebracht, Blöcke als Selbstverpfleger –: eine Architektur von eigener Balance.

Städte erstehen. Am Fuß eines Riesenobelisken, an irgendein altes ägyptisches Monument erinnernd, schwirrt ein schwarzes Insekt wie ein Floh auf den Hinterbeinen umher – ein Mensch, da geht noch einer und da noch einer. Sie stürzen durch Öffnungen unten in den Wänden, werden in senkrechten Röhren im Innern der Häuser nach oben geschossen, werden ausgeladen, sausen durch die Luft, werden ins Dunkle der Erde geschleudert, vermählt mit Kranen, eins mit Dynamos zwischen Gebäuden wie Pilaster, zart wie nackte Statuen, grau oder rosig und in Scheinwerferlicht. Glocken stürmen, Hörner schallen, Pfiffe gellen – die Städte schwellen rot an, füllen sich, tragen Purpur, gehn in Seide, zittern von Beleuchtung und Liebesakten. Von hohen Häusern sieht man die Bay, die Wellen um Long Island mit all den Segeln ihrer Lustboote, die Landhäuser liegen im Sonnenlicht, die Frauen sind die Flüge weißer Vögel zu Polofeldern und langgestreckten goldenen Küsten, abends klirren die Gläser –: Sommertage, bestickt mit Flips und den großen Beautyrosen.

Broadwaystars: von einer Negerwaschfrau in Harlem erzogen, jetzt 50 000 Dollar im Jahre. Beim Erwachen Orangensaft und schwarzer Café, dazu der neueste Slowfox, die Jungfer sammelt die verstreuten Chiffonfetzen; fünfzehn Jahre Training, um sich leicht zu drehn, Purzelbäume drei Stunden täglich, damit die Knochen gehorchen, Kopfstehn, um klettern zu können wie ein Affe, und abends mit einer Baßstimme und dann mit einer ganz hohen Nachtigallenstimme durch Lieder von Ukulele Babies und Piccaninnis die Herzen zerreißend, erschauern machend unter dem ganz persönlichen Stil, sich hintenüberzulehnen und mit den Knien zu wackeln. Es erschauert, es wird gepeitscht: die Seeküste, die Hudson- und Champlainspalte, East-River, Sandy-Hook, Nachkommen Sems, Nachkommen Hams, Weiße, Mischlinge, Halfcast, Lip-Laps, die Chefs des Federal Reserve Buildings, die das Gold horten. Nach dem Song das Eissoufflé und die Suppe aus dem Nestschleim der seltenen javanischen Salangane.

Oder dort: Die großen Braunen, an der Außenseite des Stirnbandes eine Veilchenrosette, stehn korrekt vor dem Palais, alle viere möglichst weit gestreckt, vier Hufe vorne, vier Hufe hinten in einer Reihe, sauber poliert, der Groom steht vor der Deichsel unter den Pferdenasen. Dina Grayville steigt in den Brougham, lehnt sich in das wattierte Tuch, sie fährt Kleider und Kinderwäsche für ein Waisenhaus kaufen, sie nimmt die Route über die Longchamps-Promenade, den Weg, über den einst in der Karwoche die wunderschönen Stimmen aus der Abtei erklangen – danach zu Potin, die Erdbeeren aus Hyères sind da.

Hotels im Rauschen der Kaskaden, Palais in der Peking-Road (mehr Fort als Bungalow), der Präsident – Export: Moschus, Galläpfel, Tungtschouwolle – sitzt in dem Lehnstuhl, in dem Essex starb. Blöcke –: Jahrhunderte als Wolkenverschiebung, Erdteile im Projektionsverfahren – komm mit aufs Meer, im Schilf ein Flötenton, der fragend bricht.

Zusammenfassung

Das Vorstehende sind die Eindrücke, Erinnerungen und Taten des Phänotyps während eines Vierteljahres, vom 20. 3. 1944 bis zum 20. 6. 1944 – ein Zeitraum, der genügt, um sein Verhalten zu beschreiben. Er wohnte in einer östlichen Kaserne, bekam Truppenverpflegung, wöchentlich zwei Kommißbrote, hinlänglich Aufstrich, zweimal täglich eine Schüssel voll Suppe oder Kohlgericht, er war also wohlversorgt, sein Zimmer ging auf einen Exerzierplatz, auf dem die Allgemeinheit ihre Ideen betrieb.

Das Alter nahte ihm, die Tage des Überblickens, die Stunde der Gewißheit, daß niemand mehr kommen würde, zu deuten und zu raten, nichts mehr, etwas aufzuklären, das man nicht selbst erklärte. Alles trat in eine helle Beleuchtung, in feststehende Verhältnisse, in Beziehungen, die im Rahmen ihrer Lage gültig waren – nur im Rahmen ihrer Lage: denn im Hintergrund stand die große Disharmonie als Gesetz des Alls.

In diese reine Projektion eines abstrakten Intellekts, fremd und als eine jener Mutationen anmutend, in denen sich das Hintergründige, das «Absolut Reale», wie es die moderne Physik nennt, gelegentlich weiterbewegt, in diese Spannungen, Spaltungen der Verwandlungszone trat geographisch etwas von den weiten, nach Asien hinüberflutenden Ebenen über, in denen er damals lebte, von ihren Wäldern und öden Flüssen, die ersteren, die am Rande so weißblau summen, die letzteren, an denen die Binsen tief und eintönig starren – die Krume verriet ihm von ihren Wiederholungen, die so alt sind und die nie ermüden. Etwas Stillstehendes trat in ihn ein, trat hervor, da es wahrscheinlich immer dawar, ein unsichtbarer mit Namen nicht zu nennender Gott, der zu den Ländlichen gehörte, denn er blieb im Acker, die Ernte fiel, ohne daß er sich rührte, auf seine Schultern, seine Höhlen lagen nahe, nicht unerreichbar waren die Eingänge zu Nestern und Schlucht. Auch das mythische Verschwinden in Wasserläufen, die Entrückungen durch eine Flußnymphe, Najade, Schaumgeburten, Wogengräber hatte er Muße, hatte er Maße zu bedenken. Da hielt er: die Angel nicht mehr ausgelegt, die Wasser zogen, ja ganze Tage wässerten in entrücktem Schweigen, ohne Ungeduld, mit jenem Honig in den Stunden, der nach der Blüte kommt, nach vielen Blüten, aus Schnee- und Purpurfeldern.

Und in der Normandie begann die große Schlacht, die ihm die Freiheit wiedergeben sollte, nicht die einzig wahre, die absolute Freiheit, aber die, in der er groß geworden war und ebenso die Genossen, mit denen er das Leben begonnen hatte. Gleichwohl erblickte er keinen Ararat und Regenbogen, wenn er aus der Arche sah. Hinsichtlich der Zukunft erschien ihm nur das eine sicher, 1948 würde man die Fünfzigjahrfeier des

Maschinengewehrs begehen, der Sudan würde aufsteigen, die Derwische stürmten, wunderbar buntes Ziel für die Maxim-Nordfeld-Geschütze, das schwarze Banner sank, das hellgrüne, das dunkelgrüne – und nun war der Augenblick da für die berühmte Attacke der 21. Lanzer, die Major Kitchener befehligte – Frühjahr 1898 –, und nun würden alle die Löwen und Adler aller der großen Kriege, Sieger und Besiegte, zusammenströmen, feiern und sich feiern lassen, alle diese erlebnisreichen Experten der Raketenentwicklung und der Flammstrahlbomben, scharf auf Einbruchstellen und Frontlücken, und der Vivats und Evvivas würde kein Ende sein. Noch einmal trat er in die Ambivalenz der Dinge ein, die sich ihm so bestimmend erschlossen hatte. Auf der einen Seite die Entbindung des Geistes durch die Schlachten und andererseits die Einreihung aller derartigen Vorgänge durch durch den Geist unter die animalischen Bewegungen, unter die Geologie – diese Antinomie war ohne Ende. Dieser Verzahnung der Geschichte und der geistigen Welt war eine der Fragen, die sein Zeitalter nicht beantworten konnte, auch in Nietzsches Bemerkung von der geheimnisvollen Hieroglyphe zwischen Staat und dem Genius war es unterblieben, diese Hieroglyphe näher zu umschreiben; es war eine Frage, die offenblieb, die offenbleiben würde, bis sie sich selber beantwortete und dann versank.

Aber einmal würde sie sich selber beantworten im Kreisen jener Bewegung, die nie enden konnte und die immer nur sich selbst berührte. Diesen fernen Begegnungen rechnete er sie zu. Und noch einmal trat es in seinen Blick: von hohen Schneefeldern stürzte ein Bach, ein Wald von grauen Ölbäumen schmolz herauf aus der Tiefe – Trauer und Licht und beides angebetet, wie still das alles in ihm ruhte, und dann die endenden Sommer mit dem Violett der Distel und der schwefelgelben, der heißen süßen Rose Diane vaincue.

Kreise, die sein Schicksal mitbestimmten, von sich reden machten, die Spalten füllten. Die Queen, kaum hundertfünfzig Zentimeter groß, mit kleinen Mausezähnen, bevorzugt zum Café eine bestimmte braune Biskuitsorte, die aus Deutschland kommt, sommers in Frogmore zieht sie ein isabellenfarbener Pony durch den Park. Wilhelm, im Küraß, sitzt zu Griegs Füßen, komponiert den Sang an Aegir, sein Freund die Rosenlieder. Der alte große Habsburger läßt sich jeden Herbst in das vornehme Benediktinerstift einschließen, um in andächtiger Zurückgezogenheit einige Tage zu verbringen.

Cotroceni. Frühstück im Garten. Es ist Frühlingsende oder Sommerbeginn. Primeln, Narzissen, Rosen auf dem Rasen und andere Lichtkinder. Es ist nicht der klingend grüne Rasen von Sandringham, der triefend grüne Rasen der Heimatschlösser, den man küssen würde, nach dem man Tränen weint, aber Bienen und Schmetterlinge auch hier und ferne Übungstöne der Regimentstrompeter, sprühend, Marschmusik, und dazwischen der Mädchenchor des Elena-Doamna-Hortes und das unermüdliche Bellen der Hunde. Und schon scharren die Pferde im Kies – noch ein Wort zu dem Dompfaff Bully, dem Aufheller grauer Stunden, er antwortet mit seinem Walzer «Freut euch des Lebens», und nun zu dem Kosakenpferd «Tscherkeß» mit den Stahlsehnen, von Vetter Boris geschenkt, für die Königin, sie reitet im Herrensattel, im felsigen Gelände ist das sicherer und bequemer. Archangelskyer Gardepferd: langer Schweif, wallende Mähne, sie in zwetschenblauem Kaftan mit Silberborten und einem scharlachroten Unterkleid, Ehrenkommandant des vierten Rosiorenregiments, oft reitet sie allein, ohne Groom, durch die Wälder oder über den von Wellen gescheuerten Sand. «Wie im Flug»; die Lebenslust, erzählt sie später den Ehrendamen, strömte wie Wein durch meine Adern; mein Volk, setzte sie hinzu, wird geführt von einer Amazone. Abends beugt sie sich über die Randverzierungen zu einem Evangelium, die Königinmutter bemalt die Mittelfläche mit Texten und Figuren, die Türen zur Terrasse stehn auf, gelegentlich legen die Damen die Hände aufs Haar, wenn Fledermäuse kommen.

Weekendhütten, in Bäume gebaut; Lusthäuser, Barken, Taue, Ruderschläge, Silbermöwen, Schiffsärzte mit schwarzem Bart. Strand, Weidengehölz, zahllose Vogelnester, der Boden unter den Bäumen ist grau von ihrem Kot. Oder auf Reisen zu den Höfen. Das blau-silberne Souper («The Blue Boy» hängt noch im Festsaal, ist noch nicht nach USA verkauft) bei Daisy Pleß, sagenhafte Brillanten im honigfarbenen Haar. Teints durch Generationen herausgezüchteter Rassen. Halsorden mit Emblemen und Namen romantischer Legenden. Schreiten und Halten aus einem lustgesicherten Sein. Vollendung!

Altes Land! Völkerüberströmte, durch Jahrtausende schöpferisch durchfurchte Erde – Heimat, vom Illissos bis zum Firth of Forth, umklungen noch vom Hall und der Weihe des Mittelalters, fern vergoldet die Säulen, die Minaretts, die Kuppeln von Hellas, Bagdad und Byzanz! Unbekannt noch die Berufe und Stände neuer Erdteile: Maisaushülser im westlichen Kansas, Assistent in einer Vertilgungsfirma, Pfeifenfüller in einem Opiumdrugstore. Fremd noch die herandrängenden Ausdruckswogen: Tonformung mit dem Daumen, Plastik mit Silben, Transformation von Objekten in Wortzauber. Immer noch Roter Sarafan, Dort draußen vor dem Tore und Sweet Home.

Zisleithanisch. «Komm mit mir ins Chambre séparée» – Wien, Konkordiaball, Strauß, der fesche Edi, dirigiert, grüßt vom Podium die Ilka Palmay, Schloß Gönör, promeniert mit Graf Cziraki – vorigen Sommer in Siofok, nicht ganz unbekannt die Affär'! An den Tisch des Hofrats Pollini von der Burg tritt Dr. Wiederhofen, Arzt des Kaisers, die Stella Hohenfels muß unbedingt zur Mizzi Sacher nach Helenental, Kaltwasserkur machen – Malheur d'être poète, aber erst:

Malheur d'être adorée – unsere Sterne, schon morgens beim Frühstück, fast aus der Badewanne geholt, Fernanrufe der Zeitungsmenschen, ob die Stimme verloren, ob der Vertrag gelöst – das sind Keulenschläge!

Oder nach dem letzten Akt von Kameliendame muß man zum Zug, im Abteil erst kann man sich umziehn, nichts als ein Crêpe-de-Chine-Hemd über, weißen Schlafrock, ein Spitzentuch, leichter Mantel, alles andere liegt im Coupé (zweiundzwanzig Koffer und achtzehn Stück Handgepäck) – aber zuviel Hervorrufe, der Ausgang versperrt, kein Durchkommen, die Tschaperl rasen – kurz, der Zug ist fort: also im Hemd auf dem Perron, und Stanislawsky wartet schon in Petersburg – in goldgestickten Pantoffeln und der Fiaker natürlich längst weg, Gott sei Dank die Mama an der Seite! Oder eine Pelzjacke, die man beim Auftritt absolut braucht, ist vorausgeschickt!

Im «Eisvogel», Prater, Spezialität Solokrebse, echte Damenkapell'n! Volkssänger Guschelbauer mit Gstanzeln und Schnadahüpfeln: «dö, dö von de Damenkapell'n, dö, dö mit der großen Tschinell'n, dö, dö pumpert im Herz mir herum, macht mir den Schädel ganz dumm. Bumm, bumm!» Paar, Khevenhüller, Esterhazy von Galantha nachtmahlen: Alix Kinsky wird von Klimt gemalt, vor weißen Wänden, blaue Hortensien zwischen den großen Fenstern – fünfzig Blätter, träumerische Konvolute als Vorstudien – raffinierter Kompositeur das, aber schaut aus wie ein Südtiroler Weinbauer; Sheila Czernin ist mit ihrem Airship durch einen augenerfreuenden weißen Schlamm geritten, war aber Kalk, hat ihm die Fesseln verbrannt.

Sehr ein charmantes Kulturzentrum rund um den Stephansturm und die anliegenden Tarockcafés! Frau Berta Galan, einer unbefriedigten Provinzwitwe, werden für ihre Liebesnacht mit einem Tenor zweihundert Seiten wehmütiger Novellenprosa gewidmet; Gustl für die Stunden vor seinem Duell Konfrontationen mit Garderobieren, Trafikbesitzern, Fiakerfahrern zwecks Analyse seiner Leutnantsseele. Die Nibelungen, die der Norddeutsche zusammenwerkte, halten sich nicht, zuviel Norne, zuviel Yggdrasil, aber Feodora, Fall, Clémenceau, Bunbury und die S. als Hamlet – eine Passion das: erst hat sie die Blumen verschenkt, dann die Handschuh zerrissen und den Bürschl die Finger zugeworfen – nach der fünfundzwanzigsten Reprise!

Wien: Neben Paris zwischen 1900 und 1914 der höchsterreichbare Charme, die morbideste Genußverfeinerung der herrschenden Rasse, und zwar vielseitig bis in die weitesten Schichten der Bevölkerung hinein – Wiederkehr der Messen von Ypern und der Jeux floraux in Toulouse, Rückstrahlung aus Kleopatras Alexandrien: dem «Club der unnachahmlich Lebenden» und dem Brügge der Burgunder oder Yoshiwara. Das bezauberndste Deutsch, doch das Panslawische wird immer vernehmlicher; Fêtes galantes und das fabelhafteste Gebäck, aber das zentralistische Prinzip wird etwas schwierig; «Der Abenteurer und die Sängerin» – aber keine Kolonien. Germany hatte 1884 Daressalam und Pangani erworben und in der Südsee Neuguinea; bis 1913 4776 Kilometer Eisenbahnschwellen ausgelegt, um Grundstoff zu fassen und die Rinderpest zu bekämpfen; selbst das kleine Belgien verschaffte sich zwanzig Millionen Nigger; im Viktoriatheater in London lief «Stanley in Afrika» in zehn sehr spannenden Bildern und vor stets gefülltem Haus; Livingstone kam in die Westminsterabtei; es entwickelte sich die Epoche der globalen Reisen wie seit Vasco da Gama nicht, die Besteigungen des Daches der Welt, der Polarexpeditionen, der großen Distanzritte – Major Fukoshima ritt von Berlin durch Sibirien bis Tokio – nur der alte Türkenbesieger verhielt vor der Herzegowina – und der Dreibund war seit 1891 im Sinken. Die Armee mit ihrer polyglotten siebenfachen Kommandosprache fühlte wohl am frühesten die Auflösung, witterte das Ende.

In einem der südwestlichsten Villenvororte, die bekannt ist

durch seine großen Beete von Levkoien, steht Loris in seinem Haus. Er sieht in den neuangelegten Steingarten, der erinnert ihn an die Gärten der Julia. Ihm fehlt der Schluß des letzten Aktes, eben schrieb er: «die Kunst zu enden – wer das kann, kann alles.» Der Abenteurer ist fort, der Blitz ist nicht niedergegangen, der Sohn hat diesen Vater nicht erkannt, Vittoria ist gerettet, sich selber wiedergegeben. Einer großen Gefahr entronnen, neu breiten sich die Geschenke des Lebens vor ihr aus, des zweiten Lebens, das hält und immer halten wird, was Lippen, Städte und Ringe nicht halten können, sie singt – aber erst geht sie mit leichten Schritten nach rechts hinüber, öffnet eine kleine Tür, erscheint auf der Galerie, blickt noch einmal auf den Kanal: war es Theseus, der sie verließ, ist es ein Gott, der mit den Geschenken die Gondel auf sie richtet – und nun singt sie in die Nacht Venedigs, der anderen sinkenden gesunkenen Stadt:

«Sie singt das große Lied der Ariadne,
das sie so lange nicht hat singen wollen,
die große Arie, wie sie in dem Wagen
des Bacchus steht –– o komm, Lorenzo, komm!»

Aspasiatisch. Diese alte intellektualisierte Rasse mit ihren relativierten Raumvorstellungen und ihren elektromagnetischen Feldhypothesen steht immer noch vor der so lange beobachteten Zweigeschlechtlichkeit als persönlichem Problem. Die Ideale sind die alten geblieben: Eva und Aspasia. Aspasia, Kolonialblut, Hetäre aus Milet, dann Gattin des Perikles, Griechenlands größte Frau, die Kunst des fünften Jahrhunderts unlöslich mit ihr verbunden. Freundin des Anaxagoras und des Sokrates, Platon hat sie verherrlicht, Phidias sie gemeißelt, Zeuxis malte ihre Züge, Sophokles gehörte zu den Intimen ihres Cercles. Vermutlich war sie nicht blond, hatte nicht die Germaninschönheit eines breiten, bequem sich erweiternden Beckens; vermutlich trug sie die koischen oder tarentinischen Seidengewänder, deren Gewicht samt Schuhen und Schmuck nicht mehr als hundert Gramm war; auch hing sie sehr an Perlen, daß diese Menschen seien, behauptete sie nicht, aber für leblose Dinge wollte sie sie nicht halten.

Aspasiatische Züge des Jahrhunderts, sich erhoffend, das Ewig-Weibliche zöge es noch einmal hinan. An den Anfang setzte es Lucinde, an den Ausgang Anna Karanina, in die Mitte Bachofens Mutterrecht. Mimi und die Kameliendame sterben über alle Erdteile, die Bühnen und Schallplatten leben vom Schluchzen Butterflys. Kunst und Liebe im Öffentlichen sich bekanntgebend als Krise und Erfüllung: Chopin mit George Sand in Mallorca; Liszt mit Marie d'Agoult in Paris und Como, mit der Fürstin Sayn in Schloß Woronince: Schumann mit seiner Clara, Wagner mit Mathilde, am Schluß eine Prinzessin mit Toselli; und Ellen Key apostolisch; d'Annunzio und die Duse, Graf Vigny mit Marie Dorval, Stauffer-Bern mit Lydia Escher – sich erfassen, sich verlassen, Chloral und Gas – alles dokumentarisch, Bild geworden und Inhalt der Zeit.

Auf der einen Seite die progressive Zerebralisation, der Vorstoß eines Gestalt werdenden Gehirnwesens in die Richtung formelhafter Überwelten, auf der anderen Seite Strindberg, Wedekind, Ibsen, Weininger – bei Amöben oder innerhalb vollendeter Rindenkosmen unmöglich, drei Viertel immer noch Pathetiker der Zwischenwelt. Aber die seelischen Belastungen verschieben sich: Erkenntnis als Affekt, Ausdruck als Wahnsinn und Leidenschaft, Kunst als Gruppenphänomen – die Großen stehen schon außerhalb der Liebe und des Ruhms, innerhalb des Ausgleichs von Sachen.

Zunächst auffallend viel mischrassige und östliche Frauen, die auftauchen in Musikzentren, Botschaften oder in Baden-Baden – steigern und verwandeln die Arbeitsmethoden der Produktiven. Woronince liegt zwischen Kiew und Odessa, die Fürstin, geborene d'Iwanowska, die Amazone der Steppe, ruht auf Bärenfellen, um Tschibuk zu rauchen, die russischen Öfen werden mit riesigen Strohbündeln geheizt. (Später, alt geworden, in Rom verfaßt sie vierundzwanzig Bände über die inneren Ursachen der äußeren Ohnmacht der Kirche.) Baronin Meyendorff, geborene Prinzessin Gortschakoff, die «schwarze Katze», Freundin der letzten Jahre, gibt dem Greis Liszt – «meine alte Venus», nennt sie Borodin – die Frische, «die erstaunliche Folge von Dur-Dreiklängen zu schaffen, deren Grundtöne jeweils im Abstande einer kleinen Terz (verminderter Septimakkord) auseinanderliegen, was für die wagnerische und moderne Harmonik von entscheidender Bedeutung wurde». Janina Olga aus Kosakenblut, immer mit Giftfläschchen und Revolver auf dem Tisch, wenn sie aus Amerika angestürzt kommt, um in Weimar wegen eines Briefes, der ihr zu kühl klang, zu verhandeln. Marie Kalergis, später von Moukhanoff, geborene Gräfin Nesselrode, halb Polin halb Russin, die «weiße Fee» Theophile Gautiers, der «Schwan» Heinrich Heines, die Lieblingsschülerin Chopins, die «Göttin des leuchtenden Weiß», wie sie Liszt nannte, der ihr die Elegie widmete. Alle sehr in Reichtum, in Schlössern, in Prunk, aber, schreibt Marie Kalergis, «beim heiligen Thomas heißt ein Kapitel ‹Über die Prachtliebe›, das uns recht gibt».

Cosima ist ungarisch-tourrainisch und in der Ferne bethmännisch aus Frankfurt am Main, Lou Andreas-Salomé, unsterblich durch einen Antrag Nietzsches, den sie ablehnte, war finnisch-jüdisch. Mit einer Mulattin lebte Baudelaire bei Maori-Frauen Gauguin. Klingers Gefährtin war Russin, Balzacs letzte Eroberung und schließlich nach fünfzehn Jahren sehr widerwillig Gattin: Polin.

Unterzieht man die weiße Rasse einer Betrachtung, wird man als ihre größten Männer Platon, Michelangelo, Shakespeare, Goethe nennen müssen, von diesen waren zwei einseitig homoerotisch, einer zweideutig, der vierte – statistisch also fünfundzwanzig Prozent – einwandfrei nicht homosexuell.

Die Doppelgeschlechtlichkeit ist kein Kardinalsymptom innerhalb des Systems der Art, ein alter Besitz, ein bewährter Bestand, populäres Bindemittel an das Durchschnittliche, aber Variationen zugängig. Die Rasse fortzuflanzen ist eine brüchig gewordene Begierde. Die neue Bergierde heißt: schöpferische Lust – sie zählt nur die Erregungen gewisser Stunden. Ausdruck! Ein treffender Ausdruck vereinfacht die Verhältnisse! Kunst, das ist eine Wahrheit, die es noch nicht gibt! Daher in den bedeutendsten Romanen um und seit 1900 werden Frauen nur noch arrangiert: innerhalb des Ethnisch-Geographischen (Conrad), des Artistischen (Die Göttinnen), des Ästhetischen (Dorian Gray); zum Teil werden sie nur noch herangezogen, deutlich aphoristisch, mehr Ovation und Reminiszenz als aufbaubestimmend, daher auch fremdsprachig: im «Zauberberg». liebe ist im ernstesten Fall eine Prüfung gegenüber einem neu sich prägenden typologischen Prinzip.

Blickt man von diesem aus zurück auf die früheren Romane des Jahrhunderts, diese Frauen mit ihren Schwierigkeiten, Wandlungen, Wählungen, Kreuzungen, Süchten, ihrem sogenannten Geheimnis, ist man verblüfft über so viel Höflichkeit, Biederkeit, Konvenienz der Männer, denen heute plötzlich deutlich wird, daß sie seit langem im Grunde an ganz anders denken. So gemütlich ist das Leben des Mannes nicht, daß ihm eine Frigide oder eine Bacchantische zerreißt. Er ist längst aus auf eine andere Welt, in der eine andere Empfängnis gilt und in der andere Samenkörner fallen. Bezeichnend ist Nietzsche; das meiste, was er über die Frauen sagt, ist unbeholfen, aber die Häupter seiner eigenen Lieben zählt er mit dem treffenden Satz: Der Mann ist das unfruchtbare Tier. Demgegenüber wirkt Ortega y Gasset in seinem neuen Werk «Vom Einfluß der Frau auf die Geschichte» etwas blumig, wenn er äußert: «Zur Garbe gebunden, bringt der Mann die Blüte seines Könnens der schönen Richterin dar.» Und wenn er fortfährt: «Ohne irgend etwas getan zu haben, ruhig wie am Rosenstock die Rose, höchstens vermittels der unfaßbaren Ausstrahlung flüchtiger Gebärden, die fallen wie die Schläge eines irrealen Meißels, hat das Weib aus unserem Urstoff eine neue Statue von Mann geschlagen.» Dieser irreale Meißel und der Urstoff und der Rosenstock sind das bekannte Dekor der «Mütter» – ohne irgend etwas getan zu haben, träumt auf der Iberischen Halbinsel das von uns verlassene Jahrhundert weiter.

Borussisch. Im Anfang des Jahrhunderts schenkte man Tassen mit Kornblumen bemalt, die Untertasse so groß, daß die Butterwecken darauf Platz hatten (Prinzessin Augusta von Preußen bekam von Goethe eine als Präsent), am Schluß schenkte man Rackets und Schiffskarten für die Korfufahrten der Hapag (Ballin lud Stuck und Harnack dazu ein). Am Anfang hält Napoleon auf seinem Schimmel: «Das ist kein Mensch, das ist der Schlachtengott», sagten seine Leute, am Ende geht die alte Majestät zu Fuß ins Hotel de Rome, wo Roon stirbt: «Roon, ich danke Ihnen – machen Sie Quartier für mich und grüßen Sie die Kameraden.» Viel Pathetik in diesem Jahrhundert, merkwürdig viel weinen die Helden. Bismarck weint im Vorzimmer von Versailles, als Graf Perponcher zuerst empfangen wird; Zar Alexander weint, als die Gardekosaken so herrlich vorbeigaloppieren; bei der Daily-Telegraph-Affäre im Reichstag hat Herr von Kröcher Tränen in den Augen, der Januschauer wird von Weinkrämpfen geschüttelt; der alte Kaiser weint mit achtzig Jahren, wenn er an Elise Radziwill denkt, immer benutzt er das von ihr gestickte Lesezeichen: Veilchen an einem Kreuz.

Der Höhepunkt des Säkulums: Königgrätz, als die österreichischen Geschütze nach rückwärts feuern, die Armee des Kronprinzen ist da, Moltke sitzt gelassen auf seinem Pferd, ein rotseidenes Taschentuch in der Hand – und Germany hat sich entbunden.

Zwar 1878 beim Berliner Kongreß steht der bayrische Gesandte noch unter den ausländischen Diplomaten, doch als Caprivi, der «Mann ohne Ar und Halm», die Agrarier bedrängte und der Acker nur noch mit zwei Prozent rentierte, trat auch Süddeutschland dem Bund der Landwirte bei. Im Anfang trank der Genuß Mokka mit Muskat oder Pommeranzenblüte, am Schluß offerierte die Hygiene den Kaffee Hag. Brummel säuberte sich mit bestimmten roten Wurzelstückchen die Zähne, seit 1897 geschah es mit Odol. Am Anfang singt Rubini «Anna Boleyn» bei Hofe, am Schluß schmuggelt Artot de Padilla zu Kaisers Geburtstag Carmen nach Deutschland ein.

Die Zeit der großen Entdeckungsreisen, der Polarexpeditionen: Nordenskiöld fährt mit seiner «Vega», Nansen mit der «Fram», Payer-Weyprecht mit der «Tegethoff», vielfach retten sie sich auf Eisschollen, treiben auf dem Polarstrom bis Grönland oder Nowaja Semlja, der Strom macht etwa zehn Kilometer am Tag, sie treiben acht, auch zehn Monate, bis sie auf russische Fischer stoßen. In Deutschland wird die «Gesellschaft für Erdkunde» ins Leben gerufen, die «Deutsch-Asiatische Gesellschaft», die «Deutsche Kolonialgesellschaft», in London die «Royal Geographical Society», in Rom die «Società Geographica Italiana»; bei Perthes (1785 gegründet) erscheinen die Kartenblätter (Maßstab 1 : 1 000 000) über das mittlere und östliche Karenlun, Tibet, Tsaidam, Kukunor, Kansu, Alaschan, Ordos; dort erscheinen auch «Petermanns Mitteilungen» über die gesamte historische Entwicklung der Erdforschung, die kontinentale Parallele zum «Geographical Journal» in London; Brockhaus (gegründet 1805) ist bereits selbst historisch für alle Werke und Fahrten und Entdeckungen in wilden Ländern. Die Reisenden in Person werden gefeiert wie Attackensieger oder Tenöre: Empfänge bei Königen, Lorbeerkränze, Kronenorden, Extrazüge; selbst Audienz im großen Saal des Kaiserlichen Schlosses in Berlin: die drei schwarzen Adler an der Decke breiten ihre Schwingen über Diplomaten und Gardegenerale, der Souverän gibt Ratschläge, ohne weiteres in Lhasa einzureiten, das Land der Mitte gehöre Deutschland, die drei Adler oben an der Decke seien Stilisierungen des chinesischen Drachens.

Bei solchen Gelegenheiten wird das Preußentum amüsant, während es sonst in corpore nur von Verantwortung vor Gott und der Königin Luise redet, eine bestimmte Fürstin bekämpft, weil sie aus Weimar kommt und sich mit Goethe schreibt. Zum ersten Weihnachtstag erhalten die neuen Prinzen Soldatenmantel und Säbel. Friedrich Wilhelm I. erhält an jedem 25. Februar einen Kranz aus Palmenkätzchen auf den Sarg, weil er an diesem Datum befohlen hatte, im Schloß wie in der Hütte auf hölzernen Schemeln zu sitzen und morgens Mehlsuppe zu essen. Der Küster, der Napoleon an den Sarg Friedrichs des Großen geführt hatte, erhält Stockschläge, er hatte ihn entweiht. Während namens der Queen Kitchener of Karthoum, härter als ein Tiger und funkelnder als ein Maharadscha, in Simla residiert, der Suez- und Panama-Kanal als Ausbruch überschäumender Ausbeutungsinitiative Gestalt gewinnt, die Kaiserin von China über dem zerstörten Sommerpalast von Peking noch einmal die Ansprüche der Mandschu auf das ganze Erdenrund zusammenfaßt und verteidigt, bittet in Deutschland die höchste Frau den Hofprediger Frommel dringend zu sich, um ihn darüber zu befragen, warum wohl Abraham einen so großen Wert auf den Besitz einer eigenen Grabstätte gelegt habe, auch Seine Majestät sei an der Frage interessiert. «Wir setzten uns in den traulichen Hermelinfußsack», schreibt sie, und der Hofprediger beginnt. Es ist etwa das Jahr, in dem Nietzsche untersagt wird, an der Leipziger Universität freie Vorlesungen zu halten, während Leberecht Hühnchen mit seiner Schrebergartenidyllik Begeisterung und Auflagen, ja deutsche Identität mit dem Lesepublikum gewinnt. Dürftig, gedrückt und frömmelnd, gelingt es dem Preußentum, das Kieferne, das Märkische aus dem deutschen Wesen herauszumendeln und, was als moralische Beimischung und Strömung vielleicht nicht ohne Wert sein könnte, als reine Sendung zu vertreten. An diesem Phänotyp sollte dann die barocke und die orthodoxe, die insulare, die romanische und die Mittelmeerwelt genesen.

Das Preußentum schickt seine Schriftsteller vor, die völkischen und die militärrischen, sie weben Legenden um jeden Heiducken, Kuruzen, Sioux und Pandur, schaffen Mythos um unzulängliche Wälder, Nimbus um Silhouetten, die mit Lanzen stehen: dann zitieren sie Hebbel: «Wer Schmutz nach den Sternen wirft, dem fällt er ins Gesicht zurück» – und diese Sterne sind sie. Zugegeben, daß sie innerhalb des optischen Systems, das ihnen Lichtquellen liefert, Strahlenkörper sein mögen, zugegeben, daß sie innerhalb der militärisch-darwinistischen, der europäisch-geschichtlichen Welt nicht ungestaltig wirken, so treten doch Erfahrungen und Tatsachen genügend hervor, um das Vorhandensein auch anderer Welten zu erweisen. Diese sind unzweideutig ins Bewußtsein getreten. Beide Welten haben Richtungen eingeschlagen, die sich kaum streifen, sie werfen Blicke aufeinander, schildern sich, soweit sie es vermögen, und gehn. Sie trennen sich schon in der Gene, ihre Zurücknahme ist eine Einheit, hinter den Zeiten in Vorgängen, die die Gene nicht bewahrt hat oder verschweigt, hinter den Zeichen, mit denen wir rechnen können und die wir mit inneren oder äußeren Augen sehen: die Geschichte und der Geist.

Vom Preußentum und seinen ethischen Aufdringlichkeiten führt endlich ein Weg auch zu jenem idealen Begriff, hinter dem die Deutschen gern verschwimmen – ihre Sepia, ihre Tinte, mit der sie ihren mangelhaften Umriß decken: *Tiefe*, die Schicht des Innigen, die Sache der Not. Hören wir: Dem Deutschen eignet – sagt ein Universitätsprofessor in einer Sonntagsbetrachtung –, «die sinnlich-sittliche Dimension der Tiefe». Nur dem Genius des Nordens sei sie eigen. «Der Begriff der Tiefe hat seinen Ort an der Nahtstelle zwischen dem ästhetischen und ethischen Geschehen.» Er ermöglicht «den Tiefgang der Kunst». Er ist «ein Charakteristikum großer germanischer Werke». Es ist «die Zusammenfassung unserer künstlerischen Hochziele». «Er flattert dem stolzen Zug nordischer Künstler voran.» «Der Deutsche läßt sich sinken in die dunklen Tiefen», und nun ist er – der Professor – endlich bei den Müttern: «Bei den Müttern sind sie zu Hause, die Deutschen.»

Bei den Müttern, hinter der Schürze! Gesummt, gedämmert und pyknisch gedacht! Aber über dem Preußentum und seinen tiefen Nahtstellen erhebt sich eine europäische *Oberfläche*, die ferne leuchtet. Die andere Welt, der Olymp des Scheins. Asen, Schwanenjungfrauen, Hojotohodamen – hinter ihnen tritt nackt der *Ausdruck* hervor, umfangsarm, nur den eigenen Schatten als Tiefe. Die Perlenschnüre müssen ihm genügen, die er dreimal um einen Hals legt, und dann läßt er sie verinnen; Löwe und Kind beieinander, die die Muhmen immer trennen; der Genius ohne Schlaf, auf bloßem Stein, mit Geduld gekrönt, die nichts erwartet, die Ellenbogen aufs Knie gestützt, die Wange an die Faust gelehnt, schweigend dabei, seine offenkundigen und seine geheimen Werke zu erfüllen, bis der Schmerz erklungen ist, das Maß vollbracht und die Bilder von ihm treten in der Blässe der Vollendung.

(1949)

DER PTOLEMÄER

Berliner Novelle, 1947

Lotosland

Ein bösartiger Winter geht zu Ende, ein fortwährend rückfälliger mit immer neuen Hochs, die regelmäßig eine sogenannte Aufheiterung brachten (offenbar eine ganz besondere Form innerhalb der Heiterkeitsskala), ein wahrhaft maligner Winter, dem alle Opfer an Möbelrudimenten, Kinderwiegen, Trümmerresten vergeblich fielen, der die Felle, die das Lebendige schützen sollten, mit 20° vier Monate lang blutig riß.

Wölfe an der Oder, Adler in den Müggelbergen! Ein Winter in der Besatzungszeit! Der Magistrat verschanzte sich hinter die Besatzungsmächte, diese hinter die Elemente, diese vermutlich hinter das Hochland von Tibet, dies hinter irgendeinen Dalai Lama und so fort – und darüber ging alles zugrunde, die Geschäfte schliefen ein, das Geld verschwand, Steuern wurden nicht mehr gezahlt, das Leben stockte. Mein Geschäftsbetrieb, Schönheitsinstitut einschließlich Krampfadern, war längst zum Erliegen gekommen. Im Behandlungsraum war wochenlang nicht geheizt, einen Arm aus dem Pelz oder einen Fuß aus den Lumpen zu nehmen, hätte für den Kunden eine neue Pathologie bedeutet. Ich war froh. Schluß mit den erfrorenen Pedalen und den geschwollenen Fingern, dem Bauchjucken und den Aderknoten hinten und vorn! Endlich allein! Schließlich wurde mir auch das Geklingel und Geklopfe an der Tür noch lästig, ich richtete ein Maschinengewehr, das ich mir allen Nachforschungen zum Trotz aus dem großen Völkerringen gerettet hatte, verborgen auf die Annäherungsstraße und schoß alle Verdächtigen ab. Die Leichen sahen nicht viel anders aus als die der Erfrorenen und derer, die sich selbst erledigt hatten, sie lagen auf den Trottoirs, und die Vorübergehenden fanden das natürlich – Zahnschmerzen, eine entzündete Pulpa hätte sie vielleicht noch in Bewegung gebracht, aber Buckel im Schnee – das konnten auch Ratten oder Keilkissen sein.

Raskolnikow hatte eine alte Pfandleiherin ermordet und litt darunter, es verlangte ihn sogar nach Sühne und Vergeben – eines der tiefsten Bücher der weißen Rasse hatte das vor einem Dreivierteljahrhundert unvergleichlich dargestellt –, heute war die moralische Bewertung von Todesfällen, sogenannten normalen, aber auch herbeigeführten, gänzlich abwegig, so fernliegend wie Pleureusen oder Vatermörder; nur in der sogenannten Rechtsprechung, in besonders hergerichteten Monstreprozessen wurde auf das Vorliegen verschiedenartiger juridischer Voraussetzungen bei letztem Blick und Augenbrechen hingewiesen. Wenn es einmal ein spezifisch moralisches Fluidum im Menschen gegeben hatte – und die Lektüre alter Schriften ließ das als wahrscheinlich vermuten –, heute war es völlig zur Ruhe gekommen. In einer Welt, in der so Ungeheuerliches geschah, die auf so ungeheuerlichen Prinzipien beruhte, wie es die neuere Forschung als erwiesen darstellte, war es wirklich gleichgültig, ob einige Menschen einige Tage länger lebten oder einige Nächte mehr schliefen, man beende endlich dies konfuse Gerede von Leben und Glück. Das stand bestimmt nicht zur Frage. Die Materie war Strahlung und die Gottheit Schweigen, was dazwischenlag, war Bagatelle. Stroherne Hunde die Geschöpfe für die jenseitige Welt, und der Raum zwischen Himmel und Erde leer wie eine Flöte, aber die Große Mauer stand, und der Löß war ewiger als die Mings: – das, schien mir, verwies auf den Vorrang des Amorphen.

Um das Moralische weiterzuführen: ich litt in keiner Form. Der Winter war viel zu hart, er jagte uns, er erforderte Verbrechen. Wenn ich schlief und nachts mein Atem über mir gefror und wie ein Moskitonetz über meinem Schädel lag, und wenn ich mich im Schlaf bewegte und die Gesichtshaut wundscheuerte an diesem Eisengitter, bis ich erwachte, erwachte ich aus klaren Träumen. Der Unendliche sprach zu mir und er sprach so:

«Meinst du, daß Kepler oder Galilei großes Meerleuchten war – das waren doch lauter alte Tanten. Es war ihr Strickstrumpf, daß sich die Erde um die Sonne dreht. Sicher ganz unruhige, extrovertierte Typen. Und nun beachte den Schrumpfungsprozeß dieser Hypothese! Heute dreht sich alles um alles, und wenn sich alles um alles dreht, dreht sich nichts mehr außer um sich selber. Natürlich könnte man die Öffentlichkeit darauf hinweisen, die ‹Richtigstellung der Namen› ist zum Beispiel ein chinesischer Grundbegriff, er hat gewissermaßen recht, die Menschheit entsteht durch Propaganda – aber du bist noch nicht weit genug, das zu verfolgen.»

Hyperboreische Nächte! Ein andermal hörte ich ihn sich folgendermaßen äußern:

«Zum Beispiel das klassische, das heißt fundierende Zeitalter der Mathematik! Die Linie Descartes, Pascal, Leibniz – also 1630 bis 1750 – anknüpfend an den großartigen Euklidkommentar des Proklus Diadochus – herreichend zu uns in der symbolischen Logik der Boole und Peirce, der Russell und Hilbert –: Auswüchse, Betrieb, Seltsamkeiten! Kleiner Kreis! Größere Kreise flanierten in den gleichen Jahren nachmittags ungestört am Nil oder an der Newa – dort Troddelschärpen der Äthiopier, hier Sakko; – der Mokka breitete sich aus: Tinto in Brasilien, Chico in Mexiko im Reich der Maya auf den Trümmerstätten der alten Azteken – Plauderstündchen unter Urwaldriesen. Aber noch viel weiter geht das: Hausbauten, Klimawechsel, Sturmschäden, sogar Theaterbrände, Völkervernichtung, Usurpatoren –: wo in aller

Welt machen sich denn Reduktionen, Extremalprinzipien, Feldtheorien zwanghaft und identisch geltend? Man erblickt nichts weiter als den genannten zärtlichen kleinen Kreis.»

Wie Inseln aus dem Schlamm stiegen diese sonderbaren Bemerkungen des Nächtlichen in mir auf und durchschienen meine eisigen Tage. Ich war kein Menschenfeind, wenngleich ich zugeben muß, daß ich am Telefon beim Ankündigen von Besuchen öfter sagte, aber bitte kommen Sie pünktlich und bleiben Sie nicht zu lange. Doch das war mehr eine Aufmerksamkeit gegen gewisse Formen, die ich mir selber schuldig glaubte. Zu oft auch stieß ich auf ausgeblasene Eier, Hülsen: etwas europäischen Scharfsinn, etwas genitale Erotik und einige rührende Staatsgedanken – abgetragene Wendungen, ausgefranste Gegenäußerungen, und man saß dabei und hatte von nichts – und nun diese Satzfolgen des Abwegigen, jedenfalls durchaus des Nachdenkens wert.

Sie kamen allerdings meiner eigenen Betrachtungsrichtung entgegen. Das Intellektuelle war hoffnungslos, die Humanität ohne Gehäuse, vielleicht noch im Bienenstock vorhanden, die Substanzen relativiert – das griff man ja mit Händen, das war schon populär. Die Vorzeitenforschung hatte nicht umsonst seit 1900 so redlich gegrübelt. Auch der Primitive hatte seinen Energiebegriff, er sah Zusammenhänge, er hatte eine Welt. Er hatte Erkenntnis, er fühlte die magischen Wirkungen der Gegenstände, er sah die Einheit und erhielt sie im Schauer der Identität. In den primitiven Kulturen wirkte der Raum bedingend: was in der Nähe voneinander stand, war begründet; im Spätbewußtsein tat es die Zeit: was nacheinander geschah, war begriffen. Die Kausalität und die Taschenuhr – ich glaube mit dem Namen Hume war das verbunden, aber die Glas- und Uhrenindustrie und das moderne wissenschaftliche Weltbild – das war ein neues Thema und zwar ein abgründiges! Das wissenschaftliche Weltbild stellte die Behauptungen auf, das wissenschaftliche Weltbild prüfte dann die Behauptungen nach, und das wissenschaftliche Weltbild bestätigte sie (sich) dann und übergab sie der Presse. Etwas Gleisnerisches schien mir dabei gar nicht zu verkennen. Aber, sagte man, der Komet erscheint doch, und die Sonnenfinsternis tritt doch ein, ganze Expeditionen fuhrwerken doch nach Brasilien und ähnlichen Kaffeeländern – nun, was da unten eintrat, wußte ich nicht, meiner Meinung nach traten die Fernrohre ein und Linsen und Brechungsindex manipulierten sich dabei herum, und wer wußte außerdem, was die unter Komet und Sonnenfinsternis verstanden – eine berußte Glasscheibe vor das Auge halten und den Mond vor das Tagesgestirn treten sehn, wie wir es als Kinder machten, erschien mir eine völlig genügende Astronomie. Auch störten mich als reellen Geschäftsmann seit langem diese bombastischen Zahlen und Räume. Das Weltall (Professor U. von der Universität K.) fließt in rasender Geschwindigkeit auseinander, in jeder einzigen Sekunde fließt es um das Dreiunddreißigfache des Erddurchmessers auseinander –: wenn in meinem Institut etwas auseinanderfließt, aus einer Parfümflasche oder einem Toilettenwasserflakon, übersehe ich mit einem Blick den Gesamtschaden. Das Weltall (Professor K. von der Universität U.) hat ein Alter von zehn Milliarden Jahren, es ist nicht anzunehmen, daß es wesentlich älter ist –: mein Haus hat selbst während der Saison nur acht Stunden offen, da ist meine Lage gegenüber diesen zehn Milliarden von vornherein nichtssagend. Das Weltall (Professor X für U) bezieht seine Gesamtenergie «bereits» aus der Atomverwandlung von Wasserstoff zu Helium –: nun kenne ich als Fachmann natürlich Wasserstoff vom Blondieren, aber dies «bereits» lebt von einem Zwiespalt. Die eine Wissenschaft, der Kritizismus, sagt, Zeit und Raum sind Formen unserer Anschauung, die Welt hat keine Zeit, und das halte ich für äußerst wahrscheinlich; aber nun kommt die andere Wissenschaft, setzt diese fragmentarische Zeit als historisch vorhanden und ernährt sich aus ihr mit Hilfe dieser grotesken Zahlen. Da stimmt was nicht – entweder – oder; natürlich verlangt der heutige Mensch von seiner Zeitung in regelmäßigen Abständen das Schöpfungswunder, aber was die hier zeigen, ist Treppenschneiden –: wenn ich meinen Kunden solchen Haarschnitt machte, könnte keiner mehr auf Freite gehn.

Laieneinstellung – gewiß. Wenngleich ich sagen muß, ich hatte seit je eine Schwäche für spekulative Abfassungen, Fiktionen, Kombinationen, deduktive Ausschweifungen, studierte dies und das, fand den Existentialismus unterhaltend und las die Kategorienlehre wie einen Wallace – Spezialbegabung von mir wie bei anderen Schach oder Sprachen. Oft auch bildete ich mich durch Unterhaltungen mit Kunden, Höherstehenden, selbständig Urteilenden – Bauräten, Vertretern, Sachbearbeitern –, andere Sphären taten sich auf, ein Schriftsteller zum Beispiel, der öfter kam und sich mit einem bestimmten Blauwasser das Haar waschen ließ, das verlieh seinem weißen Schopf einen silbernen Glanz, äußerte auf meine Bemerkung, sein letzter Artikel sei interessant gehalten, er habe ein Grauen vor der furchtbaren Brutalität der Ausdrucksfindung, der Formgeburt, niemand werde ihm weismachen, die höchste Macht sei sanft und bei Liedern drehhe sie die Spindel –: «Ich bin sicher, sie beugt das Haupt und hört entsetzt die Felsen stürzen.»

So trat ich ferneren Fragen näher und blickte in mich hinein, doch was ich da sah, war staunenerregend, es waren zwei Erscheinungen, es war die Soziologie und das Leere. Zog ich von mir meine geschäftlichen Obliegenheiten ab wie Lohnauszahlung, Seifenbeschaffung, Steuerbetrug, Schwarzhandel, so blieb nichts übrig, das ich als individuell hätte bezeichnen können. Die Soziologie und das Leere! Was Trieb war, bekämpfte der Staat, das Gedankliche spurte die Wissenschaft, die Affekte beanspruchte die öffentliche Wohlfahrt, das Amüsement bestimmten die Plakate und die Reisebüros, der Interieur die Mode, Krankheiten die Universitätskliniken – analysiert, aber frei waren wohl nur noch die Träume. Aber das alles war doch nur möglich, weil das Innenleben dem so entgegenkam, glückselig ich-entronnen dem zufiel, und ich war immer wieder erschüttert zu sehen, wie die größten Geister – wirklich große – zur Soziologie ablenkten, weil sie sich nicht mehr zu sich selber zu bekennen wagten, nicht zu ihrer Fülle, vor allem aber nicht zu ihrer Leere – es muß alles voll und dick sein, massenhaft, unerschöpflich, breit – alle diese Stigmata der Natur und des Körperlichen übernahm das Jahrhundert wie selbstverständlich für das Geistige und Produktive, es könnte in seiner Plumpheit gar nicht eine Metaphysik der Leere, eine Konfession des Lethargischen und Katatonen ertragen (was doch die Voraussetzung einer identischen Deskription, einer identifizierenden Bestimmung des heutigen Phänotyps wäre –), also, die Soziologie und das Leere – höchstens noch das Reißen, es muß wehtun, mal da, mal dort, man fühlt in sich hinein, rechtes Schultergelenk, die Beine wollen auch nicht mehr so – Gedanken, Gewäsch, aber man hat Inhalt, die Zeit vergeht –: so endet das mediterrane Becken, Athene Tritogeneia, mit der schuppigen Ägis bedeckt, von der Akropolis über das Meer blickend, seine Einsamkeit, seine Leere –

In diese Richtung hatte ich auch meine berufliche Seite gelenkt. Mein Haus hieß «Lotos» – Appell an den Schönheitssinn, gleichzeitig mythologisch anklingend – Lotophagen, Lotosesser, wer von den Früchten aß, brauchte kein anderes Brot, er konnte hoffen und vergessen. Aber darüber hinaus bedeutete mein Institut schon an sich eine selektive Haltung, eine ideeliche Beschränkung: Körperpflege einschließlich Krampfadern – gut, so weit ging es, das war auch noch kein Handeln, aber Gesamtschau, Totalitätsbetreuung, Lebenseinheit, Harmonie – das lehnte ich ab. Wir alle leben etwas anderes, als wir sind. Dort wie hier Bruchstücke, Reflexe; wer Synthese sagt, ist schon gebrochen. *Gelegenheiten* – das war es! Im Rhythmus des vierzehntägigen Haarschnitts oder im Zyklus des vierwöchigen Kopfwaschens –: Auftauchen, nur im Akt vorhanden sein und wieder versinken –: das war der ideologische Inhalt meines Instituts.

Dies mein Institut gehörte zu einer Polis, lag an einem Ort, früher Musterlager für Nordeuropa, jetzt Vorbild von Schutt, zerstörtem Karthago und den sich auflösenden Riesenmetropolen aus den Urwäldern von Saigon. Geologie der Völker, Geschichtsgewalten! Von hängenden Gärten und Löwentoren zur grauen Grenzstadt, durch die die östlichen und die westlichen Karawanen zogen. Staubstürme im Sommer, mannshohe Brennessel auf den Trottoirs, und wo einst die schnittigen Verkehrsmittel fuhren, mähten sie nachts heimlich Gras für das in den Stuben verborgengehaltene Vieh. Eine Million menschenähnlicher Lebewesen noch in den Trümmern, doch alle ohne Beruf, hinter vernagelten Fenstern, Ratten in den Lauben. Ein Gemeinwesen! Jetzt im Winter schritt ich abends manchmal durch den Schnee aufmerksam in der Mitte der Straßen, vor Frost und Windstärken barsten die Ruinen.

Schritt vorbei an den Wärmehallen, Flüchtlingskonzernen, Konglomeratbaracken, vorbei an den sie bewachenden Polizeirevieren, Bezirksbüros, Magistratsretiraden, Verwaltungsauswüchsen, Organisationsexzessen, sah dahinter den Staat, völlig wesenlos, kachektisch, mit seinen transzendenten Leistungen: er spürte Kaninchen auf und ließ die Zahnplomben registrieren, Hühneraugen durften erst nach einem Kurs von vier Wochen beschnitten werden. Mit Steuerspitzeln und Politagenten nahm er den ehrbaren Kaufmann wie mich in die Zange und gefährdete Schwarz- und Weißhändler mit Methoden, denen gegenüber Scylla und Charybdis Walderdbeeren waren. In Konzertsälen, Vortragszyklen, Tag- und Nachtvorstellungen in drei Schichten bearbeitete er das Schöne, richtete es aus: den Bogen des Philoktet und das Parzenlied hinter den Weißen Flieder und die Caprifischer. Hin zur Wirklichkeit, zu Wahlplakaten und schlichten Figuren, schon die Toilettenfrau war esoterisch, das zwanzigste Jahrhundert verrichtete in Anbetracht der eingefrorenen Wasserleitungen seine Notdurft aus den Fenstern. Ein Volk von Brüdern, Jacke wie Hose dieser Staat! Ferner beschickte er Konferenzen, bildete Kommissionen, diese ihrerseits veranstalteten Tagungen, auf diesen wiederum äußerten Vertreter Einerseits-Andererseits und letzten Endes und voll und ganz. Wie schon gesagt, die Soziologie und das Leere, und dazu kam nun noch ein Weiteres, doch dazu muß ich etwas ausholen.

Ein langjähriger Kunde von mir, dessen Nagelpflege durch eine neue Angestellte ich beobachtete und überwachte, erzählte, seine Tochter – verheiratet, zwei Kinder – habe ihn nach langer Zeit wieder besucht. Charmante Person – ein Einverständnis, als wären wir gestern auseinandergegangen (aber wegen der Kriegswirren waren es sieben Jahre gewesen) –, eine Übereinstimmung und Kenntnis voneinander und miteinander von magischem Charakter – aber sie habe ihn ordentlich hochgenommen, ausgeräubert, reizend in der Form, aber gründlich in der Sache, und nun sagte er wörtlich: «Aber Frauen, die Kinder haben, können wohl gar nicht anständig sein, sie plündern und füllen ihre Kiepen auf allen Landstraßen; ihre Gedanken befassen sich mit Konfirmationsgeschenken und, wenn sie Töchter haben, mit Kuppelei. Der Löwe reißt, das Reh äst, und dies hier ist die Muterliebe, wir betreten den heiligsten bürgerlichen Bezirk.»

Ungewöhnliche Bemerkungen! Für mich, der ich keine Nachkommenschaft besaß, geradezu etwas befremdend! Aber schon führte mein Kunde seine Gedankengänge zum Versöhnlichen zurück – was wollen Sie, meinte er, es ist die Zukunft, und der dienen war ja wohl alle, es ist das Leben, das den einzelnen ausschaltet und seinen ewigen Zwecken unterwirft.

Das Leben und seine ewigen Zwecke – aha! – jetzt waren wir an dem springenden Punkt! Kunden gegenüber ist man mit Privatmeinungen zurückhaltend, dem einen stimmt man zu und dem nächsten stimmt man wieder ab, ich beschränkte mich daher auf ein beifälliges Gemurmel, aber innerlich war ich so erregt, daß ich einen Geschäftsgang vorschützte und mein Institut verließ. Das Leben – dies Speibecken, in das alles spuckte, die Kühe und die Würmer und die Huren –, das Leben, das sie alle fraßen mit Haut und Haar, seine letzte Blödheit, seine niedrigste physiologische Fassung als Verdauung, als Sperma, als Reflexe – und das nun noch mit ewigen Zwecken serviert – aber der Kunde hatte recht, hier lag in der Tat der Kern der allgemein hingenommenen Konzeption des Seinsgrundes, die in dieser Rasse galt, jener Konzeption, die, philosophisch gesprochen, die Realitätsentscheidung im Sinne der empirischen Wissenschaften gebracht und die psycho-physische Tragödie heraufbeschworen hatte und die nun das definitive Hindernis für die Konstituierung eines neuen Kulturbewußtseins war, das nach allen diesen Zusammenbrüchen einer Vereinigung der Sphären jenseits des Lebens Rechnung tragen wollte.

Das Leben – hier standen wir an dem Grundbegriff, vor dem alles haltmachte, der Abgrund, in den sich alles in seiner Wertverwahrlosung blindlings hinabwarf, sich beieinander fand und ergriffen schwieg. Aber anzunehmen, daß der Schöpfer sich auf das Leben spezialisierte, es hervorhob, betonte und etwas anderes als seine übliche Spielerei mit ihm betrieb, erschien mir absurd. Diese Größe hatte doch bestimmt noch andere Betätigungsfelder und warf das Auge auf dies und jenes, das weit ablag von einem so unklaren Sonderfall. Das Leben, wenn man sich einen Überblick über seine Forderungen und Leistungen verschaffen wollte, zeigte als den Mittelpunkt seiner Gunst die Fortpflanzung, und die war ja erfahrungsgemäß einfach und ohne hinzusehn zu bewerkstelligen. Die ersten Atemzüge des Lebens werden ja wahrscheinlich auch nicht ohne einen Schimmer von Tiefe gewesen sein, und der alte Ballonfabrikant war wahrscheinlich ganz benommen von dem gelungenen Eiweiß mit seinen neuen Indianern und allen den möglichen Luftsprüngen, die er sie nun wieder beginnen lassen konnte – aber für einen so pflanzenentfernten Kulturkreis von rein spirituellem Erlebnismaterial war dieser Lebensbegriff doch reichlich primitiv. Nietzsche hatte zwar gesagt, die Griechen seien ein so großes Volk geworden, weil sie sich in allen ihren Krisen immer wieder an ihren physiologischen Bedürfnissen regenerierten, aber diesen Bedürfnissen schwebte noch etwas anderes vor, lag noch etwas anderes ob: die Bildung des Gedankens und die Verschmelzung der Götter – das Abendland bewegte sich seinen ersten Monat in ihrem Bauch, dieser Bastard und die Anlage alles dessen, was aus ihm wurde.

Das Leben als Mulattenstadt: Zuckerrohr kauen, Rumfässer wälzen, mit zehn Jahren defloriert werden und Cancan, bis die Hintern wackeln. Aber Europa fehlte das tierische dumme Auge und die Hibiskusblüte hinter dem Ohr. Und jemand anders trat ihm entgegen, ein Gegen-Mulatte, griff ihm an die Gurgel, den Adamsapfel, spaltete ihm den engen Schädel, sang atonal: ein neuer Ballon, eine alte Sphinx: der Geist. Gegen den rottete sich das moderne Lebenseuropa zusammen, suchte ihn zu zähmen, brachte ihn in Disziplinen und Methoden, desinfizierte ihn, machte ihn wissenschaftlich, das heißt unverdächtig, und verdeckte seine letalen bionegativen Züge. «Was fruchtbar ist, allein ist wahr» – das legten sie sich so aus, die Eierstöcke sind die größten Philosophen, und nun zogen sie alle in ein Einfamilienhaus und pflegten das Abendland, ihr Blick fiel im Frühling auf Salat und im Herbst auf Malven, sonntags wanderten sie nach Greenwich, östlich und westlich, da schlurften ihre Pedale. Aber hinter ihnen, im Grau der Dinge, stand jene Welt, die sich mit Raum und Zeit nur flüchtig verschleiert.

Das Abendland! Aus dem westlichen Mittelmeer geboren, dann terrestrisch angereichert – ein Bug in Amalfi, ein Kohlenmeiler in den Ardennen – amphibisch: Schuppen, aber gleichzeitig Füße –: ein Drache! Festländische Schwere und Dränge zum Meer. Uralte Tempeltraditionen, Welteimotive

– Überschneidungen von Symbolreihen, Überklirren von Themenketten; syrische Apokalypsen, indopazifische Sagen, Samoa und Persien, Olymp und Golgatha, Leda und Maria – große Kulturretorte, die letzte der acht großen solaren.

Tief und gleisnerisch, Faune und Sphinxe. Über altlunare Brücken kommen die Ortsgötter, aber dies gezeitenlose schmale Meer bringt den Monotheismus, den Universalismus, aber damit auch die Vorstufen zu dem verheerenden Begriff der Synthese, der Gesetze, der Abstraktion – die terrestrische Vielfältigkeit und Begrenztheit hätte die kosmologische Einheitsvorstellung nie bewerkstelligt. Poseidonisch –! Wasser, alles fließt – so widerspruchsvoll begann das All-Eine, das in den irrealen transzendentalen Systemen dann in uns, in unserer Leere, in unseren inneren Schatten endet. Am Ende ist das Wort, wie es am Anfang war – war es am Anfang? War am Anfang das Erleben «unwirklicher» Dinge?

Ja, die Bemerkungen des Kunden hatten mich weit geführt – Malven und Mulatten, wirkliche und unwirkliche Dinge, empirische und transzendente hinüberreichende Sachverhalte – hinüberreichend, aber von wem und vor allem wohin –, das Wirkliche als Reales, das Wirkliche als Geist, das Wirkliche als körperlicher Mythos – unentrinnbar sich verlierende Gedankengänge, die auch schon etwas Konventionelles an sich hatten, etwas Berufsständiges – erstarrte Gedankengänge, denen man doch immer von neuem verfiel. Das Wasser und die Worte und die Götter – Tritogeneia, die über das Meer sah, seine Leere, seine Antwortlosigkeit –, alles Treppenschneiden –: und plötzlich geschah etwas, das ich mir selber nicht erklären konnte, plötzlich begann ich diesen Winter zu lieben, zu halten, mich an ihn zu ketten. Glut strömte in mich hinein – bliebe, dachte ich, der Schnee doch ewig liegen, der Frost nähme kein Ende, denn der Frühling stand vor mir wie eine Last, der war nicht Glas- und Uhrenindustrie, er rauschte, hatte etwas Zerreißendes, er rührte an jene autistische Realität, die ich noch ahnte, die sich uns aber für immer entzogen hatte. Niemand wird auf den Gedanken kommen, hinter dieser Gefühlsparadoxie stünde Sorge hinsichtlich des Tauwetters, der mit ihm verbundenen Schneeschmelze und der etwa vor meinem Haus zu findenden toten Gestalten – ach, das wären ja ephemere Dinge! In einer Epoche, die nur die Masse gelten ließ, war die Vorstellung einer Individualleiche Romantik. Vor einer Zeit, von der jedes persönliche Leben, jede Verfeinerung, jedes produktive Oszillieren als Ästhetizismus und reaktionär gebrandmarkt wurde, brauchte ich mich wegen einiger fehlender Roboter, Lebensläufe, Leerläufe nicht zu scheuen, ich blieb durchaus im Sinne dieser Zeit, sollte sie zusehn, wie sie zu ihren juridischen Verhandlungsinhalten gelangte. Auch war ich seit langem völlig gefestigt in dem Gefühl, daß es bei dem Zustand, indem sich die weißen Völker befanden, weit ehrenhafter war, in ihren Gefängnissen verpflegt zu werden als in ihren Clubs. Nein, mit dem Frühling verhielt es sich anders: ich würde das seit Monaten nicht vernommene Geräusch des Regens hören, dies süße Geräusch, ich würde am Fenster stehn, ihn auf die Gartenerde fallen sehn, diese monotone ruhige Erde, für die man, auch wenn man sie lange anstarrte, keine Organe hatte und die man nicht begriff – eine neue Zerstörung würde beginnen.

Ein Morgen erhob sich, der Hahn krähte, er krähte dreimal, er schrie geradezu nach Verrat – aber niemand war mehr da, der verraten werden konnte oder der verriet. Alles schlief, der Prophet und die Prophezeiten; auf dem Ölberg lag Tau, die Palmen rauschten in einem unfühlbaren Wind – da flog eine Taube empor, Spiritus sanctus, ihre Flügel schwirrten und die Wolken nahmen sie auf, sie kehrte nicht mehr zurück – das Dogma war zu Ende.

Etwas Ähnliches sah ich vor mir. Wieder war eine solche Stunde da, eine Stunde, in der sich etwas abzog von der Erde: der Geist oder die Götter oder das, was menschliches Wesen gewesen war – es handelte sich nicht mehr um den Verfall des einzelnen Menschen, auch nicht einmal den einer Rasse, eines Kontinents oder einer sozialen Ordnung, eines geschichtlichen Systems, sofern etwas weit Ausholenderes geschah: die Zukunftslosigkeit eines ganzen Schöpfungswurfes trat in das allgemeine Gefühl, eine Mutation – an ein Erdzeitalter gebunden, an das hominine –, mit einem Wort: das Quartär ging hintenüber. Nicht dramatisch, nicht wie das Ende einer Schlacht, mehr atrophisch durch Abspannung der der Art bestimmt gewesenen Formen. Hier würden noch einige ideologische Draperien aus dem historisch-politischen Fonds in der blendenden Helle des Tiefstrahlers einige Generationen benebeln, in Asien würden sie noch einige Opfer für die Hexen und einige Gebete für die Wasserratten vor die Tempel tragen, aber dort wie hier alles abgespielt und ohne tiefen Glauben, sehr durchsichtig, sehr aufgelockert, abhebbar und ohne jede Hoffnung auf Erfüllung. Was sonst noch da war, würden ein paar Reste einsamer Seelen sein, etwas sehr bewußter, tief melancholischer, schweigend sich erlebender Geist –: aber das Dogma, das vom Homo sapiens, war zu Ende.

Natürlich würde es hier noch Epochen geben, sogenannte historische, so sang- und klanglos trat dieses Reptil «Geschichte» nicht ab, und auch hierüber drängten sich ohne weiteres Vorstellungen auf. Das nächste Weltbild, das man sich vorstellen konnte, würde ein Zusammenhangsversuch sein zwischen Mythenrealität, Paläontologie und Hirnstammanalyse, aber auch dies wird sehr einheitsentfernt und tragisch sein, keine Erkenntnis, kein Stil blühte an seinem Wege. Überschattet von dem Wissen, daß sich ihm als Ausschnitt nur, als geographischer und meteorologischer Sektor, als abendländischer Spezialfall eine Bestimmung und Definition der Menschheit völlig versagt. Es wird stärker auf die Unendlichkeitserfahrung hindrängen, als auf die heutige empirisch-kasuistische, aber die Urzeit bleibt für uns zu Ende. Die psychophysische Situation wird etwas verändert sein: die provozierten Lebensphänomene werden einen Teil der naiven, unbearbeiteten ersetzen, einige primitive Reduktionen werden konkretisiert, einige Ausfälle mit archaischen Rudimenten sich auffüllen, es wird ein allgemeines Gefühl für den historischen Charakter des heutigen Kulturbewußtseins, die Relativität seiner Thesen, seiner Größen, seiner Ränge weitverbreitet zur Diskussion gelangen, aber eine Änderung des ethnisch-biologischen Tuns ist nicht mehr möglich, Versuche zu einem Übergang von Maßnahmen der Realitätsumformung enden in Stimmungen, Drängen, Exaltationen und vermutlich in einer immer klareren theoretischen Begriffsfindung für alles dieses Situationäre.

Und innerhalb dieses Weltbildes werden die Luxushotels vor Überfüllung bersten, vielgabelige Lifts befördern vor jede Tür. Das Zeitalter des Kapitalismus und des synthetischen Lebens hat erst begonnen. Weißen, krokuslila- und braunbemalten Lippen werden die Erwägungen der Ladys und Signoras gelten, «blasse Koralle» zu goldenem Haar, Lila zu silberblondem, doch nur in den Tropen. Lebensverlängerung über alle Maßen: Drüsen werden gehandelt, die Leber operativ durch Filter ersetzt, das antiretikuläre zytotoxische Serum (A. C. S.) strömt als Porenwasser über gepflegtes Fleisch. Vom Menahaus dem Ziel vieler Hochzeitsreisender, geht der Blick über die stolzen Zeichen uralter Kultur; in den Schwimmbädern, gefilterte Nilflut, hebt der vollkommenste Jazztrompeter beider Welten, Bix Beiderbecke, das Saxophon an den Schlund und endet den Ragtime mit einem Tutti von den kühnsten Überschneidungen, das im Augenblick seiner höchsten Entfaltung einen Wimperschlag lang bewegungslos steht und dann erlischt. Und im Galle-Face-Hotel in Kolombo und auf den Poloplätzen in Kandy ebenso: die alte Orchideengentry und die neue Uranclique: innen Pokerface der letzten Runden, außen mohnrot. Die Welt wird von den Reichen gemacht, und sie wird schön gemacht. Der Name des Stückes ist Aprèslude.

Sollten diese Zeilen, die nur für meinen Freund O. bestimmt sind, der ihr Geheimnis bewahren wird, in unrechte

Hände fallen und etwa ein postumer Leser sie als den gang und gäben Pessimismus bezeichnen, so war dieser Pessimismus mein Gewicht und meine Erdverbundenheit. Oder ein anderer sie als Zynismus charakterisieren, so gibt es einige Resultate des Ichs, die sich nur in dieser Färbung zur Geltung bringen lassen, sie gehört zur Suite der Erkenntnis, und diese muß kalt sein, sonst wird sie familiär, jeder weiß ja, sie läßt einen Gedanken lieber fallen, als ihn nicht völlig klar zum Ausdruck zu bringen. Doch auch andere Färbungen waren mir nicht fremd –: songdurchklungene Stunden, Kantilenen, Schwebezustände –: manchmal *hörte* ich die Tropen: Bienensummen über Päonien und Taubengurren über die Blüte der Bougainvillea, und auch hier im Norden waren zu Zeiten starke Stimmungen – wenn Tränen Geruch ausströmten, würfe es, dachte ich, immer der von Phlox sein, der von Gartenphlox, auf den die Wolkenbrüche niedergingen bei des Sommers Ende. Aber eines gebe ich zu, alles in allem sind in diesen Zeilen mehr Spannungen als Glück.

Spannungen – doch kein Finale mit Posaune und Fagott. Im Gegenteil, aus der modernen Physik war eine Hypothese in mich eingedrungen, der selbst bei dieser Herkunft etwas Stimmungsvolles eignete. Es war die Konstruktion des «Lotoslandes», in dem nichts geschieht und alles stillsteht – der Raum, mit der geraden Dimensionszahl, in dessen Weiten das Licht nach Auslöschen der Lichtquellen bestehenbleibt. Die Schilderung stammt von de Sitter. Sie ist eine streng mathematisch-physikalische Imagination, aber sie erinnert auffallend an Gedankengänge aus anderen Bereichen – an die «stille Wüste der Gottheit», in die Eckehart die Welten münden sieht, und an die indischen Innewerdungen, in die Gewißheit des eigenen Selbst gegründet, «ganz golden Buch bin ich, ohne Hand und Fuß bin ich – ohne Wesen bin ich –» und auch bei einem Intellektualverbrecher wie Descartes finden sich anklingende Sätze, wenn er auf eine Gottheit verweist, die keine Veränderung kennt und die immer in gleicher Weise handelt. Mit den Gottheiten zwar war es für uns vorbei, es hingen zu viel Imponderabilien an ihnen von Feigheit, Blinzeln nach Ananke, glückhafter Notwendigkeit und zu wenig Hinweis auf Versuch, Entwurf und auf Zurücknahme und Spiel. Aber vor allem berührte mich an dieser neuen Bezeichnung die Beziehung auf mein Haus: Lotos. Lotophagen – wer von ihren Früchten aß, bedurfte keines anderen Brotes, er brauchte den Schein nicht zu wahren, er konnte hoffen und vergessen.

Die Lage barg noch viele Möglichkeiten und Deutungen, doch eines erschien mir evident. Das kommende Jahrhundert würde die Männerwelt in einen Zwang nehmen, vor eine Entscheidung stellen, vor der es kein Ausweichen mehr gab mit keiner Konzession, mit keinem Blinzeln, mit keinem Schwarzhandel, mit keiner Emigration – sie mußten sich entscheiden. Das kommende Jahrhundert würde nur noch zwei Typen zulassen, zwei Konstitutionen, zwei Reaktionsformen: diejenigen, die handelten und hochwollten, und diejenigen, die schweigend die Verwandlung erwarteten –: Verbrecher und Mönche, etwas anderes würde es nicht mehr geben. Die Orden, die Brüder werden vor dem Erlöschen noch einmal auferstehen. Ich sehe an Wassern und auf Bergen neue Athos und neue Monte Cassinos wachsen – schwarze Kutten wandeln in stillem, in sich gekehrtem Gang. Jenseits der Gegensätze von Erkennen und Erkanntem, außerhalb der Kette von Geburt und Wiedergeburt. Durch Einsamkeit, Riten und Verzicht auf das Gewohnte wird die autistische Realität die Weltausweitung löschen und in einem stummen gefaßten Tat twam asi, auch das bist du, wird sich die Vereinigung mit der verlorenen Dingwelt vollziehn. Schwarze Kutten! Die Seele wird sich wieder schließen, wird wieder ihren Lotos schmekken und kann hoffen und vergessen. Vielleicht – vielleicht auch nicht. Wenn nicht mehr für mich, vielleicht für dich. Und wenn auch nicht für dich, vielleicht als Wolke oder Taube vor dem Unendlichen, der in diesen Winterstunden zu mir sprach, vor jenem Spieler, dem Nächtigen, der diese Handvoll Erde hinstreute aus seinem Traum.

Der Glasbläser

Glühender Sommer und eine verdurstende Stadt. Versengte Rasen, stauberstickte Bäume. In den Trümmern lechzende Gestalten, das Salz aus den Poren schwitzend ohne Ergänzung durch Nahrungszufuhr, hinfällig, schattensüchtig – zwischen Ohnmachten, Durchblutungsstörungen, Kreislaufschwäche.

Auf den Boulevards Steppenleben – lebhafte Bordelle und Uniformen. Das achte amurische Regiment – Friedensgarnison Lo-scha-go – macht Platzmusik, die langen Posaunen dröhnen. Die Bars füllten sich: Hawaiiabfall und sibirisches Fleckblut. Weißer Wodka, grauer Whisky, Ayala und Witwe Cliquot aus ungespülten Römern. Gentlemen und Gospodins steppen auf rotem Glasparkett, Lichteffekte vom Boden, im Arm Nasen-Helene, Räuber-Sonja, Augen-Alexandra (sie trägt ein Glasauge). Die Bevölkerung sieht durch die Fenster gierig zu: die Kultur ist wieder im Vormarsch, wenig Mord, mehr Song und Klänge. Auch innerlich wird den Geschlagenen viel geboten: ein transatlantischer Bischof kommt angereist und murmelt: meine Brüder – ein Humanist zeigt sich und flötet: das Abendland – ein Tenor knödelt: o holde Kunst – der Wiederaufbau Europas ist im Gange.

Europa wird vom Gehirn gehalten, vom Denken, aber der Erdteil zittert, das Denken hat seine Sprünge. Ein berühmter Schriftsteller aus einem der Mittelmeerländer schreibt an seine ägyptischen Anbeter: «die wenigen werden die Welt erretten» – die wenigen – woraus und wohin? Kein Zweifel, das, was die Welt schuf, muß ersten Ranges gewesen sein, prima, hundertprozentig, wälzt sich sicher weiter in seiner unsäglichen Sphäre, gelassen, abgedichtet, tränkt sich, scheidet sich aus, hält unvorstellbare Balance, aber in uns ist etwas, das

das nicht mitmacht, das sich irritieren läßt, sich von außen nach innen wendet. Fragen stellt, mit ähnlich Gearteten Aussprachen herbeiführt, kurz, jene Gelassenheit vermissen läßt, die die in sich ruhenden Dinge, die gläsernen Dinge, zeigen.

Ein Drang nach Vollkommenheit, der zu Leiden führt; Ahnungen, nie Gewißheit. Wenn man sich damit abfände, daß man nicht satt wird, durstet, daß die Hände nicht keimfrei werden, wenn man sie wäscht, die Stimmungen nicht harmonisch enden, die Träume ohne Verwirklichung versinken, die Liebe sich verwandelt und die Verwandlung endlos ist bis zum Vergessen – wenn man dies lehrte, dies zweite Wärmegesetz der Existentiellen, diese Apologie des Verfalls, diese Universalien der Seele – wenn wir die Häupter beugten, die sinnlos erhobenen –, würde diese Lehre aus der Zerrüttung führen – meinte das der obengenannte Schriftsteller, mit dem die wenigen die Welt erretten könnten?

Dies waren die Eindrücke und Gedanken, mit denen ich eines Julimorgens mein Institut betrat. Die Kunden warteten schon, die Herren wollten gepflegter werden, keine Haarbüschel, die hinten über den Kragen standen – die Damen schöner: graue Strähne über der Stirn, keine Pigmentierungen in der Haut (gehört in das Kapitel der mir unverständlichen Abneigung gegen Sommersprossen) – kurz, ich mußte nach dem Rechten sehen, eingreifen, doch innerlich folgte ich meinen Gedanken weiter.

Anordnungen geben über Blähungen mit heißen Tüchern, Ratschläge erteilen hinsichtlich eines abgesprungenen Fingernagels, Kämme beurteilen, Birkenbalsam anpreisen und innerlich zerstörte und zerstörende Dinge denken, diese Paradoxie hatte ich zu Virtuosentum entwickelt. Heute, während ich mit Brillantine – aus Benzoe, gereinigtem Schweinefett und Gardenien zusammengerieben – einen Langschopf modellierte, betrieb ich meine geistigen Versionen. Riesige verfaulte Fangzähne hatte Li-Hung-Tschang, die er bei seinem unheimlichen Lachen sehen ließ, ein hochgewachsener Mann mit ausgelassenen jovialen Manieren – das war ein Angelpunkt, einer im Fernen Osten. Iswolski soll klein gewesen sein, seine Füße staken immer in Lackschuhen, die Anzüge aus Savile Row stammend hatten einen weißen Streifen an der Weste, er schüttelt die Hand und blickt dabei fort, ein leichter Duft von Violet de Parme strömte immer von ihm aus. Dann Caruso: der erste Akt ist vorüber, Gatti-Casazza, der Geschäftsführer der Metropolitan, besucht ihn, küßt ihn ernst und würdevoll auf beide Wangen, jeden Abend. Caruso greift nach der Phiole mit Salzwasser, die er in jeder Tasche trägt, Garderobiere und Diener stehen zu seinen beiden Seiten, der eine reicht ihm ein winziges Glas Whisky, gleich danach die andere ein kleines Glas perlendes Wasser, worauf ein Viertel eines Apfels gegessen wird. Immer Lampenfieber! Der Cold Cream zum Abschminken wird von einem eigens von ihm ausgebildeten Apotheker für ihn allein hergestellt und darf kein Glyzerin enthalten. Das etwa war das Zeitalter, und das führt mich vor die europäische Frage: *Ist Denken Zwang?* Ein Tenor ist eine Industrie: Gutsverwalter, Küchenchefs, Halsspezialisten, Agenturen – bei einem denkerischen Genie findet man morgens ein paar Wurstpellen auf dem Teller, und das Zimmer ist ungelüftet – kann man glauben, daß das jemand freiwillig auf sich nimmt?

Zugegeben: Panoptikum, Bilder, Fragmente, von meinen Fragen koloriert! Aber das Zusammenhang suchende Denken scheint mir noch viel unvollkommener. Wenn man Europa überblickt, sieht man Massen, die denken, hinten und vorn, oben und unten, es wird gedacht zu Lande und zu Wasser und auf den Schiffen, die auf der Fahrt sind, es wird gedacht aus Primitivität, wie die Affen die Bäume hochklettern, und es wird gedacht aus Kunst, wie die Artisten die Bälle balancieren, es wird gedacht in den vier Weltsprachen und in den zweiundzwanzig Balkandialekten mit dem Resultat, daß keiner weiß, was für eine Art von Tätigkeit das eigentlich ist und wofür sie da ist. Sieht man wie ich seitlich in die Dinge hinein, sieht man jedenfalls Buntes; beispielsweise im Augenblick die zahlreichen Schaluppen vor Yukatan, mit deren Hilfe die spanische elementare Hypertension so ausgiebig verblutete, daß sie einige europäische Juwelen, darunter mein Vaterland, aus ihrem Kronreif fallen lassen mußte – also etwas verlorenes Palmenrauschen am Karibischen Meer, das Schwirren einiger Pfeilsehnen und verschiedene anderweitige Kulikasten bestehen in meinem System. Auch der Kaiman, von Guano triefend, weil der weiße Reiher von seinen Schuppen aus nach Fischen spähte, und rote Papageien. Lava und fröhlich leuchtende Flüsse. Ferner Flora und Fauna lukullisch und prophylaktisch: wenn die Riesenheuschrecke die Zuckerrohrfelder verheert und die Reblaus den Mosel gefährdet, wenn der Paragummi wasserundurchlässig ist und der Waterproof entsteht –: alles Bildner meiner Stunden. Mehr Haare auf dem Kopf wünschte sich der Herr, den ich mit Benzoe traktierte. Ich rieb heftiger, pries das Mittel doppelt an, glaubte schon hie und da Nachwuchs zu bemerken, leichten Flaum, Bereitwilligkeit der Epidermis, freudig geöffnete Poren. Hierüber diskutierten wir, er als Wunschidealist, ich als Fachmann. «War die Zukunft schon gewesen?» – fiel uns dabei ein, Überschrift eines Artikels aus dem gestrigen Blatt, an einem ausgegrabenen Negerschädel hatte man die Zeichen des heutigen hypermodernen Mannes gefunden: verkümmertes Gebiß, zerbrechlicher als heute, ohne hinteren Backenzahn, hohe Stirn (mit Haarschwund verbunden) – «weniger affenähnlich als jeder Schädel der Neuzeit», fünfzehntausend Jahre alt, verstreut längs der Küste Südafrikas. «Frühgeburt des Europäers», «ging in der rauhen Umwelt unter», «welche Überraschung für die Archäologen», «Überentwicklung des kaukasischen Typs» – auch vergrößertes Gehirnvolumen – also vermutlich Gedankenleben, verarbeitete Umwelteindrücke, Lyrik – statt Rosen Farren, statt Radio Muschelkadenzen – die Rätsel wuchsen.

Ich darf in diesem Zusammenhang einen Herrn erwähnen,

der mein Haus regelmäßig beehrte. Eine wahrhaft distinguierte Erscheinung, sein Beruf blieb mir unklar, Diplomat vielleicht gewesen, oder Künstler, der sich heute zurückhielt. Eine gesellschaftliche Bemerkung: die Zeit war so, daß auch zwischen getrennten Ständen und Berufsgruppen Annäherungen in der Unterhaltung stattfanden, die Not nivellierte alle, die Zukunft beschäftigte uns gleichmäßig, neue Sorgen standen bevor und neue Kriege drohten. Also ein eleganter Mann, immer tiré à quatre épingles, viel herumgekommen, grandseigneuraler Globetrotter, er war regelmäßig am 1. August von Deauville nach Biarritz geeilt, und er hatte in London im hellgrauen langen Schlußrock mit dem gleichfarbenen schwarzbebänderten Hut die berühmten Coaches mit den silbernen Tuben sieben Jahre lang nach Ascot gefahren und war auch auf den Grounds und hinter den Hunden sehr aktiv gewesen. Eine unserer Unterhaltungen führe ich an:

«Wenn ich durch das, was früher Straßen waren, jetzt zu Ihnen komme und unterwegs die bösartigen, verkniffenen und dabei leeren Gesichter, diese häßlichen Gesichter sehe, denke ich immer: verwandtschaftlich gesehen traurig, aber innerhalb der geschichtlichen Welt wie folgerichtig und wahr! Ein Volk will Weltpolitik machen, aber kann keinen Vertrag halten, kolonisieren, aber beherrscht keine Sprachen, Mittlerrollen übernehmen, aber faustisch suchend – jeder glaubt, er habe etwas zu sagen, aber keiner kann reden – keine Distanz, keine Rhetorik – elegante Erscheinungen nennen sie einen Fatzke – überall setzen sie sich massiv ein, ihre Ansichten kommen mit dicken Hintern – in keiner Society können sie sich einpassen, in jedem Club fielen sie auf – drei Dezennien hatten sie wohl mal Geld, aber das genügt nicht für wirklich gepflegte Rasenflächen – lassen Sie, was Bülow über die Interieurs von Friedrichsruh verzeichnete: kein schönes Bild, keine größere Bibliothek, von Plafonds, Gobelins, orientalischen Teppichen keine Rede, die Sonne Homers hatte diesem Haus nicht gelächelt, und der Glanz der italienischen

Renaissance, der wenigstens einige Schlösser Norddeutschlands, wie Tegel oder das Goethe-Haus, angestrahlt hatte, war hier verloren. Ich füge hinzu, alles kahl und notdürftig wie die Pedenfelder von Fehrbellin. Individualisten im provinziellen Sinne, mit nichts finden sie sich ab, schlechte Verlierer – wenn man jetzt hier durch die Straßen geht, fliegt zwar auch überall Staub, aber es ist nicht der weiße leichte Staub der Mittelmeerländer, der Ihren Chrysler mit Schnee bedeckt, es ist nicht die helle glückliche Asche aus zerbröckelnden Hermen und ermüdeten Aphroditen, der sich noch einmal atmend über Rosen und Oleander streut.

Eine Welt aus Zwang, diese ganze politische Welt, heute eine Welt im Zwang der Wünschelrute von der Antarktis bis zum Erzgebirge: Uran, Pechblende, Isotop 235! Weithinabreichende Neurose! Zoon politikon – ein griechischer Mißgriff, eine Balkanidee! Wer für die politische Welt plädiert, kann das nur aus Kaprice tun. Wenn Sie sich vergegenwärtigten, wieviel Einzelschicksale davon betroffen waren und darüber zugrunde gingen, daß eine Uniform für einen Großkönig nicht rechtzeitig zur Stelle war und ein Besuch unterblieb – oder daß eine Barkasse einen Defekt erlitt, eine Stunde zu spät eintraf und dadurch die Stimmung des Empereur schon bei Beginn der Unterhaltung unter dem Nullpunkt stand, würden Sie diese Kaprice überprüfen. Wenn Sie ahnten, wieviel Zufallsserien dazu gehören, daß ein Reich auch nur drei Generationen lang seine Politik hält, seine vielleicht vernunftgeborene Weitsicht durch alle die Botschaftspalais, Entreprisen, Regatten, Revuen, Abstimmungen einigermaßen stabil erhalten kann, welche Serie von Glückzufällen unausdenkbarer Varianten zu dieser Bewerkstelligung nötig sind, würden Sie weiter nachdenklich werden. Wenn Sie sich anschließend darein vertiefen würden, was nun der Inhalt dieser politischen Welt eigentlich ist, nämlich der Fortschritt, beispielsweise vom Rad zur Guillotine, dieser humane Fortschritt, der den ersten europäischen Typenmord, in der französischen Revolution, erst so reibungslos ermöglichte – oder die Einführung der afrikanischen Sklaven in das tropische Amerika durch einen Jesuitenpater, um die eingeborenen Indios zu retten – wie aber dann dieser Sklavenhandel die ganze abendländische Zivilisation aus der Taufe hob, nämlich durch die sogenannten Assientorechte, die Madrid für je dreißig Jahre an Genuesen, Franzosen, Engländer verkaufte – aus diesen dunklen Schiffsbäuchen strömte Gold, strömten die Schätze, strömten Piccadilly und die Ville lumière – strömte die Kartoffel – und dann die bombastische Abschaffung dieser Sklaverei, das Gebarme um die Nigger, und heute speit die North-Borneo-Company Kontraktkulis und Kanaken aus ebensolchen Schiffsbäuchen in die Bleiminen und Gummiplantagen von Insulinde und schafft die Grundlagen für Konzerte in der Albert Hall und für den glücklichen Prunk der Sommersitze –: ein Mißgriff! und wenn ich retrospektiv hinzufüge, daß innerhalb der politischen Welt das Blasrohr dem Colt überlegen ist, da es den Mörder nicht verrät, und der Einbaum U-Booten nicht ausgesetzt ist, höchstens Krokodilschnauzen – und schließlich ich prognostisch Sie bitte, das Wesen, das innere Gesicht der weißen Kolonisation vor Ihr geistiges Auge treten zu lassen: erst die Peitsche über das scheckige Blut und Petroleum auf die Mückenpfützen, dann Teer und Walzen für die Autostraße von Balboa nach Colon, und in der dritten Generation spielt der Coloured gentleman seinen Baseball im Washington-Club, teilt die Welt in remarkable und shocking und stellt sich fishing, swimming, shooting, hunting ein in die Mayonnaisenunität von Palm Beach bis Habana – folgen Sie mir?»

Ich folgte ihm, und zwar gebannt. Auch den kleinen Pfordte, Atlantik-Hotel Hamburg, früher Kellner, hatten gelegentlich die höchsten seiner Gäste an ihren Unterhaltungen beteiligt, und der alte Pinnow hatte nicht nur in guten und bösen Tagen Rotspon und Lacrimä Christi heraufgeschafft, er war dem alten großen Solisten im Sachsenwald auch menschlich verbunden. So dieser Herr: ich nahm seine Bemerkungen als Zeichen seiner Anerkenntnis für meine ihm zu seiner Zufriedenheit gewidmeten Dienste. Er fuhr fort:

«Denken Sie nicht, lieber Herr, daß ich die großen Stunden der Geschichte nicht empfände. Es ist halb zwölf am 2. September 1899, mit einer ruhigen Bewegung steckt Kitchener den Feldstecher ins Futteral, die Schlacht von Omdurman ist gewonnen, dreißigtausend Derwische tot oder verwundet, der Mahdi geschlagen: vierzehn Jahre hat der Sirdar diese Stunde vorbereitet, England mit ihm, Gordon ist gerächt, gut, ich verstehe das. Ähnlich Königgrätz, als Moltke das seidene Taschentuch schwenkt und das Reich ist entbunden – gut, es lebte nicht lange, aber von mir aus: gut! Doch inzwischen hat die moderne Physik und die alte Religion, der Existentialismus und die Paläontologie unseren Blick in transmundane Perspektiven gerichtet, ein Sprache für unendliche Räume, Fernen, Ewigkeiten, auch Verhängnisse gefunden, und da sollten wir an diesen einen oder zwei Kontinenten haften, an diesen schnell übereilten flüchtigen Fußboden der Erde unser ganzes Dasein heften, die wenigen Stunden unserer Existenz einem Regierungsapparat zur Verfügung halten, von einem Staat uns befehlen lassen, tüchtig zu sein – wie widerspruchsvoll ist das alles!

Meinen Sie nicht, lieber Herr, daß Sie mir meine Ansichten bestätigen oder bestreiten könnten, seien Sie überzeugt, daß für mich der Consensus omnium kaum ein Kohlweißling ist, wie er über allen Bauerngärten fliegt. Falls Sie die Maximen meines Lebens hören wollen, so wären sie folgende: Erstens: Erkenne die Lage. Zweitens: Rechne mit deinen Defekten, gehe von deinen Beständen aus, nicht von deinen Parolen. Drittens: Vollende nicht deine Persönlichkeit, sondern die einzelnen deiner Werke. Blase die Welt als Glas, als Hauch aus einem Pfeifenrohr: der Schlag, mit dem du alles löst: die Vasen, die Urnen, die Lekythen – dieser Schlag ist deiner und er entscheidet. Viertens: Nur bei Mittelmäßigkeiten greift das Schicksal ein, was darüber ist, führt seine Existenz alleine. Fünftens: Wenn dir jemand Ästhetizismus und Formalismus zuruft, betrachte ihn mit Interesse: es ist der Höhlenmensch, aus ihm spricht der Schönheitssinn seiner Keulen und Schürze. Sechstens: Nimm gelegentlich Brom, es dämpft den Hirnstamm und die Unregelmäßigkeiten der Affekte. Siebtens: Nochmals: erkenne die Lage.»

Er schloß:

«Zu dieser Lage gehört, wenn Sie sie auf sich wirken lassen, daß Sie einen Menschen um sich sehen, der seinen Ausdruck nicht gefunden hat und gar nicht finden kann – wegen der staatlich geregelten Ausrottung alles Wesens. Wenn ein Dramatiker sein Stück aufgeführt sehen will, muß er Konflikte schaffen, es gibt aber nur einen modernen Konflikt: den zwischen dem Staat und der Freiheit, also bleibt dem Autor nichts anderes übrig, als mit Hilfe von Kaninchenställen oder gestohlenen Milchkannen oder Hotelappartements sein Handwerk auf die Beine zu bringen. Lesen Sie in einem modernen Roman Vatersnamen, Burckhardt oder Hallström, so wird jedem übel, es sind ja doch alles nur Müllers und Schulzes, und was ihnen passiert, ist allgemein. Der interindividuelle Konflikt ist ausgestorben, ebenso der zentrifugale Ausdruck. Der Schauspieler verleiht sich zwar durch angeklebte Bärte noch die Gunst, seine existentielle Monotonie in sogenannte Figuren zu überlagern, dann hebt er den rechten Arm und dann den linken, das gibt sich als Ausdruck, fuchtelt er mit beiden Extremitäten, so ist das schon Schrei und kreatürliches Sichwinden, aber es ist Leichenfleddern und Angeberei. Der Mensch von heute hat einen Zug: er ist zentripetal – wohl eine Art Kernschutz, er hält die Hand vor die Kerze, er lebt bei verschleiertem Licht.

Der Mensch steht ganz woanders als seine Syntax, er ist ihr weit voraus. Der Mensch von heute rechnet weder mit Vergangenheit noch Zukunft. Der Satz, den er gerade schreibt, muß alles enthalten, vielleicht der Absatz, beim Maler vielleicht das Bild; aber alles, was darüber hinauslangt, ist Unvermögen und rechnet mit dem Wohlwollen der anderen. Der Künstler ist der einzige, der mit den Dingen fertig wird, der über sie entscheidet. Alle anderen Typen nässen die Probleme weiter, nässen sie durch Generationen, durch Jahrhunderte, bis sie stagnieren und faulen, bis – evolutionistisch gesprochen – die Gehirne sich verwandeln und die Natur eingreift – also ein menschenunwürdiges Unterfangen. Daher sagte ich: der Schlag auf das Rohr, der Schlag, der alles löst – daher sagte ich: der Glasbläser.»

Soweit der Herr von Ascot. Vielleicht etwas weitschweifig von mir vorgebracht. Aber wenn zwei Bände über die Geschichte des anfänglich dornenlosen Ölbaums erscheinen können, herausgegeben von der Heidelberger Akademie der Wissenschaften, und mehrere Werke über das dunkelbraune Augenpigment der Mehlmotte Ephestia sowie eine Enzyklopädie betreffend die Extrakte aus Schmeißfliegenpuppen, darf man so ruhig vorgebrachte Eindrücke wohl still bei sich notieren. Ich hatte seit je so gelebt, daß ich mir ein großes Gehirn machte durch Lektüre, Notizen und mittels Gedächtnisstützen, dahinein trug ich nun auch diesen geschilderten Herrn. Wie glühend die Tage waren! Aber ich hatte auch anderes erlebt, sanfte Sommer, die Beete trugen Blumen von undenkbaren Farben, man schwieg und die Ewigkeiten zogen vorüber, alles sammelte sich zu Schweigen und Traum und man erblickte das Getrennte. So auch jetzt, wenn ich manches von den vorstehenden Bemerkungen mit ihren vielleicht einzelnen Widersprüchen überdachte.

Denn man konnte in der Tat schon in manche Ferne sehen. Es lag alles schon sehr nahe zusammen, manchmal lagen schon alle Segel nebeneinander: die von Salamis und die der Mayflower und die aus den Regatten von Cannes. Die Rose zog ihren süßen Weg, und nur einen Blick füllte sie mit allen ihren Dolden: aus Asien durch die Gärten des Midas, ellenhoch auf den Marmorböden in die Feste der Kleopatra, und weiter zog sie, verlor Duft und Süße, wurde in Finnland die Schwarze Rose und dort die Totenrose und dort die Ölrose – und nun füllte der ganze Weg nur einen Blick.

Den Blick zurück! Doch der Blick nach vorn wußte auch, was für ihn die Uhr geschlagen hatte, er sah die Rätsel des Weges, aber entschleiern wollte sich ihm nichts. Selbst aus der Einöde dieser zerstörten Stadt, der Glut ohne Wasser, Gedanken ohne Gefährten, den Monologen, die nicht einmal neu waren – selbst dies alles auf ihm, das ihn doch zu differenzierten Resultaten gewissermaßen hätte nötigen sollen –, gewahrte er immer nur eines: entweder war alles nichts oder alles etwas – zu diesem letzteren aber konnte er sich seiner Anlage, seiner Stimmung, seinem optischen Registrierapparat nach nicht entschließen, abgesehen davon, daß auch dies letztere auf eine völlige Wertverwahrlosung innerhalb des individuellen Systems hinauslief, auf eine Promiskuität, eine Formnivellierung, die mit dem Nichts ursprünglich und teleologisch identisch war.

Das denkerische Fluidum hatte etwas Katastrophales angenommen, es gehörte zu den Wesenheiten, die man, innerhalb der letzten Jahrhunderte, «innerlich» genannt hatte, die aber jetzt verbraucht waren, leer, zusammengesackt – ein paar abgezogene Katzenfelle zersetzten sich noch in irgendeiner Ecke. Und das «Äußere», das gewisse Zeichen vorausschickte und vielleicht einmal näherkam, hatte noch keine Tiefe, wahrscheinlich besaß es gar keine, es besaß andere Dimensionen, zu denen noch niemand vorgedrungen war.

Dies Fluidum, das den Erdteil denkerisch durchtränkte, war in seiner Ausweglosigkeit längst erkannt, trotzdem liefen die Länder auf vollen Touren, es von neuem auf den Damm zu bringen. In diesem Sinne fragte ich vorhin: ist Denken Zwang? Nun frage ich weiter: haben die Dinge irgendeinen Ernst? Tragen sie eingegrabene Züge, Befehlsbestimmungen, Kaperorders – nein, sie sind eine fremde Welt, verschlossen, indifferent, sogar mit kalten Schultern. Von wo legt sich nun ein Sinn darein, mit ihnen durch Denkmanipulationen zu Struktureinheit zu gelangen, Komplementierung, Zuordnung, begriffliches Jonglieren mit ihnen zu betreiben, wozu muß man denn übereinstimmen, sich bestätigen, oder wer glaubt im Ernst, mit dieser Methode irgendeine Identität erleben zu können, welches sind die Züge dessen, der behauptet, hierin seine Notwendigkeit zu finden?

Es sind die Züge einer Lokalgröße, von der vor allem eines klar ist, daß sie nämlich einer Identität gar nicht bedarf, daß sie vielmehr jeder Antwort von Gewicht grundsätzlich ausweicht. Sie nach einer Antwort fragen heißt für sie, ihren Rang degradieren. Dieses Denken will gar nicht darauf antworten, was das Leben oder die Vererbung oder das Wesen der Materie sei, es betreibt sich als Selbstzweck, es spiegelt die Fragen, aber als Auge ist es blind. Es befriedigt sich selbst und läßt alle dabei zusehen, und jeder, der zusieht, weiß genau, daß hier etwas ganz Abnormes geschieht, aber nirgends ist mehr eine Kraft, es aufzuhalten, die Voraussetzung dafür wäre der Wille, eine neue körperliche Wirklichkeit erstehen zu lassen mit sublimeren denkerischen Bedürfnissen und einem echten Identifizierungsritual, aber dazu ist die Rasse zu erschöpft.

Ich hatte daher oft erwogen zu emigrieren und einen Erdteil aufzusuchen, in dem eine andere Art zu denken vorherrschend war. Meine Notizen verwiesen mich auf Lhasa – nebenbei seine Eroberung durch die Engländer 1904 eine ihrer weitsichtigsten politischen Touren. Auf sieben seidenen gelben Polstern sitzt der Tobden-Lama, der König des Worts, der Ozean der Weisheit. Gebetsmühlen mit und ohne Glokken, Gebetszylinder mit Stangenachse, Gebetsräder bis zu fünf Meter Länge in eigens dazu erbauten Häusern, Gebetsmaschinen durch Wasser und Wind getrieben beherrschen den Erdteil. Muscheltrompeten, meterlange Posaunen, die vier Mann tragen müssen, Pauken, Klarinetten, über einem Viertel der Welt. Chinesen, Mongolen, Burjäten, Inder, Turkmenen, vom Baikalsee, vom Kaukasus, von der Wolga, aus Sibirien, streben dorthin. Alle Karawanenstraßen laufen hier zusammen. Om mani padme hum: Oh, du Kleinod im Lotos, Amen – alles wirft sich in den Staub. Hier stehen die Dinge außerhalb, sie lasten nicht so, niemand bezieht sie ein in sogenannte Zusammenhänge, gesammelt werden Pferdemist oder Jakdünger, auch Fallobst, aber nicht wegen Struktureinheit, sondern um zu heizen. Aber: erkenne die Lage! Aber, sagte ich mir sofort, die Orchester der Lamas machen eine äußerst schrille Musik – selbst für jemanden, der aus einem so musikgeduldigen Lande stammt wie ich, wäre das unerträglich; Tag und Nacht Trommelwirbel und Mönchsgesänge bei der Arbeit, beim Marsch, auf der Weide, in den Basaren, Paukensymphonien, Religionsstiftersynkopen, es soll unberechenbares Heil einbringen, aber mir wäre es zu viel. Auch ihrer Kosmetik, nämlich sich niemals mit Wasser waschen, immer nur mit Butter das Gesicht einfetten, könnte ich bei der Art meines Instituts, das der modernen Hygiene dient und dem Gesundheitsamt untersteht, nie beitreten. «Kleinod im Lotos» –: Reklamebalsam für mein Haus, aber sachliche Beziehungen zum Karakorum unmöglich! Ich befand mich also zwei entgegengesetzten Vegetationsformen des Denkens gegenüber, und zu keiner war ich mehr bereit und fähig.

Bei diesem Suchen über die Kontinente hatte ich auch noch einen Blick auf die Religionen geworfen, an denen doch Nietzsche noch so gelitten hatte. Wie vorbei war das alles! Flora und Fauna wechselten auch hier. Es gab Religionen ohne den Gottesbegriff, ohne jede Gottesvorstellung, an denen sich Europa kontroversisch so emporgerankt, um die es so eigenwillig gerungen hatte, und unter ihnen war es die größte, die buddhistische, die weder Gott noch Unsterblichkeit, noch Einzelseele kannte – jede Erlebnisse, auf denen bei uns die früheren Innenleben fußten, also auch das war eine regionale Stimmung gewesen mit Monologen, Dialogen, Opfern, Benefizien und als Ganzes heute wehmütig wie der Rückblick auf ein Bühnenleben. Wenn das nun also das Allerheiligste gewesen war, das der Menschheit beschieden wurde, warum war auch dies so wechselnd, widerspruchsvoll, der Thesen und Antithesen bedürftig, einmal aus Stein entstanden, einmal aus Jungfrauengeburt, wie war demgegenüber Bezweiflung überhaupt möglich geworden, aus welchem Hintergrund war der hervorgetreten – es war bei dieser Lage doch nur allzu verständlich, wenn man das einst dem Glauben Verhaftete heute nicht mehr als gewichtig empfand. Und schließlich entzauberte sich auch jene Vorstellung, die immer so ergriffen überall zitiert wurde, und die heute mit angeblich ganz primären geschichtlichen Aufgaben bei uns ausstaffiert werden sollte, die *Humanität*: es hatte hohe Kulturen, die uns nahestanden, gegeben ohne jede Humanität: die ägyptische, die hellenische, die der Mayas, die von Yukatan, und die letztere mit einer Musik von erhabenster Trauer, Musik eines gereiften, überreifen, des Unterganges bewußten Volkes, Musik aus purem Gold, kurz, ob mein Blick auf Spiegeldenken oder Jakdünger oder scholastische Kontroversen und geschichtliche Aufgaben fiel, er sah überall nur Katzenfelle, und wenn ich eingangs euphemistisch gesagt hatte, der Erdteil zittere, so war es doch wohl schon mehr ein tektonisches Beben, dessen echte Symbole diese Ruinen um uns waren – die Royal Air Force hatte vermutlich gar nicht abgeworfen.

Ich bin sicher, daß die vorstehenden Tatsachen reiferen Menschen der gebildeten Kreise längst bekannt waren, sie werden sie banal finden, aber ich mußte meine Überblicke erst langsam erleben. Das kostete mich körperliche Zusätze, ich will sie erwähnen. Ich erinnere mich eines Vorfalles aus meinen jungen Jahren. Ich stand am Hafen von Santos. Links das Guaruja-Hotel, dessen Spielsäle seit einigen Monaten naten geschlossen waren, das Jeu fand jetzt in einer der nahegelegenen Villen statt. Der Badestrand lag leer, Ebbe, einige Autos jagten auf dem sofort getrockneten Sand, so hart war er, und rechts löste sich ein deutscher Dampfer vom Kai, eine

Weile war er noch im Strom, dann auf der offenen See, und drüben lag Europa, ich erschauerte.

Der Dampfer hatte Polopferde an Bord, die würden nun in Surrey oder neuerdings auch in Frohnau jagen und traben, und ich sah die Plätze vor mir, die exquisiten Gremien auf den Ponys und den Rasen, der eine war schön wie Adonis, der zweite übermenschlich wie Holofernes, der dritte gleichgültig wie Diogenes, Nabobs aus Städten, die um Brunnen lagen, und solche aus Hochstädten von Beton, und dann die Frauen, durchaus mein Gebiet, ich richte sie her, Duft von Nelkenwasser, Wolken von Weihrauchextraits, Sommerhüte: Stroh und eine Rose aus schwarzem Tüll – diese lässigen Etwas, an deren Zutraulichkeit uns so viel liegt. Sonnenschirme bunt wie Papageien, Sakkos aus wunderbarer vanilleeisfarbener Ballonseide – im Flugzeug kamen sie angeflogen. Aber hinter diesen Plätzen erhoben sich für meinen Blick ähnliche Szenerien, ein Abend am Nil, wo der Club der «unnachahmlich Lebenden» ein Festival gab, die Ägypterin warf gerade die Perle in den Wein und sieben Dromedare wurden niedergelegt, vollbeladen mit Melonen. Dann die Provence, die Höfe mit den Troubadours, die Partys mit den Veilchenwürfen – dann Griechisches: schöne nackte Silene, Kufen mit rotem Wein, Hände mit Früchten, Lippen voll Trauben, alles in Bewegung, Venus legt die Meermuschel aus der Hand, und eine Hirtin greift eine Flöte – und während die Bilder vorüberzogen, wechselten, sah ich über meinem Erdteil einen Schwung von Taumelnden, einen Erdteil ganz durchtränkt von Fallen und Beugen, von Niedersinkenden, die Einzelerscheinungen entformten sich in mir, wohl eine Regressionstendenz, die unbewußte Wiederherstellung früherer Existenzzustände: Wasser werden, den niedrigsten Ort aufsuchen, den alle meiden – eine ganz antieuropäische Tendenz, nahe dem Tao.

Eine starke panische Gewalt war in mir tätig, die unmittelbare Vereinigung mit der Dingwelt zu vollziehen, die Stigmata der Jahrhunderte versinken zu lassen, die verschüttete kindsmörderisch ertränkte Einheit des Seins zum Aufbruch zu erwecken, und die abendländischen Phantome von Raum und Zeit in die Vergessenheit zu rücken. Hier am Strand von Santos, bei einem Europäer! Ich hatte gelesen, von Platon stamme die Idee der sogenannten Anamnesis, nämlich die Idee, daß alles in uns Erinnerung sei, daß unser Leben nicht das war, was wir sahen und trieben, sondern das, was in uns lag und dem wir bestimmt waren, es in Bildern und Gedanken aufsteigen zu lassen und ihm einen Ausdruck zu verleihen. Auch eine griechische Idee, aber völlig gegensätzlich zu der obenerwähnten Balkanidee! Eine Lehre vom Urerlebnis, diese Lehre unter den Platanen, vor denen er mit Phaidon lag, diesen weißen Bäumen, den Verkündern der Quelle, an der man losbinden und die Tiere tränken konnte und zum Chor der Zikaden die eigene Lippe netzen. Solche Zustände von Anamnesis erlebte ich öfter, auch nachdem ich Santos und die umliegenden Fieberlöcher längst verlassen hatte, ja, ich konnte sie gelegentlich in mir herbeiführen und sie wurden der Beleuchtungseffekt meiner Existenz und ihrer inneren Überblicke.

Sie haben wohl nichts zu tun, sagten regelmäßig Kunden oder Bekannte, mit denen ich vorsichtig über diese Dinge sprach – natürlich hatte ich nichts zu tun, was sollte ich denn zu tun haben, das Geschäft für Wohngelegenheit und Schwarzhandel – aber was zu tun, an dieser übermächtigen Menschheit, innerhalb derer meine Idee zu ihrer geschichtlichen wie 1 : 20 Millionen stand – was zu tun – aber wenn ich plötzlich über allen Meeren und Fluten die Segel sehe, weiße, braune, vielfarbige, die von Salamis, die der Mayflower und womöglich einige vom Titicacasee, von den Urzeiten bis zu den Meetings von Cowes: war das nichts – das, fühlte ich deutlich, hatte ich zu tun.

Man muß ehrlich sein auf jede Gefahr, à propos, welche Gefahren haben diese Erdteile denn zu bieten, bürgerliche

Gefahren, der Tod ist etwas zu Außermenschliches, um ihn als Gefahr zu degradieren – also man muß ehrlich sein, und darum gestand ich mir ein, daß die einzigen Bruchstücke des Seelischen, deren ich ganz gewiß war, dieser Zerfall war, der die Stunde aufhob und alles auf eine Karte setzte und diese Karte, nüchtern beginnend, dann glühend ausspielte ohne Rechnung auf Einsatz und Gewinn. Und von hier aus fand ich eine neue Beziehung zu Herrn von A., seinem Glasbläser und einem noch nicht von mir erwähnten Zusatz, den er öfter machte, den ich öfter auffing und dessen schmerzlicher Sinn mir erst allmählich nahekam. Er lautete: – «Dies alles gilt nur innerhalb meiner Worte» –, nur für seine wenigen Worte galt ihr Sinn! Die Lage war nicht so, daß man noch für andere sprechen konnte, zu anderen sprach, kaum durch ein Zimmer drangen die Sentenzen, für sich allein trieb man die Gebilde vor.

Dort die Welt in ihrem denkerischen Zerfall, und hier das Ich mit seinem geschichtlichen Versagen. Und dann die Platanenlehre und die hohe Ästhetik des Glasbläsers: der glühende Fluß und dann der Schlag auf das Rohr, ein Atem – und dann die zerbrechlichen Wände, von nichts besponnen als Schatten und Licht. «Ist nicht alles nur Ton, in dem wir spielend nach Göttern suchen» – die Stimme eines anderen rief herüber, eines der gegenwärtigen Großen, auf die es sich lohnte zurückzublicken und deren Werk den Glauben in uns zurückließ, daß nicht alle Geschicke enden. Du trittst zurück in die Schatten, aber etwas von dir wird noch verweilen. Und wenn es sich bei dir auch nur um Vasen und Gläser handelt, die dein Hauch ablöst, nicht um die tiefen Reliefs und die Fluchten von Gestalten, wenn es sich bei dir auch nur um geringere Stücke handelt, halte auch du dich in dem Land, in das dich deine Träume ziehen und in dem du da bist, die dir auferlegten Dinge schweigend zu vollenden.

Es wird wieder Winter werden, die Farbe und die Ruhe der Bronze liegt über der Stadt, und die Spinnen treten hervor. Das Licht zieht fort auf den Federn der Schwalben, wer etwas Erde hat, der erntet seine Gärten, die Straßenzüge riechen nach Knollen und der Tabak hängt über die Balkone. Die Stürme werden einsetzen, der Frost beginnt, Hunger und Seuchen werden uns unter die Hufe nehmen, schon verstärkt der Magistrat weitsichtig die Totengräber, und die Blumenläden hoffen auf großes Kranzgeschäft.

«Ein Storch unter dem Himmel weiß seine Zeit» – ich will nicht weniger wissen als dieser Flüchtling; «eine Turteltaube und ein Kranich merken ihre Zeit» – ich will nicht undeutlicher merken als dies Geflügel. Darum sage ich, das einzige, das uns hochhält, ist der Schwarzhandel, er ist vorzüglich organisiert, und die Preise sind nahezu stabil, er ist die Währungsreform spekulativ und moralisch: bemerkt man das Pfund Zucker oder die Büchse Kaffee, weiß man, wofür man arbeitet, ora et labora. Unter meinen Kunden ist nicht einer, der sich nicht etwas beschafft und ebenso darüber denkt, aber auch die Angestellten ziehen ziemlich regelmäßig Zusätzliches aus den Taschen. Die einzigen, die von den Zuteilungsrationen leben, sind offenbar die öffentlichen Organe, die Bezirksräte und die Preisprüfungsämter.

Die materiellen Unterlagen unserer Existenz sind jungen Datums. Die Chesterfield trat erst zwischen den Weltkriegen auf, Firma Liggett und Myers; 1913 hatte überhaupt die erste gemischte (blended) Zigarette in Gestalt der Camel Erscheinung gewonnen – der Duke-Trust. Das gleiche Jahr, in dem die sensationelle neue Theorie der Atome von Bohr der Öffentlichkeit bekanntgegeben wurde. Am 20. 7. 1920 Eröffnung des Panamakanals, sechzig Kilometer lang, hundert Meter breit, der Atlantik liegt zwanzig Meter höher als der Pazifik, und die Flut steigt in Colon achtundfünfzig Meter, nur sechs in Balboa, daher die Schwierigkeiten – täglich müssen etwa fünfzig Schiffe passieren, damit er rentiert, dafür kommen aber jetzt die Ananas aus Honolulu und die Perlen aus Makassar zwei Monate eher an die Seine. 1922 Insulin, 1935 die Sulfonamide. 1925 Auswanderung zahlreicher Negerkapellen aus New Orleans: Alexanderzug des Jazz bis vor unsere Tore. Alles künstliche Blau Europas seit Cäsars Bellum gallicum stammte aus dem Waidkraut, Thüringen war der Hauptsitz seines Anbaus, erst das Indigo brachte es vom Markt, der erste Küpenfarbstoff aus Teer, es war 1900. Mein Vater erzählte, wenn sie sich auf dem Lande besuchten, gab es als letzte Finesse Reis vorgesetzt, das war die neueste Gourmandise, es war die Zeit, als die Post in der Woche einmal auf die Dörfer kam – heute ist es ähnlich, also eine gewisse Einheitlichkeit der Welt liegt über der Erde, und Soziologie und Kulturphilosophie entschlafen wie zu früh geborene Kinder. 1947: während die Zigeunerstämme beider Hemisphären in Saintes-Maries-de-le-Mer am Schrein der heiligen Sarah eine neue Führerfamilie küren, die alten Königshäuser der Kviek und Sarana hatten sich ausgerottet, beobachtet man in Chikago die vier Ziegen, die Bikini überlebten. Als ich aus dem Nichts trat, herrschten in China noch die Mandschu, und in Berlin hatten die Geschäfte noch keine Sonntagsruhe; zwischen Europa und USA liefen drei Dutzend Kabel, aber ein aus dem Russisch-Japanischen Krieg Zurückgekehrter erwähnte, die Kirgisen und Tataren sängen noch Lieder auf Tamerlan. Was ich damit sagen will, ist, wir befinden uns in Fluß, und er hat ein langsam strömendes, vielfach undurchsichtiges Gewässer, heute nimmt er eine seelische Krümmung: keine Kausalität, keine Psychologie und keine Pensionen, selbst die Tiere empfinden konträr: die Katzen haben die Ratten satt, und die Ammern schütteln sich vor den Würmern. Dagegen besteht eine gewisse Einhelligkeit in bezug auf Töne aus Zimt, Ingwer und Bernstein für Schals und Taschen in dieser Nachsaison, die Ohrläppchen werden groß bestückt und Rouge baiser und After Show Lotion blühn schon wieder in genügender Menge aus den Ruinen.

In diesen kritischen Herbstwochen war es, daß ich, beeinflußt von gewissen Schwebezuständen und einem großen Zinnienbeet im Botanischen Garten, daran gedacht hatte, mein Institut zu veräußern, mein Leben zu verändern und an einen See zu ziehn, eine Fläche dunkler Wogen, groß genug, meinen Blick zu tragen, zu ertragen, bis er an fernen Ufern landet. Der Mensch will alles zusammen sehn, zum Teufel mit den bezeichnungssüchtigen Zersplitterungen der Städte, den ewigen Objektofferten aus Schaufenstern, Kramläden, eindrucksfrechen Kiosken, dem lästigen Eckennehmen, den dauernden motorischen Ausweichszwängen vor diesen fischgesichtigen, bullaugigen, haischwänzigen Limousinen – der Mensch will die Einheitlichkeit des Bewußtseins fühlen, in ihr leben, sich ihrer erfreuen, sie allein bestätigt ihm seine Herkunft und seine Stunde, und alles dies versprach das Land, tagelang sah ich den See vor mir, seine Unverderblichkeit, seine Einfalt, seine Ruhe, seine Farben. Dies war das Stimmungsmäßige, doch auch syntaktisch-sprachliche Motive kamen hinzu. Wenn ich unter den Worten meines Volkes Umschau hielt, hatte ich seit je viele gefunden, die ich nie hätte erschaffen können: heilig, Firne, gestirnt, alles Vertikale hätte mir nicht gelegen – für Ebene, Wasser, horizontale Situationen hätte ich manches beibringen können, für das Unterbewußte, das Schläfrige, das Panische, für Waben, Gärten, die Mittagsstunde. Worte aus den Steppen hatten mich immer sehr berührt. Der Himmel ist ein Bogen und das Schicksal ein Pfeil und Allah der Schütze, wie es im Islam hieß – überhaupt Asiatisches durchkreuzte sehr häufig meine individuelle Penetranz, als deren Echtestes ich immer das Amorphe empfand, das Ambivalente.

Das Asiatische, das Östliche, seine Grausamkeit, sein unsäglicher Prunk, seine Herrschsucht und seine Ergebenheit, sein Staub, der durch Wüsten groß wie Meere zog, und der weiße Stein, aus dem die Mogulpaläste sich einst erbauten, erbauten und dann zerrannen – ja, überall Ruinen, Versinken, ein Übersichgebeugtsein, das vergessene Weisheiten pflog, aus meinem Gebiet: Jogatechnik, chinesische Akupunktur, die die uralte Therapie des Solarplexus kannte, die Beeinflussung jener geheimen Zentren und Punkte, die den Tonus unseres Lebens bestimmten, vitalistisch weiter als die moderne europäische Reflextherapie, zentral auf Arbeitsfähigkeit gerichtet und allein aus der industriellen Leistungssteigerung ihre Weihen beziehend – dort strömte der Jordan, aus dem andere Taufen steigen, und dort der Ganges, an dem andere Pilger knieten – an alle diese Wasser grenzte mein See, er streifte hinüber in die mongolische Weite, selten erregt, nur im Herbst schlug er Schaum in das Schilf, und die Pächter fuhren hinaus und fischten langsam mit ihren Reusen.

Verlockungen, und überall Wasserrosen, schon halbe Fische – der Titan versunken in seinen Traum! Was mich bestimmte, dennoch in der Stadt zu bleiben, kann ich nur umschreiben. Ausgangspunkt waren die zoologischen Gärten, die Großstädte wetteifern ja direkt miteinander in bezug auf Tierparks, Aquarien, Insektarien, jeder kann unbeeinflußt beobachten, was dem Organischen die Tage bringen. Aber innerhalb des Bewußtseins, hatte ich erfahren, lagen die Dinge anders – warum war es nur selber darauf angelegt, das zu verschleiern und zu leugnen? Ich hatte die bedeutendsten der modernen Romane studiert, in denen Europa sich suchte und erkannte, «Segen der Erde», «Der große Regen», aber der Schluß war immer der von Faust II: einfache Arbeit und Dienst an der Gemeinschaft, dort in Norwegen, hier in Randschipur. Wunderbar, wer so innig empfindet und das Heutige nicht zu durchleiden braucht, hinter dieser Linie steckte Idealismus, Glauben an die Zukunft, Glauben an das Leben, dies war der Grenzbegriff, das Wasser, das Palmenprofil in der Wüste. Aber es waren Kreise aufgetaucht, für die hatte das Leben kein zentrales, kein existentielles Gewicht mehr, es war nicht die Erfüllung als die schönste Tochter des größten Vaters, es hatte keine Flügel mehr, weder hinauf noch hinunter, diese Kreise trugen sich allein, sie mußten es, das war ihr Gewicht und das letzte und einzige, das sie noch als tief empfanden, und mir war klar, daß dies das moderne Europa war, und in dem wollte ich bleiben.

Dies sollte mein Opfer sein für vieles, wo ich nicht mehr opfern konnte. Alles was Anstand hat, legt auf den Altar seine eigene Stunde, Entlehnungen aus fremden nehmen die Götter nicht an. Hierin folgte ich dem Herrn von Ascot: die Gabe ist, einen Inhalt haben, die Moral ist, diesem Inhalt Ausdruck zu verleihen, das Talent ist, diesen Ausdruck in interessanter Weise auch zu finden – andere kosmische Bedingungen waren mir nicht bekannt. Diese Beschränkung war natürlich äußerst zeitgebunden, vielleicht gibt es einmal andere Zeiten oder woanders Zeiten mit weiter geöffneten Gesichten, Ein- und Ausstrahlungen immenser Art, weiten Fugen und Gewölben, aber heute und hier nicht. Smyrna war die Wiege Homers und das Grab des Tantalos, aber zu verschiedenen Geschlechtern – das zweite war später, und den letzten beißen die Hunde.

Das Geschäft, das Hochhaus, die see- und wälderzerblockende Metropole: hier hatte ich mein Leben gegründet, hier wollte ich seinen Abschluß bestimmen mit der genauen Verfügung, die Hälfte meiner Asche in den Septemberwind zu streuen und die andere Hälfte in eine leere Büchse von Nescafe zu bergen! Gesteigertes, provoziertes Leben – Spannungen, Extraits! An den Dingen bleiben, sie genau erkennen, und dann zersprengen – und in gewissen Stunden erschien es mir sehr leicht. Das war eine Fontäne von notierten Sachen, studierten Einzelheiten, und dann schleuderte ich sie hin. Das war Leben! Und hier an Ort und Stelle, in der Härte des Raums, inmitten von Angestellten und Kunden entwickelten sich die Dinge! Innerhalb der sozialen Welt – mein Gott, diese soziale Welt – wer jonglieren konnte und Maske machen, schlüpfte ihr noch immer durch die Maschen! Ich salbte und knetete, aber ich blickte um mich, ich fühlte meine Blicke, ich sättigte meine Stunden, immer bildete ich mich um. Eine Dame in Schwarz, sie will ihre Schritte ins Ausland lenken, verlangt die gekräuselte amerikanische Coiffüre, schon sinkt die Haube – tel est mon plaisir –, die Hände an Pflege und Hochzeitsflug, aber der Geist zertritt die biologische Schwemme, er verwüstet das Erstarrte, es entsteht die Glut. Was sind die Lehren, was ist die Geschichte – Bonmots, Arabesken, kleine Strudel im Panta rhei! Kleine Wendungen: Kublai verlegt die Hauptstraße von Karakorum nach Peking, Chinesierung der Mongolen, Sieg der Observatorien und Raupenzüchtereien über die Jagdzelte aus Pantherfellen, Großvater Dschingis-Khan dreht sich im Grab herum, in seinem Grab im dürren Gras der Tatarei! Kleine Wendungen: die Schatten der Schlacht von Plassey, die Clive 1757 schlug und in der er die Gallier endgültig aus Bengalen verjagte, diese Schatten, die vom Khaiberpaß über die Heimat des Schnees bis in die Tigerdschungeln des Südens reichten, lösen sich auf ins Ungewisse, und der große Rubin aus der letzten Kaiserkrone kehrt zurück nach Rangoon, von wo er kam. Hier ein gelungenes Abenteuer und dort ein mißverstandener Befehl – Patrouillen, Schwadronen, Geisterdivisionen, Generale, Gouverneure, Bathordensträger, Vliesvergoldete, Malteserkommodore verbeugen sich, salutieren, fallen à toutes les gloires, und zum Schluß gehen zwei Zivilisten langsam eine Treppe hinunter, die große Treppe aus einem großen Schloß, betreten den Park, stehn vor den Heliotropbeeten und den Forellenbecken, stehn, schweigen – es sind zwei Engländer, für sich und müde.

Nein, nicht an den See – hier heben sich die Schleier, hier hebt sich der Vorhang von Rätseln und Nacht. Die Völker wandern und mit ihnen die Götter: aus den Regenwäldern des Sudans von seinem afrikanischen Olymp steigt Wodu nach Haiti und die Madonna aus Rom als Maitresse Etilée nach Port-au-Prince. Über die Kaschmirpässe vermischen sich die Inder mit den Hellenen, durch das Défilé der Isére überwältigen die Punier die sieben Hügel, die Berge hinauf und die Hänge hinunter Schwung und Strahlen, dann Schädelbrüche und Knochen, stabil sind eigentlich nur die Geier! Die römischen Kaiser flitzen direkt aus dem Leben, die Yüandynasten werden weichgekocht mit Gift und Dolch, die Merowinger tätowieren sich gegenseitig mit Umbringungen und Rache, die Romanows suchen geradezu Kontakt mit Equipagenbomben und Logenschüssen –: nur die Geier!

Doch es war durchaus kein Tummelplatz für makabre Stimmungen, die ich in mir großzog, auch sportliche und kaufmännische Betrachtungen kamen in ruhigem Fluß, die ganze Wirklichkeit hob und senkte und spielte ihre Runden. Indien, bisher nur im Landhockey zu einer Weltmeisterschaft vorgestoßen, wurde durch die Teilung sehr geschwächt. Der Salzsee von Utah, auf dem irgendwas mit drei Liter Hubraum, aber 550 PS allen nationalen und internationalen Bestleistungen das Lebenslicht ausgeblasen hatte, war durch den neuen dreietagigen Car, genannt Atradome, des Yankee Clipper schnell erreichbar. Die neue Golftasche mit Behälter für den Caddy führte sich ein. Im Kentucky-Derby, dem berühmten Rennen um die Rosen, weil der Sieger mit einem großen Kranz roter Rosen geschmückt wird, wurde die Karriere von Assault, dem kleinen Wunder aus Texas, jäh unterbrochen – und wem gehörte dieser Crack auf der Bahn von Churchill Downs im Lande der «Blue Grass» –: Elizabeth Arden-Graham, der Kosmetikkönigin aus New York, deren Produkte ich viel vertrieb.

Es ist neun Uhr morgens, meine Glastüren beginnen sich zu drehen, die Herrschaften kommen, ich geleite sie auf ihre Stühle, sie fragen, ob ihre Lieblinge, Mann oder Fräulein, da sind, die sie immer bedienen. Ich vermittle. Das ist handwerkliche und manuelle Tätigkeit, aber selbst wenn man Hans Sachs auf sich beruhen läßt, Spinoza jedenfalls schliff Linsen, arbeitete mit Gebläsen und schuf doch eine Lehre, die den Olympier bewegte. Meine Branche ist uralt, die dritte Tochter von Hiob hieß Keren hapuch, das heißt Schminktöpfchen, es verherrlicht die Kosmetik, und Poppäa, die Gattin Neros, führte immer auf Reisen hundert Eselinnen mit, in deren Milch, versetzt mit Myrrhe und Korn – also dem Lait virginal des achtzehnten Jahrhunderts –, sie täglich badete, man kannte noch keinen Alkohol, man belud Milch und Weine mit Aromen. Auch hier herrschte meine ausgeglichene Welt: das Kohl der heutigen Ägypterin ist das Mestement der alten, der schwarze Schwefelantimon, der mit Farbe beladene Stiel wurde in die offene Lidspalte gelegt und das Auge sanft geschlossen. Also Wiederkehr des Gleichen! Im Material herrscht Anknüpfung, Rückkehr von Motiven, im Kommerziellen herrscht das ewige Geschäft, und das Soziale herrscht als rückwärtsgerichtete Mythe: die Masse bildet ja bereits längst überall den dritten Stand, soweit sie nicht bereits längst überall die Regierung bilde – kurz, weit und breit war Raum und Recht für die expressiv-archaische Sphäre, ihre Autolyse, ihre Mazeration im Nichts, um dann erglänzend nach den Bildern aus dem Platanengedächtnis zu greifen.

In einer Stadt, wo nichts vorhanden ist als Ausziehen und Blößen, wo die Verbrechen einleuchtend werden und die Gefängniszellen knapp, treten andere Gedankenbedürfnisse ans Licht als in jenen Ländern, wo auf einem roten Samtsessel zwischen Salbeipflanzen in seinem Garten der Schah einen Nektarinenpfirsich schlürft, oder wo ein Sir die Arme im Frackhemd über den Kopf hebt und hinter dem Nacken die Haken und Ösen unter dem blauen und scharlachroten Band des C.M.G.-Ordens befestigt, oder auf einer Plage an einem skabiosenfarbenen Meer, wo sich die grünen Parasols entfalten und Glamourgirls, unbekleidet bis auf ein Cachesex, aus Sonnenbrillen, mit Steinen besetzt, den Wasserskieurs nachsehn, die hinter den Jachten flitzen – dort das Zwitschern der Purpurati und hier das Röhren der Verdammten. In einem Land, dessen Gedanken behütet werden durch Bleibergwerke und Kasematten und dessen Gedanken eröffnet werden durch subkutane Einspritzungen, treten andere ideeliche Ablaufmechanismen auf als in jenen Gebieten, in denen Psychologen in Badeorten tagen und die Philosophen sich zu so dekorativen Festessen vereinen, daß die Blumenzüchter lachen. Eine Art entwicklungsloses Bewußtsein wird sich hier abspielen, steil und tatenlos, in sich gekehrt unter Böen aus Nirwana.

In einem Gehirn, das diesen Zustand weder als peinigend empfindet noch als krank, können dann Regungen entstehen, die es zu jenen Sphären tragen, jenen Ring- und Federsphären, in denen ein leichtes Netz der Bälle bestimmt – zu dem Badmintonspiel der Dinge. Flattern von zitronenfarbener Seide, von apfelfarbener Seide, von gurkenfarbener Seide oder die rehbraune Decke, die in dem laubreichen Juni das Knie des Staatssekretärs im Wagen einhüllt in den nordischen und in den Ländern mit Brisen, oder weiße Hyazinthen mit Maiglöckchenblüten bergen nicht allein die Möglichkeiten von Gefühlen. Auch aus den erreichbaren Dingen, selbst den handwerklichen, tropft einem solchen Gehirn mancher Honig in den Löffel.

Unbestimmbar sich verhalten und Eindrücke der ruhenden Erde gewinnen, die Bestandteile auseinandernehmen und wieder zusammenschließen – das Prinzip der Tätigen im Olymp und der Mahadöe und auch der Nornen – dazu Verwandlungsgefühle alter, aber mit uns vermischter Völker – die Ideenmethodik des Tat twam asi: die Erniedrigung in die Dinge und dann die Erneuerung nach der Qual des unproportionierten Durcheinanders in einen Griff, in einen Blick – dazu bedarf des nur eines Schritts in das ptolemäische Gelände. Dazu bedarf es dieser hinreißenden, ja reichen Stunden, denn nicht die Arbeit, die Last der Schultern oder die Riemen der Galeeren verbrauchen uns und machen uns so müde, das Leben an sich, dieser Schicksalszustand schwer und undurchsichtig, ist es, der uns dem Unerträglichen so nahe bringt und dem wir nur aus ihm als Ganzem stundenweis entgegnen können. Doch ich kehre nun aus diesem Allgemeinen in den Fluß meiner persönlichen Niederschrift zurück, mit der ich noch zu einem ganz bestimmten Thema strebe.

Denn mit einem allerdings muß man rechnen, es gibt kein Halten auf diesem Weg, er ist das Alles oder Nichts – das All im Nichts. Auch das Menschliche kann man nur artistisch zur Betrachtung bringen, denn diese ist ja der Weg zur ästhetischen Welt. Dafür eignet diesem Weg die Unmöglichkeit der Lüge: er beruht auf der Sicherheit des Körperlichen und der Schemenhaftigkeit des Geistes, der sich variabel materialisiert. Er hat Realität, das heißt, ihm fehlt die Appretur, der Schwindel mit auswattierten Substanzersätzen, ich spreche von unserem Kontinent und seinen Renovatoren, die überall schreiben, das Geheimnis seines Wiederaufbaus beruhe auf «einer tiefen, innerlichen Änderung des Prinzips der menschlichen Persönlichkeit» – kein Morgen ohne dieses Druckgewinsel! –, aber wo sich Ansätze für diese Änderung zeigen wollen, setzt ihre Ausrottungsmethodik ein: Schnüffeln im Privat- und Vorleben, Denunziation wegen Staatsgefährlichkeit, Abendlandsbedrohung, Humanitätssabotage – Denunziation als Form von Revolution, diese ganze bereits klassische Systematik der Bonzen-, Trottel- und Lizenzträgerideologie, der gegenüber die Scholastik hypermodern und die Hexenprozesse universalhistorisch wirken. Nun, lassen wir das, nicht mehr mein Feld, ich werfe mich der Zukunft in die Arme, auch die berührt mich gar nicht mehr, frei betrachte ich die künstlichen Regenfälle mittels Wolkenreizen – Squire-Kraus-Verfahren – hundertfünfzig Pfund Trockeneis auf Kumulusmassen –, das zweihundertzöllige Teleskop vom Palomar-Peak, möge es weitere zwölf extragalaktale Nebel numerieren – Greenwich zieht um nach Tahiti, und die arktischen Flugzeugstützpunkte besprechen sich mittels Lippenstiftsender – und sie haben recht, nicht nur weil Napoleon sagte, die letzten haben immer recht, sondern sie haben es in ihrem Kreis tatsächlich.

Nein, es bleibt nur der Blick, der Stil, zu sehen. Optimismus-Pessimismus –: das setzte die Tatsache von Gegensätzen voraus oder den Wunsch, daß man jemand Bestimmtes wäre. Weit entfernt! Dort rinnt etws Navy cut aus einem Juchtenbeutel, und dort rollt ein Limonenkügelchen mit Betelblatt aus einer Jadebüchse. Zugegeben, es gibt Standpunkte und Blicke, vor denen die ganze Welt zerfällt, paralytische Blicke, dies sind meine Blicke nicht. Ich bin kein Optimist, abgesehen vom Optimismus des Geschäftsmannes, daß täglich etwas in die Kasse klingt – keiner, denn ich bin in den Jahren, und wenn man alt wird, beginnt die große Vereisung, der Rückzug über die Beresina, die Armee geschlagen, die Fahne versenkt, einige zerfetzte Bärenmützen gelangen bis nach Polen, nach Paris nur der Empereur, und der bin ich in meiner Lage nicht. Natürlich gibt es auch einige erfreuliche Punkte, zum Beispiel die Geburt der Begriffe, zum Beispiel *Rhizosphäre*, ich bekam sie gerade heute zugeschickt, das ist die oberste Bodenschicht des Humus, darin die Fauna wird eingeteilt in Edaphon, Hemiedaphon, Euedaphon und so weiter, je nach ihrer Lage in der Tiefe, zu letzteren gehören hauptsächlich die Springschwänze und Zuckmäuse, das erschließt nun schrittweise «Die Tierwelt feuchter Böden». Und wo stammt das alles her? Nicht aus dem feuchten Boden, nicht aus Humuseindrücken, nein, aus dem Griff ins Freie, aus Vorherbestimmung, und das ist ja meine Lehre: die Unzugänglichkeit des Menschen für die Erfahrung. Man muß nur seine Starre lösen, den Fuß etwas vorstellen, locker dastehen, und schon bringt man andere Gewichte an die Büste. Mich jedenfalls blickt da manches an, zum Beispiel: Minus mal minus ist plus – wieso ist minus mal minus gleich plus, was heißt das, wer ist darauf gekommen, wem stieg dieser Irrsinn plötzlich in die Nase, das ist keine Logik und Psychologie, keine Kausalität und keine Errechnung, das ist zwar ein unlöslicher Bestandteil der Mathematik, aber doch reine Phantasmagorie, jenseitiges Spiel und nur als isolierter Ausdruck seiner selbst zu fassen. Also auch hier Züge meines Typs, der sich nie verläßt, immer in sich gekehrt, atmend diese Böen aus Nirwana.

Pessimismus, das ist eine verschlungene Sache – aber was heißt Pessimismus, wenn alles so klar zutage liegt? Untergang – ein untergehendes Volk, Sparta in der Vergangenheit, die Sioux als Zukunft, die nächsten hundert Jahre werden sie zubringen mit Beschwörungen und Schlangestehn, dazu etwas Feuerwasser von den aufsteigenden Siegern. Untergang – da darf man seine Spielart wohl betreiben, seine Wolken ziehen lassen, seine Fenster kränzen und aus den Fenstern noch einmal das ganze Abendland begrüßen, imposant in seiner Vielfältigkeit und seinem Tiefsinn, für alles haben sie Spezialisten, für Milchstraßen und für Suahelidialekte und für Haifische – ich erfuhr, man fängt Haifische, indem man sie am Schwanz zieht, dann strömt das Wasser verkehrt in die Kiemen und sie müssen hochkommen.

Pessimismus – das ist der Strandkorb des Unproduktiven, der rückt ihn an den See, ich bin Artist, mich interessieren die Gegenströmungen, ich bin Prismatiker, ich arbeite mit Gläsern. Was zum Beispiel die Methode meines Niederschreibens angeht, sie ist, wie leicht festzustellen, prismatischer Infantilismus. Sie ruft wohl in jedem die Erinnerung an Kinderspiele wach, wir liefen mit kleinen Taschenspiegeln und fingen die Sonne ein, die reflektierten wir dann auf Besitzer, die vor ihren uns gegenüberliegenden Läden standen, das erregte Unwillen und böses Blut, wir aber hielten uns im Schatten. Was wir ins Helle bekamen, war natürlich nur Haut, Stuck, Flekke, Leberflecke des Äußeren, Warzen am Olymp des Scheins, nichts Wesenhaftes – darum will ich aber auch vor jedem, der lieber historische Romane liest und ganze Kulturepochen vor sich ausgebreitet sieht, gerne die Hände zusammenlegen und ihm wünschen, daß ihm viele Söhne das Räucherrohr anzünden, ihm Vogelnestersuppen mit Bêch-de-mer und Schildkröteneiern vorsetzen und sie gemeinsam ihr Fan-Tan oder Mah-Jongg in Frieden bis ans Ende ihrer Tage spielen.

Doch dann gibt es Standpunkte und Blicke, in denen die Welten sich vereinen: das Delirium mit der Trockenlegung, der Fels mit dem Splitter, der Dschungel mit dem Steingarten – Gretchen tritt zu Lachesis, der Dreikönigstag spricht mit der letzten Sommerstunde, und das Mausoleum Bonapartes sinkt schweigend an ein Massengrab. Ptolemäische Erde und langsam drehende Himmel, Ruhe und Farbe der Bronze unter lautlosem Blau. Je und je bei nevermore, Augenblick und Dauer in einem – der Glasbläserspruch, das Lotoslied, es spielt sein Hoffen und Vergessen. Nein, ich bin kein Pessimist – woher ich stamme, wohin ich falle, das ist alles überwunden. Ich drehe eine Scheibe und werde gedreht, ich bin Ptolemäer. Ich stöhne nicht wie Jeremias, ich stöhne nicht wie Paulus: «Was ich liebe, das tue ich nicht, nur was ich hasse, das tue ich» – ich bin, der ich sein werde, ich tue, was mir erscheint. Ich trage auch kein Wissen um meine «Geworfenheit», wie die modernen Philosophen, ich bin nicht geworfen, meine Geburt hat mich bestimmt. Ich bestehe nicht aus «Lebensangst», allerdings behänge ich mich auch nicht mit Weib und Kind und Sommerhäusern und weißen Krawatten, ich trage unauffällige Binder, Anzug jedoch von tadellosem Schnitt, das Äußere ein Earl, das Innere ein Paria, niedrig, zäh, gefeit und sie dürfen jedes Fleisch essen.

Sich abfinden und gelegentlich auf Wasser sehn. Handgriffe, Lotion, Kundendienst für das psychophysische Ideal – ganz auf der Höhe: ein vielgewanderter, selbständig gewordener Coiffeur. Die Erfahrungen des Lebens und dann in gewissen Stunden dieses Erdteils letzter Traum. Die Geier und die Wasserrosen, das Geschäft und die Halluzinationen, Kreuzungen und dann der Untergang – so trete ich vor die aufsteigenden Länder.

Das Brüchige und Gespannte von Nofretete bringe ich mit,

dazu Erinnerungsherde aus wunderbar geschlossenen Gewölben: la Romanité und die Christenheit, aus Summen, Universalien, von diesem Erdteil gesammelt und von ihm zerstreut. Traditionen aus Cordoba und Montpellier, Gaben von Aposteln, Trouvers und Mönchen, Keime von Leiden und Gedanken, Verhaftungen mit Mechanismen und Idolen, mit Experimenten, Keilinschriftentzifferungen, Thesen und Statistik – innerhalb der menschlichen mengenbestimmten Skala ein gewichtiges Gehirn, eine beladene Pathétique.

«Lotos» – wer mein Geschäft erbt, nicht meine Sorge, ob man mir nachblickt, nicht mehr mein Raum. Aus ausländischen Blättern ersehe ich, schon wieder siebenundsechzig Marken von verschiedenen Haar- und kosmetischen Wässern bietet eine einzige Maison, das also stirbt nicht aus, aber wenn damit Schluß ist, werden sie etwas anderes finden, Öl für Roboter oder Salbe für Leichen – Alles ist, wie es sein wird, und das Ende ist gut. *(1949)*

DER RADARDENKER

Herbst, – die Epoche der Astern und der großen Spinnen. Jeden Morgen sitzt einer dieser Riesen an der Wand oder in einem der Waschbecken, durch die Türen können sie nicht gelangen, aus den Wasserleitungen nicht steigen, also wo kommen sie her, das frage ich mich jeden September, nun ich will nachschlagen, die Zoologen werden es wissen.

Auf einem bestimmten Holzstuhl sitze ich vielfach vormittags an meinem Fenster, das eine Straße übersieht. Das kann ich mir für Augenblicke leisten. Reisen kann ich nicht, einmal wegen der Kosten und der Schwierigkeiten, die eine solche Angelegenheit jetzt mit sich bringt, zum anderen erhalte ich keinen Paß aus der Stadt, ich stehe auf allen schwarzen Listen, schwarzes Schaf – Grund: Ich denke über vieles anders als die meisten. Dabei ziehen vor meinem geistigen Auge oft die Abgeordneten der Parlamente vorüber, die dürfen alles reden und schreiben, sind immun, im Verhandlungsgebäude sowohl wie auf der Straße, keiner darf ihnen Schwierigkeiten machen, jeder muß sie unterstützen, nur wenn sie auf frischer Tat ertappt werden bei Ausübung eines Verbrechens dürfen sie angesprochen werden. Dabei redet doch mancher von ihnen recht extreme Dinge, staatsbedrohende, öffentlichkeitsunfreundliche, also entweder hält man das, was sie reden, für Unfug und niemand nimmt sie ernst oder es liegt hier eine Ungerechtigkeit vor entgegen dem Psalmistenwort: Gerechtigkeit erhöhet ein Volk.

Dies Sitzen ist angenehm – nicht als ob ich bewegungsunsicher wär. Der gelähmte Restaurateur mir vis-à-vis, Alkoholmißbrauch, alte Lues, das rechte Augenlid geht nicht mehr hoch, auch sonst beschädigt, der ist gehbehindert, aber er sinnt doch freundlich im Vorgarten seines Etablissements vor sich hin und spinnt gedanklich. Was sinnt er, was spinnt er, das frage ich mich, das frage ich mich immer wieder.

Hier liegt eine Kardinalfrage vor. Oder folgendes: Ein Mann wird zum Staatsoberhaupt gewählt, sogenannter Präsident, ein äußerst sympathischer, tadelloser Mann, seine Wahl war nicht zu erwarten, aber achtundvierzig Stunden später erscheint bereits eine Abordnung mit in Trachten gekleideten Mädchen aus seinem sehr entfernt gelegenen Heimatsort und überreicht ihm ein Blumengewinde und einen Weinkorb. Man muß das einmal durchdenken: Die Nachricht trifft zu Hause ein, sofort muß sich also ein Komitee bilden, faßt diesen Gedanken, die Mädchen werden ausgesucht, ausstaffiert, mit Mitteln versehen, sie müssen in den Zug gebracht werden, dirigiert, ankommen, empfangen werden – alles innerhalb achtundvierzig Stunden! Welch wunderbarer menschlicher Unternehmungsgeist, welche Aktivität, Sprudeln, Vorwärtsdrängen in Zeitelemente und Öffentlichkeit – wer da mitkönnte! Hier spielt sich eins dem anderen zu und Entschluß und Ausführung vervollkommnen sich sofort ins Allgemeine.

Unsereins sucht überall Zusammenhänge, aber findet keine, auf der Jagd nach Einzelheiten verbringt man sein Leben. Aber es gibt Zusammenhänge, naive, erlebte. Ein Sommertag, Sonntag, Sie gehen die Kaufladenstraße, schlendern in ein Café, sehr voll, finden einen Stuhl an der Wand, Zweimännertisch, ein anderer sitzt schon da, eine Erscheinung! Sagt sofort: Seit sechs Monaten hat sich die Stadt stark verändert. Beginnt also ein Gespräch. Unbekannter alter Jude, total schwerhörig, Apparate in den Gehörgängen, ungemein sympathisch! Dann führt er die Kinder ein, Schwiegertochter – Sie erheben sich nach einer halben Stunde und wissen folgendes: Er ist den größten Teil seines Lebens in Süddeutschland gereist, Hauptbüro Stuttgart, Sohn Verleger, wohnt billig, drei Zimmer im Vorort, Zentralheizung, Blick vom Hügel – Schwiegersohn SS-Arzt gewesen, dummer Junge, mit zweiundzwanzig Jahren, verzeihlich, noch nicht entnazifiziert, Sommerheim am Wasser, dort heute (Sonntag), Chirurg, Knochenarbeit, donnerstags nachmittags frei, aber zu müde – er, der Redner, schwerleidend, Leistenbruch, Hodenbruch, hängt ganz tief herunter, geht nicht mehr zurück, muß Bruchband abends und morgens im Bett ab- und anlegen, da sonst Gefahr, dazu Herzmuskelschwäche, starke Aderverhärtung, darf eigentlich nicht rauchen, aber heute am Sonntag, hier sieht es ja keiner –, total schwerhörig, Sie können gar nicht antworten, er redet alleine, aber äußerst sympathisch, menschlich weit geöffnet (Goy würde stur dasitzen, pampig, selbstbehaupterisch) – hier bei diesem ist Zusammenhang, Verströmung, Jugend und Alter in einem, verflochten die Räume: Benzin kostet in Stuttgart 60 Pfennig, in Frankfurt 90, in Marienborn noch 100 Liter dazugekauft für 1,20, blöderweise, hier im Osten 50 Pfennig – – kurz ein Strauß von Tatsachenblüten, keine Lücke, kein Gram, erfülltes Leben!

Ein andermal sitzen Sie auf einem Dachgarten, Sie gehen selten aus, alles wirkt stark auf Sie, die weißen Gedecke, saubere Kellner, gepflegte Paare – aber warum tanzen die Leute ruckartig, zackweise, sie schwitzen, daß es an ihnen herunterläuft, und die Haare am Kopf kleben – bewegen sich, wohl rhythmisch, laufen hin und her, genußsüchtig, wippend, kreiselnd, bei großer Glut, kleine Tanzfläche vor der Kapelle – Erotik oder Sichanschmiegen oder Abmagerung, jedenfalls sie sind dabei und irgend etwas Drangvolles hält sie zusammen. Auch hier tritt etwas Allgemeines, etwas Gutes in Erscheinung.

Doch die Tage des Sommers sind, wie gesagt, vorüber. Die Stunden funkeln, Herbst, dies Zögern, das so rührt! Zögern, warum zögern und verschleiern, was bald offenkundig sein wird: Die kalten Himmel und die Nacht, das Scheiden, nachdem die Jahre und die Tage unser Herz zerstückten mit Irren und Vergessen und fernen klaren Glocken, die plötzlich klangen. Der Mann am Fenster! Die Gedankengänge im Heim! Der Radardenker auf seinem Sessel! Aber die Kausalität war nur in den letzten Jahrhunderten nach außen verlagert; Ursache und Wirkung und davon die Reaktionen, aber im Grunde ist sie das nicht. Die Kausalität liegt in Ihnen, Sie beherrschen die Materie: Stockholm ist eine bunte Stadt, Parks und Häuserwände feurig von Explosionen, und in anderen Erdteilen stoßen Sie auf Gebiete, die nach Zitrus duften und solche nach Violen. Die äußere Kausalität schafft nichts heran. Sie müssen immer ausgehen und was suchen, die innere bereichert Sie in Ihrem Stuhl – Siam, das in Lotosblüten versunkene Land, in dem ein ewiger Sonnabendnachmittag herrscht, das Reich, das immer Fische in seinen Gewässern hat und Reis auf seinen Feldern! Oder aus der Philologie: Seelenlagen, zweitausend Jahre alt, Demütigkeitsfloskeln, Selbstverkleinerungsformeln («mein schwaches Talent», «nur mit Zittern und Zagen», «meine ungepflegte Sprache») sogenannte Topoi, literarische Konstanten, rhetorisierende Widmungsmotive bis zurück zu den Alten – Cicero! – da sehen Sie tief, tief hinein über Kulturzertrümmerungen, schweigend gewordene Seinserscheinungen werden in Ihnen wieder überschwenglich – – Sie kennen die Prozessionsstraße von Babylon? Rechts und links die Löwen aus goldener Emaille, in der Ferne das Ischtartor – eine Flucht aus Glasur und bunten Ziegeln – hundertzwanzig Löwen! – die sehen Sie entlang –: Das sind Perspektiven!

Ernstlich, betrachten Sie die Lage! Sie sitzen hier in Ihrem Stuhl und draußen beginnt der Angriff auf die Tropen. Westafrika im Vordergrund, aber auch Nigeria. Wo bisher achthunderttausend Menschen lebten, können nun zehn Milliarden ernährt werden – ein Hinströmen! Aber wer strömt hin – etwa Sie? Ereignisreiche Umwelt! Neusüdwales hat seinen kältesten Tag seit neunundsiebzig Jahren – Schnee in Canberra; kurzlebige Armeerevolten in Honduras! Und Sie? Sie kennen die Wendung von der Tagesordnung, die ohne weiteres über was hinweggeht! Dem indischen Zoo wird ein Riesensalamander als Zeichen der Freundschaft von Nippon angeboten, in der Wissenschaft besteht Hoffnung, ein vom Blasenwurm befallenes Auge sicherer erhalten zu können – und Sie? Sagen wir es ruhig: Nur spurweise vorhanden!

Also was soll das alles, wo ist der Kern? Was wissen wir vom Menschen? Das Terzett aus dem Rosenkavalier – woher nimmt es seinen Zauber, die Ouvertüre zu Violetta oder die Spirituals, die Sklavenlieder – warum rühren sie uns zu Tränen? Alles unklar! Dabei ist das Wesen des Menschen viel erörtert, eigentlich unaufhörlich seit zweitausend Jahren. Krisen gab es auch sehr viele, die einen halten die zur Zeit der Auflösung des Römischen Reiches für die einschneidendste, andere die von heute. Mir ist Krise ein zu nonchalantes Wort. Du glaubst zu jagen und du wirst verjagt – Dämonen, Schuppenechsen, Eiszeiten, Schwankungen der Erdachse, Organumbildungen – eine lange Reihe von Sonderbarkeiten, unbegreiflich für domestizierte Etagen- und Laubenproblematiker, doch wer mit Radarmethoden trainiert, bekommt eine leichte Achsel, stellt eine Tafel auf seinen Schreibtisch, groß beschriftet: Das ist nicht anders.

Zwiespalte bleiben natürlich nicht aus. Sie sind schlaff und wundhäutig, daß Sie nicht ans Telefon gehen und den Postboten fürchten – und dann kommt eine Frau zu Ihnen, die konnte gestern abend wegen ihr verordneter Pillen nicht genügend essen. Ihr Sohn hatte Jubiläum, fünfundzwanzig Jahre Orthopäde, vier Freunde waren auch da, darunter zwei Ärzte, die spielen immer zusammen, ihr Sohn spielt alles, namentlich Geige, wunderbares Essen, aber sie konnte nicht recht mit. Dann kommt sie auf die Tochter zu sprechen, auch Jubiläum, die singt und spielt Harmonium auf Friedhöfen bei Feierlichkeiten – noch ein Jubiläum – so einfach kann das Leben sein: Tabletten, Appetitlosigkeit und Jubiläum – nichts von wundhäutig!

Nichts von Dialektik – gradlinig verlaufen die Konturen. Verlaufen auf die Bürgersteige: Der weibliche Teil, Frauen, keine Damen, Geld besitzen sie auch nicht, aber sie heben den Kopf, halten sich gerade, die Männer sehen ihnen nach, sie fühlen das an ihren Hüften, und diese Männer, alle irgendwie belastet, politisch notdürftig arrondiert, stellungslos, aber irgend etwas betreibend, nachts schlafen sie, erheben sich dann am Morgen im wesentlichen beschwingt – immer dies Sicherheben, mitmachen, weitermachen zur Osterzeit wie jetzt im Spätherbst – ja und, Moment mal, da kommt eine Dame mit Hut, Donnerwetter, wenn sie stillstünde, würde sich sofort ein Auflauf bilden: Alle Farben der Nelken straff gezogen und obenauf ein Wedel mit Eigenleben unter Verwendung aller Besonderheiten des Wippens – das ist Stille vor dem Sturm: Wenn dieser Stil sich durchsetzt, wogt Melanesien und Timbuktu durch meine Straße.

Natürlich kommen auch Stunden mit Unsicherheit, da möchte man ein Denkmal haben wie Storm, mittelhoher Granitblock, eine Büste mit schwarzem Rock und Bart, Erikakränze am Sockel – dies schöne Immensee, weich gespielt, aber immer noch hörbar – Heide ringsum – alle diese Elisabethgedichte von vielen Autoren – aber man muß es tragen.

Wenn nun einer sagt, was der Mann da am Fenster macht, ist etwas für Fischkutter zum Heringsfangen, Horchlot-Orter, Schwingungserreger, aber nur für Untiefen, so kann ich darauf hinweisen, auch in Zeitschriften und dergleichen finden sich sonderbare Sachen. Ein Diplomat aus dem gesichertsten Land der Erde, kein Deutscher, durch hohe Posten international bekannt, schreibt gutachtlich folgendes: «Bereits war das deutlichste Anzeichen für die völlige und katastrophale Umwandlung der Epoche in jenes letzte Stadium getreten, in welchem plötzlich alle Namen, alle Worte ihren Sinn verloren, die Zeichen, die der Geist errichtet hat in Architektur wie in den Werken der Musik, nicht mehr wahr sind, alles lügt, alles verblaßt, um dann plötzlich ausgelöscht zu werden und völlig zu verschwinden.»

Ungeheuerliche Worte! Hier lotet ein Diplomat! Einer aus berühmter Familie alten Stils, bestes Europa in der Strenge des Hierarchischen und der Weiträumigkeit der Golfsitten, spricht sich mit Einzelheiten über das letzte Stadium der Epoche gutachtlich aus! Also die Epoche kräuselt sich, irgendwo flammt etwas auf und irgendwo erlischt etwas und sinkt hinab in die Asche der Welten; irgendwo eine Nova und irgendwo ein Schatten und irgendwo ein Wasserglas, in dem das Serum sich bewegt. Erst die fünf Bücher der Genesis und dann der Augenblick, wo Sie das Leben nur noch im Gehirn empfinden, die inneren Organe wurden bewußtlos, aber das Bewußtsein wurde bewußter. Erst die Genesis, und dann der Engel mit der fünften Posaune; in diesen Tagen werden die Menschen den Tod suchen und werden ihn nicht finden, denn den Heuschrecken, die aus diesem Rauch herniederfallen, war gesagt worden, sie sollen nicht töten, sondern sie sollen quälen.

Es gelingt ihnen dies Quälen! Qual durch Gedanken, Qual durch Ablegen von Gedanken –: Haben Sie sich schon einmal klargemacht, daß nahezu alles, was die Menschheit heutigen Tages noch denkt, denken nennt, bereits von Maschinen gedacht werden kann, hergestellt von der Kybernetik, der neuen Schöpfungswissenschaft? Und diese Maschinen übertrumpfen gleich den Menschen, die Ventile sind präziser, die Sicherungen stabiler als in unseren zerklafterten Wracks, sie arbeiten Buchstaben in Töne um und liefern Gedächtnisse für acht Stunden, kranke Teile werden herausgeschnitten und durch neue ersetzt. Also das Gedankliche geht in die Roboter, der deckt den Bedarf, was übrigbleibt, sind Rudimente eines vulkanisch Früheren und wo sie sich zeigen, wirken sie bereits unmenschlich und verkracht. Also wo stehen Sie, an welchem Punkt der Fauna, durch welche Flora stochert noch Ihr Schritt – Sie schürfen durch den Herbsttraum, die Rosen neigen ihr Glas – leer, ein letztes Rinnsal noch an der beschlagenen Wand, die Gärten wispern braun und lila, durchgesichtig in flaches Ferngelände.

Das ist nicht äußerlich, was ich hier rede, auch der Blick nach innen geht still und tief. Erstens: Nimmt man an, daß der Schöpfer im Menschen etwas in der Richtung von Güte und Verzeihen hätte darstellen und entwickeln wollen, müßte man auch annehmen, daß er im Tiger und Leoparden etwas Mörderisches und Blutgier hätte entwickeln wollen und man muß gleich hinzufügen, daß ihm das auch in vollem Umfang gelungen ist. Also so einfach sind die Substanzen nicht, die die zur Erhabenheit verpflichtenden Seiten des Menschen beweisen sollen, besonders nicht, da diese dem Schöpfer doch nur schwach und stellenweise gelungen sind. Zusammenfassend: Kann man denn überhaupt vermuten, daß die Schöpfung der Vermenschlichung zustrebt, nein, das kann man doch wohl nicht. Zweitens: Sie lernen oder vielmehr Sie bekommen überliefert aus dem Brauchtum, Sprichwörterschatz, Urväterhausrat: Hilf dir selbst, dann hilft dir Gott, oder Goethe, den sie doch so schön gefeiert haben: Allen Gewalten zum Trotz sich erhalten, rufet die Hilfe der Götter herbei – oder Dehmel: «Greif zu und iß, dann dulde», – oder Hebbel: «An die Jünglinge» – oder wie die Tiefenpsychologie sagt: «Nur in der Beherzigung seiner Möglichkeiten kann sich der Mensch zu seiner Eigentlichkeit erheben» – kurz eine Fülle volkhafter, wissenschaftlicher, ästhetischer Ansichten, Verse, Sinngespräche alle in der Richtung, daß Sie sich selbst in Ordnung halten müssen, sich ausprägen, durchgestalten, – in Schulen gelehrt, von der Allgemeinheit hingenommen, die Sie nun als jungen, bildungsfähigen Menschen in diese Wahrheiten hineinstellt – sollen Sie, dürfen Sie das alles ablehnen, dürfen, sollen Sie das Religiöse gegen das natürlich Gewachsene, das Volkhafte in die Schranken führen? Drittens: Ich habe mich sehr genau beobachtet, ich bin mir so nebensächlich, daß ich das kann. Ich habe in mittleren Jahren jemandem Bestimmtes keine Liebe erwidert, nichts Erotisches, etwas Familiäres, habe ihn gequält, von mir abgehalten, zurückgewiesen, er war schwach, er litt, schließlich starb er. Ich habe daraufhin genaue Beobachtungen an mir, in mir angestellt, ob ein Schaden daraus für mich erwüchse. Ich habe diese Beobachtungen durchgeführt bis heute, schonungslos, es gab dunkle Gedanken, aber mehr Trauer als Niederschläge, jedenfalls einen sichtbaren Schaden habe ich innerhalb meines Lebens nicht feststellen können. Auch habe ich Briefe, Anzeigen, Bitten nicht beantwortet, also menschliche Aufgeschlossenheit einfach übersehen, die Sachen langweilten mich, war kein Reiz dabei – also nach dem Moralischen hat sich das alles nicht entwickelt, so daß ich schon manchmal glaube, das Leben hat keine andere Bedeutung, als daß man alle vierundzwanzig Stunden einen Tag älter wird, nachts schläft man und vormittags zwischen zehn und elf verlängert sich der Bart – ach, manchmal glaube ich, selbst die tapferen Zeugen und guten Bewahrer fühlen, daß sie längst auf verlorenem Posten stehen.

Und das Bewußtsein wird bewußter, beginnt die zweite Schöpfungswoche, aber wenn es abends durch den Garten geht, siehe, es ist nicht gut. Kälte und Trauer! Wenn man schon sagt, die Natur trage dschungelhafte Züge, wieviel dunkler ist es noch, den Geist zu beobachten und seine Bewegungen zu verfolgen. Was die Öffentlichkeit darunter versteht, das ist er nicht, wo er wirklich in Erscheinung tritt, erzählt er nichts, macht kein Palaver, da reißt er beispielsweise dem Menschen direkt die Gehirnwindungen heraus, Stücke, graue Substanz und ergänzt das keineswegs, sondern vollendet die Zerstörung. Undurchsichtiges Verfahren: Er spielt mit Richtigem und es fällt falsch zurück, er füllt eine Richtung auf und dabei wird sie kahler, bis sie sich nach vorn legt und dann sackt sie ab. Sie fühlen die Einwände gegen ihn, gegen sich, aber er jagt Sie weiter, er brennt sein Feuer, aber auch seine Asche verstreut er ganz allein. *Heutzutage* realisiert er sich üblicherweise als Gedanke. Ein Gedanke beißt an, ein Zittern durchläuft seinen Körper, die Zähne knirschen, er schüttelt den Stoff, zerreißt ihn – Fetzen und Staub! Die Gedanken laufen durcheinander wie Eidechsen in der Sonne – nun soll es große Gedanken geben, Krokodile, festliegende, aber ich vermisse die Schrift über den häuslichen Charakter der Axiome und die Geographie der Apriori, die klimatische Entschuldigung für so viel Staub. Heutzutage wird er aufgefaßt als Unterhaltung, Wissenschaft, Propädeutik – ach du lieber Gott – *heutzutage! Heutzutage* können Sie in die Lage kommen, gefragt zu werden, wovon Sie leben, von Radardenken können Sie nicht leben. Früher gab es schöne Stellungen – Syndikus: Listige Verträge, Neuemissionen, – oder Facharzt für Hals, Nasen, Ohren: Bißchen Rachenpinseln und nachts werden Sie nicht gerufen, – Vertreter für Suchardschokolade, sehr gefragt, Sie brauchen nur den Hörer abnehmen und die Aufträge notieren – überhaupt wenn Sie den Begriff Arbeit analysieren, kommen Sie zu sonderbaren Resultaten, aber es waren schöne Zeiten und ich halte sie hoch. *Heutzutage* geht eine Stimmung durch die Welt, es soll alles warmgehalten werden: Fußsohlen, Wahrheiten, Kunsttöne – Pulswärmer an die Beine, – Pulswärmer das ist der Hintergrund – ein Pulswärmer als Wimpel an die Kamikaze, den Götterwind, die Todesflieger – Pulswärmer an die Lanzen der apokalyptischen Reiter – sie wollen «wieder» Boden unter den Füßen (als ob sie seit fünfhundert Jahren irgendwo solchen gehabt hätten), «Zurück zu den Klassikern, so kommen wir nicht weiter» (weiter, aber wohin denn, und was heißt «so»?) – «Humus» – also sie wollen ruhig Dreck an den Stiefeln, aber warmen Dreck – – ich persönlich glaube nicht an Restauration, die geistigen Dinge sind irreversibel, sie gehen weiter bis ans Ende, bis ans Ende der Nacht. *Heutzutage, heutzutage* – aber öffentlich trage ich dem Rechnung, ich sage immer, heutzutage sind wir in Ägypten, also machen Sie ruhig Ihre Bewegungen weiter in Richtung von Lehrstätten und Kontoren, nur halten Sie sich den Kopf frei, darin muß immer ein Hohlraum sein für die Gebilde. Hier konzentriert sich das Reale, modelliert sich, so entstehen die Formen. Sie brauchen auch gar nicht nach der Uhr zu sehen, was wird schon sein – dreiviertel sechs oder dreiviertel sieben – alles Phantome! Aber wir wollen auch nicht zu streng sein, denken Sie das Menschenleben, es zwängt sich durch die Tage, wird magerer, wird dicker, trägt Gamsbarte, trägt Pleureusen, vernäht Dammrisse, sticht Ohrlöcher und nur allzuschnell kommt dann die Stunde, wo sie das Gesicht ins Dunkel halten müssen, in den großen schwarzen Schwamm, und schließlich sind sie doch alle gepilgert und kennen die Blicke auf Antlitze, die sie bestimmt sehr bald verlassen müssen, und das Stimmengewirr von Bahnhöfen, wo ihnen niemand etwas nützt.

Durch viele Millionenstädte fluten die Straßen, tags links ein See, ein Blau aus erster Hand, und nachts das Neonlicht. Riverbridge, Ponte vecchio, Münsterbrücke – darüber die Fremde, die Ferne, nicht von Ihnen errichtet, nicht für Sie erbaut. Die Peripherie der Metropolen: Rieselanlagen oder Père Lachaise oder Ananasplantagen – aber Unbekannte, die durch die Felder gehen. Lippen der Kinder, Alter der Erde, aber umarmen können Sie das nicht. 1821 ertrank Shelley zwischen Livorno und Lerici – lange vorüber – in einem Gutshaus wohnte Voltaire – lange vorbei. Trauer aus allen Weiten, seelisch belastet aus Epochen, Melancholie aus langer Sicht. Darum lehre ich die kleinen Gebilde – schaffen Sie kleine Gebilde still an Ihrem Fenster: Fliehen Sie die Ferne, fliehen Sie die Dauer, sehen Sie nicht so weit, wenn Sie nämlich in die Ferne sehen, kommt immer wieder die Frage: Wenn es nicht dazu gekommen wäre: Atomzerspaltung, Dynamit, Insulin, entbitterte Lupine – was dann, wie sähe die Sache dann aus, aber erstens wäre dann vermutlich etwas anderes dazugekommen oder es wäre zweitens nichts anderes dazugekommen, doch änderte das etwas an den Grundsätzen der Welt? Nein, fliehen Sie die Ferne, verflechten Sie sich mit Ihren inneren Beständen, nehmen Sie Ihre Bilder von der Wand, seien Sie Alkibiades oder Helena oder Ephialtes, verraten Sie, sonst werden Sie verraten oder allerdings beides – –, das Herzzerreißende, immer dies Herzzerreißende, darin stehen Sie und das müssen Sie tragen. Ebenso der Blick zurück: Drei Jahre, welche unermeßliche Zeit, drei Jahre ohne Inhaftierung oder Prostatakarzinom, welches äonenlange Geschenk der höheren Gewalten, glauben Sie mir, mehr gibt es nicht, kann es gar nicht geben, das ist schon ein Verhalten des Abstiegs und des Endes von unerklärlicher Bedeutung, das können die Götter schnell bestrafen! Stehen Sie, bekränzen Sie Ihr Auge mit jedem Abend, schließen Sie jeden Tag ab wie der Chef, der aus dem Büro geht: «Ist noch was?»

Bescheiden Sie sich, es ist genug gedacht, keine weiteren Spitzenleistungen! Betrachten Sie die Heiratsannoncen, da ist auch alles feingeistig und elegant. Die Tiere äußern sich nach allen Richtungen, aber der Mensch ist das verschlossene Wesen, in dem, was er sagt, ist meistens wenig von ihm drin. Wir sind stumm, wir sind ungeeignet, wir sind keine Favoriten, Sie zittern schon vor Ihrer Schreibmaschine, Sie schlagen die Tasten, leere, hohle Röhren, ganz was Trockenes und dann stellt sich etwas zusammen, – ein Wort, feucht von Träumen und Dünsten, aus einem Augenblick für eine Weile, tragend wie getragen, etwas Jenseits nahe und etwas Diesseits deutlich – Mischwelt, Kreuzungen – wer weist Ihnen da den Weg? Der Mann im Eigenheim! Vom Schatten aus auf die leuchtenden Bäume und Blumen sehen – dies japanische Gartenprinzip – das bietet Ihnen sein Fenster. Sich im Schatten halten, sich ver-halten – es verhält sich die Welt.

Nun kommen die Tüchtigen und sagen, Ihre Schatten sind stumm, wir wollen aber mähren und zwitschern, *natürlich* sein, Ihre Schatten sind leer – aber das ist es ja gerade: Es gibt keine Leere und es gibt keine Fülle, es gibt nur die Möglichkeit, die Leere zu füllen hier, sofort, am Fenster mittels Lotung und Transformation. Dann kommt die Jugend und spricht, so können wir nicht leben, wir wollen Stoff, wir wollen Handgriffe, wir wollen Ideale – wir wollen, wir wollen, wir wollen – –: also sie wollen Anschluß und Unsterblichkeit, aber wie sieht die aus? Eine Unsterblichkeit von fünfzig Jahren, noch nicht einmal ein Schildkrötenalter, mit Hilfe von Auktionen, Erinnerungsblättern, neuem Gemähre, neuem Gezwitscher – fünfzig Jahre, welche metaphysische Genügsamkeit, welch bescheidener Lebenswille – nein, ich begnüge mich nicht, ich will tot sein, völlig, Asche, Wurm, Lehm, Unkrauterde, ich neige das Haupt und nehme mich mit – einmal und nicht wieder, anders ertrüge ich es nicht, anders kann es auch nicht sein – Einmal im Sturz der Träume und der Bilder.

Diese These des Menschen erträgt die Äonen. Spannungen gewachsen sein, Spannungen binden – ausgleichen das Geheimnis des Stils! Was Sie Krise nennen, hindert Sie nicht an Gewichtszunahme, blicken Sie doch um sich, Krise – das ist doch noch alles gute, alte Tradition, hin und her, charmantes Spiel der Gegensätze: Unter Tyrannen festigt sich die Freiheit und unter frommen Kaisern entwickelt sich das Vergnügungsleben – ich höre einen anderen Ton aus der großen Posaune, ein Wort, hart aber tröstlich: *Verhängnis!* Geist und Leben – wie war das doch? Darum, meine Freunde, gedenken wir des 2. 12. 1942, als die Zeiger der Meßinstrumente sich zitternd zu bewegen begannen, kleine Klötze von Uran mit angereichertem Uran 235 waren wie Briketts übereinandergeschichtet in der Halle des Sportpalastes der Universität Chikago, die Spaziergänger gingen ahnungslos darüber hin, – also es war soweit, die Meßinstrumente brummten, aber Fermi, der Unerschütterliche, Leiter und Inaugurator des Neutronenbeschusses, der neue Gestalter mit der Erkenntnis von der Feste und dem Licht und dem Unterschied zwischen dem Wasser, Blockwart der zweiten Genesis, sagte die bekannten Worte: «Erst laßt uns essen gehen.»

II

Die vorstehenden Emanationen sollten einen Seelenzustand darstellen, für den es keine sachliche Erklärung und keine individuelle Begründung gibt. Das Gehirn ist rund, weich, dehnungsfähig – seine Funktion ist Realisieren. Der Radardenker sollte sich realisieren, er brachte sprachlich vor, was seine Wirklichkeit in jenen Herbsttagen war. Nun müssen wir ihn aber von außen betrachten und da ergibt sich folgendes:

Ich denke mir einen Dialog. Wie hieß deine Freundin damals, vor zwanzig Jahren? Ellen Lohmeyer. Wie sah sie aus? Wie Frauen aussehen, mittelgroß, Haarschopf oben. Was triebt ihr zusammen? Was man treibt, halb Lust, halb Langeweile. Wie war der Abschied? Wir gingen auseinander – *Beachten Sie:* So verlaufen die Dinge, auch die mit Wirklichkeit beladenen, auch die echten. Mehr ist natürlich auch der Radardenker nicht – Ellen Lohmeyer – etwas allgemeine Gültigkeit mit Zeichen von Situationärem.

Gegen eine Stelle seines Monologs wird man ernstlich Einwände vorbringen müssen. Das Finalistische, das über seinem Wesen liegt, das ist reine Stimmung, persönliches Gewoge. Sie schürfen durch den Herbstraum – ich will ganz tot sein – das ist Blickbeschränkung, Überbetonung, Apathie. Dagegen ist sein Versuch, in jedem Satz alles zu sagen, ihn ganz solitär zu machen, ihn tragend auszubauen, da es für den inneren Menschen Raum und Zeit und Übergänge nicht gibt, sowie die einzelnen Sätze und Absätze ohne Motivbeziehung hintereinanderzustellen (da es nebeneinander drucktechnisch nicht möglich ist), also blockartig zu verfahren, das ist modern. Aber einem Gedanken hat er nicht genügend Rechnung getragen und dem wollen wir nachgehen, er ist grundsätzlich und hebt ihn nahezu auf.

Die Sache ist kurz folgende. Der Gedanke, dem er nicht genügend Rechnung getragen hat, ist der, der Mensch ist nicht ein Ende, nicht die Krone der Schöpfung, sondern ein Beginn. Was er leidet, was ihn bedrückt, was ihn verfinstert, sind Kinderkrankheiten, Zahnungsmißhelligkeiten, Entwicklungszuckungen – er ist noch nicht eingerenkt in die neue Konstruktion. Es zieht sich nämlich eine systematische Grenze allererster Ordnung zwischen die beiden Gattungen des Anthropoiden und des Sapiens einerseits und der ganzen vorherigen Welt andererseits. Affen, Säuger, Wirbeltiere, überhaupt das Tierreich ist überschritten, hinter sich gelassen, die Emanzipation des Geistigen tastet sich in einen neu sich eröffnenden Raum. Denken wir an den Beginn des Diluviums. Jene Vertreter in China! Die Feuerbeherrschung, die Umweltgestaltung, die Erweiterung des Umweltradius mittels steinzeitlicher Technik. Nicht von ungefähr! Das meiste zum Aufbau des Leibes war beendet. Im Präkambrium Nervengefäße; im Silur das Innenskelett; im Oberdevon der Schritt aufs Festland, Gehfuß; im Perm Jochbogen; im Jura Geburtsakt; im Mesozoikon warmes Blut und so weiter – nun beginnt die «Erst-Bindung» den zweiten Akt.

Ein Blatt, das vom Baum fällt, ein Hirschgeweih, leben zwar auch in einem Rhythmus, aber ihr Abgeworfenwerden ist auch ihr Lebensende. Jetzt verzweigen sich die immateriellen Dinge, werden übertragbar, werden weitergegeben und erhalten sich. Stare, Spötter, Papageien ahmen Vogelgesang anderer Arten nach, aber nun beginnt die objektive bestehende Sprache. Jahrmillionen dahinter – und nun erst diese kurze Zeit! Die Plastizität des Werdens wendet sich in neue Dimensionen, beschränkt offenbar alle ihre Mächte auf dieses

Thema, variiert sich in Entfaltungen – von Ermüdung keine Spur. Das Weitere ist unübersehbar, aber der Mensch wird wahrscheinlich nicht enden. Wenn es die Eiszeiten, die Gürtelfluten, die Mondeinstürze nicht brachten, auch die Atombombe kann ihn nicht bedrohen. Lamentationen! Die Arten erhalten sich und enden aus anderen Gründen, offenbar nach Gesetzen, die über den Neutronen stehen. Wir werden sein, wir sind: Alte animistische Rudimente und die neue technische Realität. Jeder ist einbegriffen – aber niemand kann mehr sein als etwas allgemeine Gültigkeit mit Zeichen von Situationärem. Also Ellen Lohmeyer ganz groß – zu Tisch geführt von Genetik und Paläontologie, die Ouvertüre setzt ein, komponiert in Ultraschall, vorgetragen von Muschelbläsern!

(1949)

Gottfried Benn
in Selbstzeugnissen und Bilddokumenten
dargestellt von Walter Lennig

Basler Nachrichten: «Eine meisterhafte Kurzbiographie, die von tiefem Verständnis für die Eigenart des Dichters und Menschen Benn zeugt. Diskret, kritisch und liebevoll beschreibt Lennig einen Geist, der eine unserer Zeit angemessene und nur in ihr denkbare Grenzsituation mit äußerster Schärfe und Konsequenz vertrat. Der Band wird ergänzt durch ausführliche Bibliographien und Namenregister sowie einige Zeugnisse von Zeitgenossen.»

Germanistik, Tübingen: «Walter Lennigs Benn-Darstellung schließt an die besten Arbeiten aus der Reihe von ‹rowohlts monographien› an. Man findet Gefallen an einer forcierten und detailreichen, dabei aber stets beherrschten und – nach Maßgabe der Möglichkeiten – sachlichen Schilderung, an geschickt eingefügten Brief- und Textzitaten und an dem für die ganze Reihe typischen umfänglichen Bildmaterial. Der Verfasser war Nachbar des Dichters in der Bozener Straße in Berlin und eine Art Intimus des sonst so Menschenscheuen während dessen letzten Lebensjahrzehnts. So sind diejenigen Seiten am eindringlichsten geworden, wo Benn in seinem unlösbaren Verhältnis zu Berlin dargestellt ist. Das liest auch der Kenner der Bennliteratur mit großem Gewinn.»

48. Tausend. rowohlts monographien Band 71

ROWOHLT TASCHENBUCH VERLAG